約翰・狄克森・卡爾 John Dickson Carr（1906-1977）

卡爾是美國賓州聯合鎮人，父親是位律師。從高中時代起卡爾就為當地報紙寫些運動故事，也嘗試創作偵探小說和歷史冒險小說。1920年代末卡爾遠赴法國巴黎求學，他的第一本小說《夜行者》（It Walks by Night）在1929年出版。他曾經表示：「他們把我送去學校，希望將我教育成像我父親一樣的律師，但我只想寫偵探小說。我指的不是那種曠世鉅作之類的無聊東西，我的意思是我就是要寫偵探小說。」

1931年他與一位英國女子結婚定居英國。在英國期間，卡爾除了創作推理小說外也活躍於廣播界。他為BBC編寫的推理廣播劇“Appointment with Fear”是二次大戰期間BBC非常受歡迎的招牌節目。美國軍方因而破例讓他免赴戰場，留在BBC服務盟國人民。1965年卡爾離開英國，移居南卡羅來納州格里維爾，在那裡定居直到1977年過世。

卡爾曾獲得美國推理小說界的最高榮耀——終身大師獎，並成為英國極具權威卻也極端封閉的「推理俱樂部」成員（只有兩名美國作家得以進入，另一位是派翠西亞・海史密斯Patricia Highsmith）。卡爾擅長設計複雜的密謀，生動營造出超自然的詭異氛圍，讓人有置身其中之感。他書中的人物常在不可思議的情況下消失無蹤，或是在密室身亡，而他總能揭開各種詭計，提出合理的解答。他畢生寫了約80本小說，創造出各種「不可能的犯罪」，為他贏得「密室之王」的美譽。著名的推理小說家兼評論家艾德蒙・克里斯賓（Edmund Crispin）就推崇他：「論手法之精微高妙和氣氛的營造技巧，他確可躋身英語系國家繼愛倫坡之後三、四位最偉大的推理小說作家之列。」

CARR

約翰・狄克森・卡爾作品選

1. Hag's Nook (1933)
2. The Eight of Swords (1934)
3. The Three Coffins (1935)
4. The Arabian Nights Murder (1936)
5. The Crooked Hinge (1938)
6. The Problem of the Green Capsule (1939)
7. The Case of the Constant Suicides (1941)
8. Death Turns the Tables (1941)
9. He Who Whispers (1946)
10. The Sleeping Sphinx (1947)
11. The House at Satan's Elbow (1965)

CARR 11

卡爾作品集

撒旦之屋

The House at Satan's Elbow

著 John Dickson Carr 約翰・狄克森・卡爾

譯 嚴韻

密室之王卡爾作品集 11

撒旦之屋

The House at Satan's Elbow

作　　者	約翰・狄克森・卡爾 John Dickson Carr
譯　　者	嚴韻
封面設計	朱陳毅
文字排版	林翠茵
企畫選書	唐諾
責任編輯	冬陽
業　　務	陳玫潾
行銷企畫	陳彩玉、王上青
主　　編	冬陽
總 編 輯	劉麗眞
總 經 理	陳逸瑛
發 行 人	凃玉雲
出　　版	臉譜出版
發　　行	英屬蓋曼群島商家庭傳媒股份有限公司城邦分公司 台北市民生東路二段141號2樓 讀者服務專線：02-25007718；25007719 服務時間：週一至週五9：30～12：00；13：30～17：00 24小時傳眞服務：02-25001990；25001991 讀者服務信箱E-mail：service@readingclub.com.tw 劃撥帳號：19863813 書虫股份有限公司 城邦讀書花園網址：http://www.cite.com.tw 臉譜推理星空網站：http://www.faces.com.tw
香港發行	城邦(香港)出版集團 香港灣仔駱克道193號東超商業中心1樓 電話：852-25086231/傳眞：852-25789337 email：hkcite@biznetvigator.com
馬新發行	城邦(馬新)出版集團 Cité(M) Sdn. Bhd.(458372 U) 11,Jalan 30D/146,Desa Tasik, Sungai Besi, 57000 Kuala Lumpur,Malaysia 電話：603-90563833/傳眞：603-90562833 email：citekl@cite.com.tw
初版一刷	2009年9月22日 版權所有，翻印必究 (Printed in Taiwan) 定價350元 (本書如有缺頁、破損、倒裝，請寄回本社更換)

城邦讀書花園
www.cite.com.tw

國家圖書館出版品預行編目資料

撒旦之屋 / 約翰・狄克森・卡爾 (John Dickson Carr) 著；
嚴韻譯. -- 初版. -- 臺北市：臉譜出版：家庭傳媒城邦分公司發行, 2009.09
面；　公分. -- (密室之王卡爾作品集 ；11)
譯自：The house at Satan's elbow
ISBN 978-986-2350-57-7 (平裝)

874.57　　98016290

CARR

導讀

最華麗的謀殺

——密室殺人之王約翰·狄克森·卡爾

唐諾

在推理小說的衆詭計之中，「密室殺人」這一樣應該就是最神奇、最魔術的一種，呃，最哈利波特的一種。

密閉的房間，而且上鎖，窗戶也是閉鎖著的，煙囪（發生密室殺人案件的房間一開始通常配備了煙囪）不容人進出或看煙灰的模樣沒人進出過，偏偏一具屍體就直挺挺擺在房間之中，現場或雜沓或整潔有序，致命的凶器則通常是消失不見的，但也有就是房裡明晃晃擺設著的某沉重鈍器（工藝品、火鉗、書檔云云），還可能就是留在屍身上非常挑釁的一把精緻尖利的縷花小刀，當然，一定沒留在現場的是行凶的那個人——不僅凶手的本尊不在，就連他侵入的痕跡基本上也是隱匿的。他究竟是如何一陣煙而來、再一陣煙飄然而逝呢？

絕對是最迷人的一種殺人的方法——如果殺人的冷血行爲也可以用「迷人」二字來說的話。

正因爲迷人至此，我們於是可以公然讚歎欣賞而不用有現實人生的道德負擔。基本上，「密室殺人」並非現實犯罪世界的產物，殺人不過頭點地，現實世界中如果有這麼精緻這麼聰明的凶手，通常他不會需要動用到殺人這終極性的高風險解決手段，在走到這最情非得已的一步之前，他應該就有能力想出一堆因應如此困局的方法來才是。在女子網球界流傳著兩句缺德的話：「女子網球球手得笨到只會專心打網球不想其他，卻至少得還有兩分聰明夠她學會雙手反拍。」密室殺人凶手的現實困難則是，凶手要笨到只會用殺人一途來解決問題，卻同時又得絕頂聰明到嚴絲合縫、分毫不失誤的佈置出完美密室，而且還是在有著巨大時間壓力和心理壓力的不利情況下完成的。很明顯，他這兩大不可或缺的特質比女子網球球手要矛盾要撕裂，也因此，他遂遠遠比頂尖女子網球球手罕見，如三角形的第四個邊，如騎白馬到你家窗下唱小夜曲的王子，如正直誠實的律師。

也就是說，密室殺人不是現實世界的實踐產物，而是源自於一些本來就無需殺人的窮極無聊聰明頭腦，它不是謀殺的工具，而是炫耀的藝術品，我們眞的不用杞憂這會教唆殺人被誰移植到現實世界來對付自己的親朋好友，就跟你不用擔心米開朗基羅的大衛像被用來砸死人一樣，儘管這座白大理石雕像的體重絕對有壓扁人的能耐。

然而，密室殺人並不眞的是哈利波特，它只是像而已，這裡頭沒有魔法，也不可以有魔法。被害人、兇手和破案偵探儘管不是現實的血肉之軀，但仍屬理性王國的子民，所有的行爲及其結果都得受嚴格的理性所管轄，尤其不可以違犯最素樸的物理學基本原理及其現象。恰恰因爲得在如此限制之下遂行欺騙，密室殺人的詭計，反而是推理小說中最物理學的，它高度專注於物理學和我們感官背反之地，在這一點點狹窄的縫隙中騰挪，利用我們感官的有限天然缺憾以及由此衍生的常識死角玩花樣，比方說，密室殺人中常見的「消失的兇器」或「自動扣回去的門」，最普遍的運用道具就是冰塊，有氣質點來說，利用的就是物理學毫不稀罕的常溫之下水的三態變化現象，小學生都知道，沒神祕可言。

所以，推理王國中大名鼎鼎的基甸．菲爾博士在一場著名的演講中如此宣稱：「所謂密室，本質上是一種幻象。」——之於什麼而言是幻象？之於我們視覺爲主的感官而言是幻象。「眼見爲憑」，To See is To Believe，這不分中西大概是人類流行最久、最戒除不掉的偏見，表面上信而有徵的偏見從來就是欺騙的溫床，是害人詭計的培養皿，密室殺人的詭計佈置者只是其中最優雅、最無害人之心的一種，眞正可怕的我們得到現實世界的政治圈裡、商場裡去找。

歸化英式推理的美國人

好，大名鼎鼎的基甸．菲爾博士何許人也？老實說，他也是個「幻象」——這是推理世界的一名神探，無父無母，而由了不起的推理小說大師約翰．狄克森．卡爾所憑空創造出來。菲爾博士在推理世界神探的萬神殿中，絕對擁有著一個不見古人亦不見來者的第一名頭銜，那就是沒有任一名神探比他破過更多的密室謀殺案，這於是爲他的書寫者卡爾掙得了「密室之王」的封號。

基本上，密室殺人是英式古典推理的典型詭計，但約翰．狄克森．卡爾原來卻是個美國人，生於一九〇六年，活到一九七七年，簡單把他的生年如此攤開來看，對英美推理歷史有基本概念的人就曉得了，卡爾稍晚於S．S．范達因，大致和艾勒里．昆恩同期，也就是說，卡爾書寫的年代正正好就是達許．漢密特和雷蒙．錢德勒聯手進行「美國革命」、讓美國推理轉向悍厲罪惡大街的風起雲湧時日，但冷硬派的這場本土性革命原本是西岸的，從語言、犯罪形式、角色人物到社會背景，以舊金山和洛杉磯為書寫土壤，暫時和有著濃郁深厚歐洲思維傳統和生活形態的東岸新英格蘭地帶氣息並不相投合，更嚴重的是，對東岸高傲的知識階層而言，冷硬派這種滿口髒話、動不動就拔槍相向的野蠻遊戲，只適合落後地帶的粗魯不文之人，哪裡是有教養的聰明飽學之士所當為。所以說太陽遠還是長安遠？東岸知識階層的答案無需猶豫，那當然是只隔小小大西洋一水的英國式古典推理比較近。

卡爾是東岸賓州人，索性還歸化為英國籍。

其實，與其說卡爾歸化為英國人，倒不如直接講他歸化為英式推理王國的忠誠公民還準確些，他是把一生志業賦予了一次實地的朝聖之旅——國族既不是人分類分割的唯一判準，更不見得是人身分自覺的排行首位選項。渾然多面的整體世界，有各種觀看的位置，有各種理解和逼近的方式，每一種位置和方式都讓世界呈現了不同的分割分類樣態，由此繪製成不同的世界地圖。卡爾擁有的那張地圖，根據的是他熱愛的推理小說書寫傳統。

得其所哉成為英國推理小說家的卡爾，若我們再把他一九〇六—一九七七的生年重新放入較源遠流長的英式古典推理時間表中，那我們知道他趕上了以長篇為主的第二黃金期高峰，並第一線參與了古典推理由極盛轉入衰弱的歲月，在如此起伏跌宕的英倫空氣之中，卡爾聰明且深情款款的給自己找到了兩個看似背反的有趣書寫位置，宛如兩根大樑般的撐起了他獨特無倫的推理大師地位。

就純粹的推理小說書寫而言，卡爾像蜜蜂或貓熊一類的單食性動物——在詭計千奇百怪如繁花盛開的古典推理書寫中，卡爾頑強的幾乎只取一瓢而飲，那就是「密室殺人」。卡爾一生寫成了七、八十部推理小說，幾乎每一部都包藏了一個以上的密室殺人詭計，如此專情，讓他以一個如此後來者的不利身位，成功占領了密室殺人這業已開發達半世紀的詭計，讓他成為密室殺人的同義辭。

然而，這位寫小說時埋首於密室不抬頭的小說家，卻同時是推理世界中博聞強記、對推理大河傳統如數家珍的史家人物。臉譜出版公司伴隨《福爾摩斯全集》一併推出的《柯南·道爾的一生》這部傳記，正是卡爾對這位前代推理巨人的致敬之作。此書也為卡爾贏得故土美國的愛倫坡大獎。

專情密室、任性傳統，卡爾這宛如兩道平行線的交會點，我個人以為，大概就是上述基甸·菲爾博士的演講，出自於他的名著《三口棺材》書中。這場旅館午餐桌上的虛擬即席演講，菲爾博士以「封閉密室」為題，從推理史、從歷代名家之作、從書寫技藝、從詭計分類、甚至從蓄意或偶然、他殺或自殺等等每一種可能的角度攻打這座牢牢閉鎖的密室，遂成為絕唱——好消息是這份講辭是推理史上的密室論述經典文獻，壞消息是它也宣告了密室論述的到此結束。

對台灣只讀中文譯作的推理迷而言，讀這份講辭還可以有另一種樂趣，從菲爾博士未言明的諸多詭計原型中，我們還可以湊合著回答：這是〈花斑帶〉、這是〈鵲橋奇案〉、這是《羅傑艾克洛命案》、這是《美索不達米亞驚魂》、這是《格林家殺人事件》云云。原來我們陸陸續續的、零零碎碎的也讀了不少代表性的密室殺人推理小說了。

有恃無恐的小說

密室，一開始是眞的實體，是如假包換的一間上鎖的房間，但很快的，它就成爲一種概念，成爲不必眞有硬實高牆四面圍擁的封閉性空間概念——一旦密室成爲概念，很多有觸類旁通能力的人也就會了，這就像思維被鑿開了個缺口一般，人的想像力涼風般不可遏止的吹了進來，於是密室不必一定再有磚牆石壁、再有火爐煙囪、再有立入禁止的銅鎖鐵柵，它一樣可以舒適的展開在開敞的天光雲影之下。

這裡，我們多心的提醒一下，密室的封閉性，不眞的是「不能」侵入，而是「沒有」被侵入，至少在命案發生的前後這段時間看起來沒被侵入——這我們以前談過，理論上，沒有一道鎖可能不被打開，沒有一個房間是絕對的封閉，主人進得去，盜賊於是乎也一定進得來，老子莊子這麼說，一套開鎖工具、滿身神奇技藝的紐約善良之賊羅登拔也這麼講。

推理史上的密室，經此一概念化之後瞬間華麗了開來，想遂行如此神奇謀殺的凶手賊子幸福無比的發現，原來上鎖的房間遍地皆是，俯拾可得，不必三年五載苦苦候著那人獨自一個進到房間鎖好門窗——它可能是一處無人跡、不留下腳印的美麗海灘，可能是山裡頭被忽然好一場大雪包圍的暖暖木屋，它可能是個小孤島，可能是沙漠，可能是一道橋樑，可能是夾岸兩片水泥牆的黝黯巷道，可能是唯一聯外吊橋毀壞（天候或人爲）的某一山莊別墅，它更可能就是我們每天都會利用到的某種交通工具，公共汽車、火車、渡輪、捷運、飛機，以及有人一樣概稱爲車廂的上下樓層電梯等等。

哪裡有人獨居獨處，哪裡就可能執行密室殺人，難怪中國的聖人要諄諄警告人君子愼獨，西方的上帝耶和華也在《聖經．創世紀》裡慨歎：「那人獨居不好。」

其實，經此概念化所帶來的想像延伸，只是密室殺人之所以華麗的必要開展而已，我個人以爲，眞正讓密室殺人成爲推理世界最華麗的謀殺方式，是它的有恃無恐，因爲它根本性的先解決了最終合理性的問題，那就是我們開始就說過的，密室殺人是推理謀殺詭計中最物理學的，這像根釘子般把它牢牢捶進了最信而有徵且可驗證的堅實大地裡頭，讓它在表象的另一端可以放心的飛翔，無懼星空黝黑神祕，不怕迷路回不來。

在人類思維衆多領域的正經人士正常人士中（意思是瘋子和騙子不在考慮範疇內），我以爲物理學者是最敢胡思亂想、而且最敢把近乎胡言亂語的各種想像臆測鄭重公諸於世的一種人，尤其是二十世紀初相對論和量子力學問世之後，物理學的主流論述便一大腳跨過了玄學和神學，充斥著一堆無實體、無秩序、無從驗證、矛盾並陳、任誰試圖在心中拼湊點模糊圖像都不可能的重要學說和解釋，物質如此，能量如此，粒子也如此，空間和時間那更無垠無涯如此。如今，物理學的著作幾乎已成了地球表面最難看懂的書，可堪比擬的大概只有台灣教改出來的建構數學和鄉土語言課本。

這就是物理學家的有恃無恐，不像神學家或歐陸的唯心哲學家，他們深知自己本來就是畫鬼神之人，聆聽他們講話的人本來就充滿誠心，所以神學論述特別強調科學的發見和驗證，唯心哲學家則神經質於語言的邏輯，總是把論述弄得像座封閉而且秩序森嚴的語言迷宮，完整到令你直覺的反倒不敢相信，因爲我們習慣相處的世界並不長這樣子。

卡爾便是最了解密室殺人「物理驗證／神祕想像」二元背反特質的人，無怪乎他能以一個後來者、外來者的不利身分，成功竊取密室王國的國王寶座——卡爾的推理小說，表象上黏貼了最多神祕古老的符號，借用了各個民族的神話傳說，喜歡用這類的死亡咒詛來嚇唬讀小說的人，這我們光從他爲自己的小說命名就可以看出來。他也是如此的有恃無恐。

抵達演化右牆

推理女王阿嘉莎．克莉絲蒂曾透過她書中神探之口一針見血的指出：「之所以要把殺人弄得這麼複雜，可見答案一定非常非常簡單。」這話說密室殺人尤其準確。簡單的答案，給了密室殺人最華麗的表現，但也構成了密室殺人的發展邊界，事情往往都是這樣子。

密室殺人借用基本物理現象和人的感官錯覺來遂行欺騙，但它不眞的是物理學論述，不能亦步亦趨跟著物理學往深奧的解答之路走去。密室殺人和物理學最根本的差別在於，密室殺人的閱讀者是一般性的尋常之人，不像物理論述可以只在少數幾個人之間對話，二十世紀物理學所流傳的一些過甚其辭的神話，像說「眞正懂量子力學的，全世界不出十個人。」、「聽懂愛因斯坦相對論的，普世不足半打。」云云，密室殺人小說若把生存基礎放在這麼稀少的奇特族群上頭，那老實說也用不著費勁去殺了，很快的便全部餓死絕種了。

因此，完美密室的構成，其眞正的勝負關鍵不在於「說得通」，而在於「聽得懂」。它非回歸到一般性的經驗和常識世界不可，它只能使用一般性的、不礙眼的輔助道具，它得有簡單的答案。

後來密室殺人走向所謂「機關派」的絕路，並理所當然讓「機關派」成爲失敗密室的同義辭，便在於機關派從根本處違背了「簡單」、「聽得懂」的密室殺人最高守則——我們也許可以同意，借助一堆細繩、掛鉤、卡榫、滑輪、奇怪打結法、定時自動裝置、新通訊器材甚至罕見的記憶合金等等，的確可以九牛二虎製造成密室，但我們這些挑剔的推理小說閱讀者可沒說我們願意接受這九牛二虎的解答。

國內的推理傳教士詹宏志曾俏皮的說：「沒寫過密室，算什麼本格推理作家呢？」這是實話；但更悲情的實話是，好的密室殺人詭計，大致已被卡爾吃乾抹淨了，不在他老兄死後，而在他尚在世的時日。詹宏志引用名推理史家朱利安・西蒙斯的看法，指出卡爾最好的小說多集中在一九三五到一九四五的黃金十年之中，意思是說，連王者的卡爾都已經捉襟見肘不夠用了。

有志於推理書寫的人會不會很沮喪呢？甚或懊惱吾生也晚的爲什麼誕生在如此夕暉晚照的時光呢？就像李維—史陀在《憂鬱的熱帶》書中的感慨，若早個十年，我就能趕上某某部族未滅絕的時候；若再早個五年，就連某某部族我也來得及進行調查；再之前三年，更連某某部族也都還在……

逝者如斯，不舍晝夜。我們生而爲人，沒能趕上的事多了，愛情，革命，一幢建物，一隻珍禽異獸，一座已被踐踏的八千公尺高峰，一次巨額的樂透獎金，一個傳說中的先代親人。

不僅僅是華麗的密室殺人而已。這怎麼辦好？不能怎麼辦，但也許我們就心平氣和當個愉快的讀者、當個樂在其中的欣賞者鑑賞者，聽著名古生物學者古爾德的忠告，所有的演化都有「右牆」，皆有最終不可踰越的極限，就像棒球場上你不能講安祖．瓊斯的精采接殺超越了半世紀前的威利．梅斯，就像音樂世界裡你不能講披頭四合唱團超越了巴哈莫札特。當個好的欣賞者，享受每個在演化右牆邊緣驚心動魄的演出，總比當個失魂落魄、只想視前代巨人爲寇讎卻無計可施的野心挑戰者強。

好，協議達成，現在就讓我們來讀徘徊在密室殺人演化右牆的約翰．狄克森．卡爾。

CARR

論「封閉密室」

約翰・狄克森・卡爾

我認為在偵探小說裡最有趣的故事莫過於封閉密室，這全然是我個人的偏好。我喜歡凶手嗜血成性、邪惡古怪，而且殺紅了眼還不罷手。我喜歡情節生動鮮明、充滿想像力，因為在現實生活中我找不到如此叫人目眩神迷的故事。有些見不得任何流血事件的人會堅持依他們自己的嗜好來界定規則，他們會用「大不可能」這字眼作為譴責的標記。因此不清楚狀況的人就被他們唬住了，以為「大不可能」等同於「拙劣」。拿這字眼來咒罵偵探小說可說是最不恰當的事。

一旦上鎖房間的祕密解開後，為什麼我們還會半信半疑？這絕非是疑心病太重在作祟，而單純只是我們會莫名所以地大失所望。由於呈現出來的效果太過神奇，我們不知不覺也期待它形成的過程充滿驚異。於是當我們知道那根本不是魔法時，我們就大罵其無聊透頂，說這整個故事不可信、不大可能，或是太荒謬了。

這種心態實在不公平。再者，對於故事中凶手的部分，我們最不該譴責的是他怪異的行徑。整件事該檢驗的重點是，這殺人詭計真能執行嗎？假如可以，那它以後會不會真的執行便不需列入討論。某人從某個上鎖的房間逃出來，是嗎？既然他可以為了娛樂我們而違反自然的法則，那他當然有權利行為暴戾乖張！各位，當你們要出言批評時，請記住我說過的話。你們盡可根據個人品味，提出「結局乏味無趣」等等的感想，然而如果要然責備故事情節大不可能、胡扯一通時，就得三思而後行了。

現在我先來區分幾個不同類型，再粗略描述密室殺人的各種方法。在門窗皆關閉的前提下，要討論逃脫的方法之前，所謂有祕密走廊通往密室這類的低級伎倆，讀者是無法接受的，因此凡是自重的作者甚至不需聲明絕無祕密通道之事。至於一些犯規的小動作也不必討論了，像是壁板間的縫隙，寬到可伸進一隻手掌；或是天花板上的栓孔居然被刀子戳過，塞子也神不知鬼不覺地填入栓孔，而上層的閣樓地板上還灑了塵土，佈置成似乎無人走過的樣子。這動作雖小，卻同樣是犯規行為。無論祕密洞穴是小到如裁縫用的頂針，或大到如穀倉門，基本準則絕不改變，通通都是犯規。

有一種密室殺人，案發現場的房間真的是完全緊閉，既然如此，凶手沒從房間逃出來的原因，是因為凶手根本不在房裡。理由是：

一、這不是謀殺，只是一連串陰錯陽差的巧合，導致一場看似謀殺的意外。先是，房間尚未上鎖之前裡面可能發生了搶劫、攻擊打鬥，有人掛彩受傷，家具也遭到破壞，情況足以讓人聯想到行凶時的掙扎拼鬥。後來，受害人因意外身亡，或是昏迷於上鎖的房間內，但所有事件卻被當作發生於同一時間。在這種例子中，致命原因通常是腦部破裂。一般的推測是棍棒造成的，實際上卻是家具的某個部位，也許是桌角或是椅子突出的邊緣，不過最常見的物件，其實是鐵製的壁爐罩。總之，自從福爾摩斯的冒險故事〈駝者〉問世以來，這個殘忍的爐罩著實殺害了不少人，而且在某種程度上，這些死亡事件都貌似謀殺。此類型的情節中，包括解開凶手之謎在內，解答部分最令人滿意的作品，要屬卡斯頓・勒胡的《黃色房間的祕密》，堪稱是史上最佳的偵探故事。

二、這是謀殺，但受害人是被迫殺他自己，或是誤打誤撞走入死亡陷阱。那可能是一間鬧鬼的房間所致，也可能被誘引，較常見的則是從房間外頭輸入瓦斯。不管是瓦斯或毒氣，都會讓受害人發狂、猛撞房間四壁，使得現場像是發生過困獸之鬥，而死因還是加諸於自己身上的刀傷。另一種從中延伸的變體範例，是受害人將樹枝形燈架的尖釘穿進自己的腦袋，或是用金屬絲網把自己吊起來，甚至用雙手把自己勒死。

三、這是謀殺，方法是透過房間內已裝置好的隱藏機關，它藏在家具上頭某個看似無害的地方。這個陷阱的設計可能是某個死去多年的傢伙一手完成，它可以自動作業，或是由現任使用者來重新設定。譬如說，話筒裡面藏著手槍機械裝置，一旦受害人拿起話筒，子彈就會發射貫穿他的腦袋；還有一種手槍，扳機上面繫著一條絲線，一旦水結冰凝固時，原先的水就會膨脹，如此隨即拉動絲線。我們再舉鬧鐘（這是很受歡迎的凶器）為例，當你為這種鬧鐘上緊發條時子彈便會射出來；或者，我們有另一種精巧的大型掛鐘，上端安放了可怕的鏗鏘鈴聲裝置，一旦吵鬧聲響起，你想要靠近去關掉它時，一觸碰便會擲出一把利刃，當場劃破你的下腹；此外，有一種重物可從天花板擺盪下來，只要你坐上高背椅，這個重物的威力包準敲得你的腦袋瓜稀巴爛；另有一種床，能釋放致命的瓦斯；還有會神祕消失的毒針……當我們研究了這些五花八門的機關陷阱之後，才真正的進入了「不可能犯罪」的領域，而上鎖的房間可就算是小兒科了。這種情況可能會永續發展，甚至還會出現電死人的機關……

四、這是自殺，但刻意佈置成像是謀殺。某人用冰柱刺死自己，然後冰柱便融化了！由於上鎖房間裡找不到凶器，因而假定是謀殺；或者，某人射殺他自己，所用之槍縛繫於橡皮帶尾端——當他放手時，槍械被拉入煙囪而消失不見。此伎倆在非密室的情況下，可改成槍枝繫著連接重物的絲線，射擊後槍枝被迅速拉過橋樑欄杆，隨即墜入水中；同樣的方式，手槍也可以猛然拂過窗戶，然後掉入雪堆裡。

五、這是謀殺，但謎團是因錯覺和喬裝術所引起。譬如房門有人監視的情形下，受害人被謀殺橫屍於室內，但大家以為他還活著。凶手裝扮成受害人，或是從背後被誤認為受害人，匆忙地走到門口現身。接著，他一轉身卸下所有偽裝，搖身一變換回原本的面貌，並且立刻走出房間。由於他離去時曾走過別人身邊，因而造成了錯覺。無論如何，他的不在場證明已成立，因為後來屍體被發現時，警方推定的案發時間是發生在冒牌受害人進房之後。

六、這是謀殺，凶手雖是在房間外面下手的，不過看起來卻像是在房間裡犯下的。我把這種犯罪歸類，通稱為「長距離犯罪」或「冰柱犯罪」，反正不管它們怎麼變化，都是基本雛形的延伸。冰柱彷如子彈一般從房間外面發射進來，然後它融化得無影無蹤。我相信，美國女推理作家安娜・凱薩琳・葛林在其偵探小說《僅有簡寫字母》中率先使用此詭計。某些詭計能發展成各支流派，她居功厥偉……冰柱的實地運用，得拜義大利佛羅倫斯市望族麥第奇之賜，在一篇令人讚賞的〈佛朗明石〉故事裡引用了一首關於戰爭的諷刺詩，內容提及西元第一世紀的羅馬衰亡錄，冰柱在其間提供了亡國的原因。藉由十字弓的助力，冰柱被發射、投擲、拋出；在漢米頓・柯里克（《四十張臉孔》書中的迷人角色）的冒險故事裡，也有異曲同工的元素：可溶解的投射彈、鹽塊子彈，甚至還有凍結血液所製成的子彈。

冰柱犯罪理論證明了我的觀點：屋內的凶案可以是屋外的某人幹的。這裡還有一些其他可能，受害人被刺，凶器可能是內藏薄刃的手杖，它可以穿過夏季別墅周遭盤繞的編織物，一擊得手就收回；或者，受害人可能被刀刃所刺，由於刀身過於細薄，因此他毫無知覺自己受傷，然後當他走入另一個房間時才猝然倒地斃命；抑或是，受害人被引誘探頭出窗，從下面無法爬到這扇窗戶，但是從上方呢，冰塊卻能夠下墜，並狠狠重擊他的頭。腦袋被砸得開花，但凶器卻找不到，因為它老早就融化了。

我們還可以列舉出利用毒蛇或是昆蟲來殺人的手法。蛇不但能隱匿於衣櫃和保險箱，也可以靈巧地藏躲在花盆、書堆、枝形吊燈架以及手杖中。我記得一個非常誇張的個案——把琥珀製的菸斗柄，刻成古怪的蠍子形狀，受害人正要把它放入嘴裡，雕刻物居然活過來，變成一隻活生生的蠍子。不過若說到上鎖房間命案中最驚人的長距離謀殺手法，各位，我向你們推薦一篇偵探小說史上最精采的短篇故事，就是梅爾維爾．大衛森．卜斯特的〈都多爾夫殺人事件〉——這位從長距離之外行凶的刺客即是利用太陽。太陽光穿過上鎖房間的窗戶，照射在都多爾夫擺於桌上的酒瓶，由於瓶內裝的是未加工的白酒，因而形成了凸透鏡效果，而掛在牆上的槍經由光線一射，正好點燃了雷管。因此躺在床上的可憎傢伙，胸膛自然被轟得血肉模糊。除此之外，還有幾篇非常出色、同樣齊名的第一流傑作，如湯瑪斯．柏克的〈歐特摩之手〉、卻斯特頓的〈走廊上的男人〉、傑克．福翠爾的〈逃出十三號牢房〉。

七、這是謀殺，但其詭計的運作方法，剛好和第五項標題背道而馳。換句話說，受害人被推定的死亡時間比真正案發時間早了許多。受害人昏睡（服了麻醉藥，但沒有受傷）在上鎖房間裡。所以用力撞門也叫不醒他。這時凶手開始裝出驚恐的模樣，先強行打開門，接著一馬當先衝進去，刺殺或切斷被害人的喉嚨，同時讓其他在場的人覺得自己看到了其實沒看到的東西。發明這種詭計的以色列．詹格威應可獲得無上的榮耀，因為後人仍舊在沿用他的創意，只是形式各有不同。這種詭計（通常是刺殺）曾用在船上、陳年老屋、溫室、閣樓，甚至是露天戶外。在這些地方，受害人先是失足絆倒，然後昏迷不醒，最後才是刺客俯身靠近他……

煙囪在偵探小說中是不受到青睞的逃脫途徑，當然祕密通道除外。我來舉一些重要的例子，例如中空的煙囪後頭有個祕密房間；壁爐的背面可以像帷幔一樣展開；或是壁爐可以旋轉打開；甚至在砌爐石塊下藏著一間密室。此外，許多帶有強烈毒性的玩意兒都能穿過煙囪管掉下來。不過凶手爬上煙囪而逃亡的案例倒是少見，一來是幾乎不可能辦得到；二來是這種舉動比起在門窗上面動手腳，還更加卑鄙無恥。

在門和窗這兩種首要類型中，門顯然是較受歡迎的。以下是一些經過變造，以使門像是能從內反鎖的詐術範例：

一、將插於鎖孔裡的鑰匙動些手腳。這種傳統方法相當受到歡迎，但是到了今天，由於其各種變化的手段都廣為人知，所以很少人真去使用。可以拿一支鉗子夾住鑰匙柄，並且轉動它。還有一種非常實用的小技巧，只需一根兩吋長的細薄金屬條，某一端繫上極長的結實細繩。在離開房間前先將金屬條插入鑰匙頭的小洞，一端朝上，另一端朝下，如此便可行使槓杆作用。細繩垂落於地，然後從門底下拉至房間外頭。接著從門外關起房門，只消拉動細繩，在槓桿原理的作用下，鑰匙轉動而將房門上鎖，這時再抖動細繩使金屬條鬆脫，等它落地後你就可以從門底下把它拉出來。於相同的原理下，可以有各種不同的應用，但細繩絕對是不可或缺。

二、不破壞鎖和門栓的情形下，輕鬆移開房門的鉸鏈。這種手法乾淨俐落，大部分男學生都熟悉箇中技巧，尤其是想偷上鎖櫥櫃裡的東西時便可派上用場，不過前提是鉸鏈得裝置在門外才行。

三、在門栓上動手腳。細繩再度出場：這一回用到的技巧是衣夾和補綴用針，衣夾附著於房門內設計成槓桿裝置，藉此在門外關上門栓，這時再從鎖孔拉出細繩即可。我得向推理作家范達因筆下的神探菲洛•凡斯舉帽致敬，他為我們做了最佳示範；還有一些手段比較簡單但效率不高的方式，但一條細繩是少不了的。你可以在長細繩的一端打個不牢固的結——只要猛然一拉，繩結就會鬆脫——並且扣成一個環套。此環套纏繞於門栓的握柄，細繩部分則向下垂落，且穿過門底下。此刻房門已被關上，這時往左右兩邊任一方拉動細繩，即可閂上門栓。接著再使勁抽動細繩，繩結便從握柄上鬆脫，然後就可以拉出細繩。美國推理作家艾勒里•昆恩也曾示範了另一種手法，他利用死人玩了這一招。但是他的謎團解說過於單調枯燥，聽起來又太離奇古怪，因此對精明的讀者來說，此詭計的安排著實不公平。

四、在可滑落的栓鎖上動手腳。通常的作法是，於栓鎖的下方墊著某樣東西，然後從門外關上房門，再抽掉墊在裡頭的支撐物，讓栓鎖滑落且上鎖。說到這個支撐物，隨時能派上用場的冰塊顯然是最佳工具，用冰塊撐起栓鎖，等它融化之後栓鎖便會掉下來。另外在某個案例中，光憑關門的力道夠大便足以讓門內的栓鎖自己滑落。

五、營造出一種錯覺，簡單卻有效。凶手殺了人之後，從門外將房門上鎖，並把鑰匙帶在身上。然而大家還以為鑰匙仍插於房內的鎖孔裡。凶手就是第一個裝出驚慌失措並且發現屍體的人，他打破房門上層的玻璃鑲板，把鑰匙藏於自己手中，然後「發現」鑰匙插在鎖孔上，再藉此打開房門。若需要打破普通木門上的壁板時，這種伎倆也行得通。

至於上了鎖的窗戶，有好些種有趣的範例，譬如早期的假釘頭，到近代用來唬人的鋼製窗套，都能在窗戶上面動手腳；你還可以打破窗戶，小心地扣住窗子的鎖鉤，然後離去的時候只需換上一塊新的窗玻璃，再以油灰填塞接合即可。由於新的窗玻璃和舊有的非常相似，使得窗戶像是從內部反鎖。

——整理自約翰‧狄克森‧卡爾作品《三口棺材》

CARR 11
卡爾作品集

撒旦之屋

The House at Satan's Elbow

致　克雷頓・勞森

親愛的克雷：

　　我把這個故事獻給你，因為我倆都對巧計和不可能的事物感興趣。為了逼真起見，故事中大部分的情節都安排發生在真實的地方。然而我應該無須補充說明，南安普頓大學並沒有威廉・魯佛斯學院，布雷克菲也沒有醫院；另外，雖然利沛海灘確確實實是存在的——從南安普頓搭公車可達——但漢普郡並沒有撒旦之肘和綠叢，它們就像這故事裡的人物一樣，只存在於我自己奇詭的想像之中。

約翰・狄克森・卡爾　敬上

一九六四年九月於漢茲，萊明頓

CARR

CHAPTER 1

第一章

就這樣，在六月那個星期五入夜後沒多久，葛瑞．安德森在他位於漢普斯戴的公寓裡收拾了一包行李，打電話叫計程車來送他去滑鐵盧車站。

如果說他對巴克里一家人和位於撒旦之肘的那棟房子一無所知，因此對即將發生的事情也沒有任何預感，並非事實。

但還是！……

而且，再加上斐伊．娃朵那件令人費解的事……

斐伊、斐伊、斐伊！他必須忘記斐伊，將她徹底趕出腦海。

兩天前，星期三下午，電話在這間公寓裡響起。葛瑞正劈哩啪啦地打著字，照常咒罵鈴聲大作的電話在特別棘手的一個段落打斷了他的思緒。但他接起電話的語氣就不一樣了。

「哪，葛瑞。」說話的是一個中氣十足的聲音，聽來有些耳熟，但又沒辦法立刻認出是誰。「我不會要你玩猜猜看的遊戲。我是尼克．巴克里。」

「尼克！你好嗎？」

「從沒這麼好過。你呢，你這個老馬賊好嗎？」

「我是說，你人在哪裡？」

「當然是在倫敦啊。」尼克回答。「我很少隨便打越洋電話的，不像我這行裡其他的人那樣。說得更清楚點，我人在克萊瑞治飯店。」

「你這次又是飛來探訪你的前祖國嗎？」

「這個嘛……」

葛瑞・安德森盯著電話看。

「一直到四年前，六〇年夏天差不多這個時候，」他說，「我已經將近二十一年沒聽到過你的聲音、沒看見過你了，當時我們都還不滿十六歲。四年前你突然打電話來，就像現在一樣，但那次我只見到你二十分鐘還是半個小時。當時你在倫敦機場，抽出時間進城來喝了一杯。然後你就急匆匆到摩洛哥去了，還帶著一名攝影記者，去看看那些摩爾人在五六年獨立之後建立的新國家怎麼樣了，之後寫篇東西給那個你繼承的光鮮廢物：叫《快訊》是吧？」

「那是份很不賴的雜誌，葛瑞。」

「唔！這次又是一樣的來去匆匆嗎？」

尼克・巴克里再度遲疑。

「不是。」他說。「我確實不能待太久，總之不超過一兩個星期。但這次是家裡的事情，非常正經的；有些我不喜歡的東西。喂，你這老土包子，你是不是埋在太多發霉的歷史紀錄底下，連報紙都看不到了？」

「我有看報紙，多謝你關心。就算我沒看，還有電視新聞……」

「是的，總還有電視，對吧？」尼克的聲音帶著滿腔苦澀。「總之！看來你也聽說了，我繼承了我父親和比爾．威利斯的所謂『雜誌帝國』——如今它似乎也沒比其他帝國受歡迎到哪去——因為我老爸三月心臟病發掛掉了。」

「很遺憾聽到你父親的死訊，尼克。」

「是的，謝謝你的慰問信。不好意思，當時我忙得沒法回信。」

然後尼克的聲音裡多了一點焦急。

「但我要講的不是那個。」他又說。「事情跟老柯羅維斯有關——我祖父，你還記得吧，他跟我老爸同一個月死的，高壽八十五。現在我似乎被硬塞了一樣我不想要、也不會接受的東西。但我不想整個情況在我面前爆開來；我可不想潘叔叔鬧自殺，或諸如此類的蠢事。」

「什麼？」

「聽著，」尼克突然說，「我們可不可以見個面談談？」

「當然可以。今晚一起吃晚飯如何？」

「樂意之至，葛瑞。幾點在哪裡？」

「就約在西斯皮斯俱樂部吧（譯註：西斯皮斯為西元前六世紀的希臘詩人，傳統上認為他創始了戲劇。），七點半左右。」

「西斯皮斯俱樂部？」

「在柯芬園，倫敦最老的戲劇俱樂部。聽著，尼克！自從大尼克在大戰爆發的時候跟你祖父大吵一架，把你抓出學校、移民到美國去之後，你就一直在那裡待了四分之一個世紀。但別告訴我像你這麼一個大牌記者會在柯芬園找不到西斯皮斯俱樂部。」

「好啦，老馬兒。多謝了。待會兒見。」

葛瑞・安德森居然是西斯皮斯俱樂部的會員，這點讓他自己覺得非常有意思，也跟他變成反諷喜劇般的生活很搭調。葛瑞是個博學的歷史學家，寫了好幾個維多利亞時代政治和文學上重要人物的傳記，頗受歡迎——這些書雖然寫得很好，不乏機智洞見，讓他聲名大噪，但實際收入則只算差強人意，直到他的美國經紀人靈機一動，把其中一本《麥考雷》（譯註：十九世紀英國作家、政治家、歷史家，最出名的是他長達五卷的作品《英格蘭史》。）改編成百老匯音樂劇。

負責演出此戲的是著名的霍爾賓與彼得斯劇團，他們自有一套主張。被席尼・史密斯（譯註：十八世紀末、十九世紀初的英國作家、英國國教會牧師。）稱爲「穿著馬褲的書本」的湯馬斯・巴賓頓・麥考雷，變成了一個浪漫的男主角，與一名（虛構的）伯爵的女兒有一段熱烈的戀情，而這段戀情給了他寫作《英格蘭史》以及特別是《古羅馬詩歌》的靈感。維多利亞時期初期令人敬畏的名女人荷蘭夫人，則被瞎搞成了一個鬧劇角色，她其中的一首歌〈最近有沒有讀到什麼好書？〉，之後幾乎每晚都令演出爲之中斷。麥考雷對著站在下議院露台上的仕女情人所唱的抒情曲〈枝頭小鳥〉，則使得多愁善感的觀眾爲之心跳。就這樣，背景據稱設在一八三〇及四〇年代的倫敦文藝及政治圈的《湯姆舅舅的宅邸》於焉誕生。

葛瑞應贊助者的邀請到紐約去，看到了這個情況，卻因爲已經簽了合約而無力回天。儘管有些抗議的意見，但劇評家還是被征服了，《湯姆舅舅的宅邸》大爲轟動賣座。

「但是你難道不生氣嗎，」之後不止一次有朋友問葛瑞，「看到他們把史實搞得一塌糊塗？」

「一開始我的確生氣，但後來那可笑的一面反而變得娛樂價值大過使人尷尬的程度。要是你不能改變事情，就對之發笑吧。而且——」

而且，他可以補充說明但沒講出口的是，大爲成功的《湯姆舅舅的宅邸》讓他再也不用爲錢發愁了。不僅他早年著作的銷售量因而直線上升，現在他寫作傳記時更可以盡情地忠於史實，不怕遭到任何人的異議。

於是，剛過四十歲的葛瑞·安德森——有時候他不無誇張地告訴自己，說他已經開始感覺老了——或可稱得上是個幸運的男人。不完全算是快樂，但絕對是幸運的。他精瘦、充滿活力、長得不難看，或許有點太隨和、想像力太豐富，但也有份譏諷的幽默感來保持平衡。他是個正經公民，頗爲認眞持重，有責任感。事實上，有些人會覺得他有點古板。

「不過啊，」那同一批朋友就對他說過，「我敢說《湯姆舅舅》讓你尷尬的程度超過你所承認的。在很多方面，葛瑞，你自己就是個維多利亞時代的老古板哪。」

維多利亞時代，嗯？要是他們知道斐伊的事的話……

但他們並不知道，他也不太可能會告訴他們。《湯姆舅舅的宅邸》的情形只不過是滑稽罷了。

尼克．巴克里和巴克里家族的情況大概就沒那麼滑稽了，葛瑞想道，那天是六月十號星期三，他接到電話後邀尼克跟他在西斯皮斯俱樂部共進晚餐。

在英格蘭東南部，索倫海峽深深橫亙在漢普郡海岸線及懷特島之間，有一處海岸突出一片平地，被稱為撒旦之肘，至於這個名稱的由來則佚失在數世紀歷史的迷霧裡。雖然撒旦之肘這個地名並沒有被附加上什麼不祥的意義，但「綠叢」那棟鄉間大宅卻有著曖昧的名聲——原因則從來沒人告訴過葛瑞．安德森——這房子是由一個顯赫但名聲不佳的高等法院法官懷德費先生，在剛過十八世紀中期的時候在此建造的。不久法官便死了，可能是遭到凶殺；巴克里家從他的繼承人手中買下這棟房子，從此便一直是撒旦之肘的主人。

嚴格說來，他們不算是很古老的家族。第一批有確切紀錄的巴克里家人——乾淨俐落不胡鬧的生意人——大約是一七九五年從北方到這裡來的。他們在拿破崙戰爭期間靠賣鞋給法國軍隊而賺了大錢，然後整個十九世紀都以審慎的投資使他們的財富大增，因此就算有各種稅賦、而且第二次世界大戰後所有井然有序的支柱都出現裂痕，但該家族最後的大家長老柯羅維斯．巴克里仍然是個有錢人。

老柯羅維斯還很年輕的時候就展現了家傳的精明，娶了個家境富裕的女孩。這段婚姻生了三個孩子，兩男一女：尼可拉斯生於一九〇〇年，潘寧頓生於一九〇四年，艾斯黛生於一九〇九年。柯羅維斯太太是個溫和、沒什麼實權的人，在一九二〇年代初期去世。她把自己的錢全數留給次子潘寧頓，這樣一來不管發生什麼事他都可以不愁吃穿。

然後，現代的故事開始了。

老柯羅維斯後來成了個留鬍子的暴君，獨攬家中大權，是個很頑強的人。儘管他從來不是很確定自己要什麼，但倒總是很確定——而且大聲地宣布——他不要什麼。子女當中他最喜歡的是結實、精力充沛的尼可拉斯，也就是葛瑞．安德森的朋友小尼克的父親。儘管老柯羅維斯偏愛長子，或者說正因爲如此，他們兩人總是爭吵不休。尼可拉斯想要自立門戶做生意，那是錯的。尼可拉斯早早就娶了一個沒嫁妝的太太，那更是錯的。的確，尼可拉斯可以去開賽車，由老爸付錢；尼可拉斯撞壞了左腿，之後那腿再也無法完全痊癒，沒人對這事說半個字。但是要獨立？要自己出外打拚，撫養自己的家小？門都沒有！

另一方面，老柯羅維斯向來都很受不了潘寧頓，「藝術家型」的他是柯羅維斯太太生前最喜歡的孩子。他說潘寧頓軟弱又沒用，事實並非如此，但他說了就算。至於生來就是要當老小姐、有點小貓樣子的艾斯黛，把父親視爲偶像，總是支持他，柯羅維斯則似乎對她沒什麼好惡。

「艾斯？哦，她是女孩嘛；別人會照顧她，她不會有事的。」柯羅維斯說。然後更年輕的一代上場了。

年輕的葛瑞．安德森和年輕的尼克，一九三〇年代後期在哈洛念書時結爲好友，後者當時一心想當新聞記者。隨著世界各國的敵意演變成致命的衝突，老柯羅維斯和大尼可拉斯之間的磨擦也更加劍拔弩張。尼可拉斯的美國友人比利．威利斯當時正在紐約準備發行兩份雜誌，希望假以時日、再加上一點運氣，兩份會變成很多份；他看出尼可拉斯很有做生意的天分，一直寫信勸邀他來合作。他的最後一封信在納粹殺進波蘭前不久寄到；宣戰了；空襲警報在三九年九月一個晴朗的星期天早上響起；隔天大尼克就去找老柯羅維斯談。

「我是參不進去的，你知道。」他在綠叢那又長又暗的圖書室裡撐著拐杖宣稱。「這條該死的瘸腿會讓我無法從軍，而從軍是這裡唯一能做些什麼的方法。要是我想發揮任何用處，我就必須去跟比爾合作。給我一千鎊，就當作是下注，你六個月之內就能回收，然後我們再看看。唔，你說怎麼樣？」

老柯羅維斯照做了，不過是依他自己的方式。他沒有立刻回答或開張支票。他悶不吭聲了一整個星期。他從布羅根赫斯的銀行提出一千鎊，面額全都是五鎊，用橡皮筋把鈔票綑成厚厚一束。他再次跟尼可拉斯在圖書室裡面對面。就連那時候，他也沒有輕蔑地把錢推過桌面或者扔在尼可拉斯的腳旁。事實上，他是把那疊鈔票狠狠地砸到長子的臉上。

「把你的錢拿去吧。」柯羅維斯咆哮。「現在給我滾。你說怎麼樣？」

尼可拉斯也沒猶豫。他朝可敬父親的臉上砸過去的，是圖書室桌上的墨水池裡全部內容物。他咆哮的話則是，「下地獄去吧，別再回來了。」

然後他大步走了出去，猛力摜上門。不出二十四小時，尼可拉斯就和太太兒子搭上了「伊利瑞亞」號，從南安普頓航向紐約。

大部分人都知道接下來發生了什麼事。不管有沒有戰爭，威利斯與巴克里的生意幾乎是馬上就興旺了起來。尼可拉斯立刻就很有用，不久之後更變得不可或缺。戰爭結束之際，他已經是合夥人了；他們的兩份雜誌變成了四份。一九五〇年代初，尼可拉斯買下了一個想退休的合夥人的股份，控制了六份名稱都是單詞的重要期刊，以《快訊》和《時人》爲首，前者是有大量圖片的新聞雜誌，後者則深入探看重要男女的生活，但又從不流於低俗的偷窺。

「我就知道他會成功的。」小尼克說。

年輕的尼克也沾到了光。他們送尼克去上另一所學校——美國的哈洛，在賓州戈茲堡——接著進了普林斯頓。之後，由於他仍然對新聞很有興趣，他父親便安排他到各地分社去吸收經驗，然後讓他成爲《快訊》的工作人員。

身爲特派記者，尼克自己也闖出了一點名氣。他被派到世界各地去看所有的東西。尼克性情溫厚、敏銳易感，裝出一副其實與他本性大相逕庭的憤世嫉俗狀，確實在新聞界闖出了一片天。

與此同時，在英國，在撒旦之肘的那棟房子裡……

尼可拉斯離開後，滿腔怨恨的老柯羅維斯行爲舉止倒也不太出人意料。他的怨恨之情並未超過尼可拉斯，後者再也沒跟父親聯絡過，只把一千鎊加上以當時利率計算的利息還給他。但柯羅維斯顯然始終一派頑強。他再也不許任何人提起他長子的名字。他說他沒有長子。儘管他不喜歡文雅、學究氣、非常彬彬有禮的潘寧頓，但巴克里家的財產還是必須留在巴克里家人的手裡。他把安德魯·多黎許找到綠叢去，他是個腳踏實地不過也容易受人影響的律師，忠心地為巴克里家服務，就像為他們服務了將近一世紀的父親和祖父一樣。多黎許先生雖然跟潘寧頓同年，但嚴肅的態度跟巴克里家的大家長不相上下。老柯羅維斯的遺囑中充滿了這位律師勸阻不成的各式評語，內容則是將所有東西全都留給潘寧頓。忠心的艾斯黛連提都沒被提到。

時間一年年過去，對死亡的憂懼讓柯羅維斯煩亂，他變得愈來愈神祕兮兮、脾氣也愈來愈壞。然後……

一九六四年初春，在紐約，向來總是誇口自己健康強壯的尼可拉斯·巴克里，正在「尖端俱樂部」的健身房裡一手接一手地攀爬一條繩子時心臟病發而死，離他六十四歲生日還差幾個月。老柯羅維斯在三月狂風吹襲的綠叢花園裡閒逛時得了支氣管性肺炎，加入了埋在美地教堂墓園的眾祖先。這並不是結束，事情才剛開始而已。

這兩樁死訊，人在倫敦的葛瑞·安德森都聽說了。尼可拉斯的死在英國媒體上很是熱鬧了一番，老柯羅維斯的死則只在《時報》上出現了不大不小的一則訃告。葛瑞從八卦消息中得知，尼克的潘叔叔不僅繼承了柯羅維斯的錢，也繼承了綠叢，前者他並不需要，後者他深深喜愛；尼克自己則繼承了他父親的事業，四十歲就成了個大亨。

葛瑞始終不明白，潘寧頓．巴克里爲什麼全心喜愛撒旦之肘的那棟房子。他多年前應尼克之邀去過一次，那地方讓他感到沮喪又不安。儘管添加了方便的現代設施，儘管四周有著鄉間美景，綠叢仍然充滿陰影、黯淡寡歡，讓人天黑後總是想回頭看身後是不是有東西。陰鬱豪華的房間和走廊總是充滿擾人的波動，這些波動似乎不只是現代的電流而已。

這跟他沒關係，葛瑞告訴自己；當時他只是個男孩，八成是弄錯了。再說，他是哪根蔥，有資格發表如此大言不慚的意見？

但是，當尼克在六月十號星期三那天突然打電話來時，葛瑞感到的不安則有著比較確切的來源。他並不知道這些年來綠叢發生了什麼事，但號稱憤世嫉俗的尼克顯然有心事，而且從他說的話聽來，不會是什麼好事。這晚餐之約葛瑞不想遲到，他早早就開車前往柯芬園，繞了不知多少圈子——如今在倫敦開車就是這樣——才找到停車位，然後在七點三十幾分踏進西斯皮斯俱樂部。

他的客人還沒到。七點四十五分，尼克．巴克里走進了一樓這間小酒吧，牆上掛滿十八世紀戲劇人的畫像（是個預兆？），鑲在巨大的鍍金框裡。

房裡除了他們兩個和酒保之外空無一人。儘管近二十五年來葛瑞只見過這位老友一次，他仍再一次覺得不管在哪裡都能認得出他。尼克的衣服仍然都是向倫敦訂購；深色頭髮，方下巴，眼神機警，身材相當高，這點是巴克里家所有男性的共通特徵；但跟他祖父或父親甚或叔叔不一樣的是，接近中年的他已經開始有點發福了。

「嗨！」尼克說。

他們熱忱十足地握了手，帶著真實的好感問候對方。葛瑞點了兩杯馬丁尼，把酒端到一張桌上，兩人面對面坐下。尼克與他碰杯之後，幾乎一口就把馬丁尼喝乾了。然後他坐直身子，用底下有著斜斜的擔憂皺紋的眼睛，直直地盯著他的朋友。

「怎麼樣？」他說。

CARR

CHAPTER 2

第二章

「什麼怎麼樣？」葛瑞問道。

「一切過得如何啊，你這幸運的傢伙？從我上次跟你見面之後，你好像已經成了大名人了嘛。」

「成名的原因全不對就是了。」

「唔，誰在乎？何必抗拒呢？不管你是否對它有責任，《湯姆舅舅的宅邸》都是齣頗為轟動的戲。我看了兩次，恭喜你啦。他們什麼時候要到倫敦來演？」

「還沒，說不定永遠來不了。宮內大臣不會准的。」

葛瑞又叫了兩杯馬丁尼，兩人都點起菸。尼克隔桌咯咯笑著。

「不過誰想得到老麥考雷會是這麼個讓人笑破肚皮的電影明星？還記得萊頓．史崔契（譯註：十九世紀末、二十世紀初之英國傳記作家、文學評論家。）是怎麼寫他的嗎？『他就在那裡——蹲著，一副冬烘相，話講個不停——在巴納塞斯山上。』宮內大臣又看他哪裡不順眼了？」

「如果你還記得的話，在第二幕，麥考雷公然反抗印度總督：先是講了一段關於民主的長篇大論，然後唱了一首振奮人心的歌，歌名我記不得了。」

「『別踐踏他們，總督；他們會殺了你』。要不要我用口哨吹給你聽？」

「不用了，謝謝。」

「但我還是不明白啊，葛瑞。宮內大臣有什麼不高興的？」

「《湯姆舅舅》裡那個被演成天字第一號大壞蛋、爲了君王的榮耀而鞭打折磨印度人的總督，是個眞有其人的官員，他的子孫現在還活著。除非他們把他重寫成一個顯然是虛構的人物，否則宮內大臣不會准他們演的。」

「太不幸了。但我眞正想問你的不是這個。你的私生活如何，老馬兒？結婚沒？」

「還沒。你結婚了吧，我聽說？」

「曾經結過。」尼克以哲學家姿態噴出一口煙。「我是曾經結過婚沒錯，不過行不通。爾瑪和我早就分了，此後我就專打游擊。愛她們然後離開她們：這是我的座右銘，雖然不是很有原創性。

「我年紀慢慢大了，葛瑞。」他相當自負地說。「要是我不小心點，可能兒女成群哪。你看，我頂上的頭髮也有點稀了。倒是你呀，你這個老土包子！看起來健康極了，瘦得跟耙子一樣，頭髮還是那麼濃密，你這個走運的渾球。」

他們再次碰杯。

「你可眞有資格啊，是吧，」葛瑞，「還說別人是走運的渾球？『大亨巴克里，統御他供給的一切。』『公司或許是我的，』巴克里說，『但我仍然報導任何引起我興趣的新聞。』」

「這聽起來像是《時代》周刊。」

「就是《時代》，封面人物特別報導。」

「哎呀呀！助長競爭對手的聲勢一定讓他們肉痛不已，不過他們依然很有風度。但我還是覺得你很可惡。《湯姆舅舅》首演的時候你到紐約去了對不對？你為什麼沒來找我？」

「我有啊。他們說你不在城裡。」

「嗯，我想是吧。那是六二年的秋天對不？古巴危機？不過，要講到可惡的話……」

「好了，我們已經閒扯夠久了。尼克，別再打哈哈了。從你在電話上說的話就可以清楚聽出來，有事情很讓你心煩，那麼你何不說來聽聽？」

「你是說眞的，對吧？你會跟以前一樣全力挺我？」

「我當然是說眞的。」

突如其來的嚴肅神情除去了尼克臉上的笑容。酒吧裡很暖，空氣也一如往常地很悶。一道傍晚的陽光穿過窗簾邊緣照進來，照在尼克的左眼角。他緊張躁動地喝乾了酒，摁熄香菸。

「我可以跟你談。」他說。「經過二十五年，大部分人會變得完全陌生，但我並不覺得你是陌生人。我可以信任你；我可以信任安德魯．多黎許……」

「那是你們家族的律師，是吧？」

「是的。不過，因為我這人有點多疑，你們差不多就是我唯一信任的人了。總之，沒錯，有麻煩。一直以來在綠叢和其他地方都是如此：是潘叔叔，是艾斯姑姑，是所有的一切；我只希望我能應付得了。」

「嗯？那麼綠叢一直以來究竟發生了什麼事？」

「鬧鬼。」尼克說著突兀地站起來。

「鬧鬼？」

「至少據說有一個鬼。但不只是這樣。一份新的遺囑。一些神祕的女人，有血有肉的女人，出現一段時間然後又消失，彷彿從來沒存在過。」

「你說這話是什麼意思，」葛瑞也同樣突兀地問道，「說有血有肉的女人出現然後又消失，彷彿從來沒存在過？」

「哇哈！」尼克的笑意短暫地回來了一下。「我是不是碰到你的痛處了？」

「我問你，這什麼意思？」

「事實上，老正經，我問你結婚沒的時候就覺得你的表情有點奇怪。用你演藝界朋友的話來說，你是不是遇到了一位女士？」

「呃……」

「她是金髮嗎，葛瑞？記不記得以前在瓦特福，住你家附近的小米麗・史蒂文斯？你對她眞是死心塌地到十五歲的人能死心塌地的極限。米麗就是金髮，你當時發誓說……」

「不管我有沒有遇到什麼人，」葛瑞沉著臉說，「都跟眼前的問題沒關係。究竟怎麼回事，尼克？是什麼事讓你這麼煩惱？再來一杯？」

「不，謝了。我現在有點不對勁；一整天我都沒吃什麼，可不想在晚飯前就醉倒。」

「好吧，隨你。坐下來，把事情講給我聽。」

「我想我曾經在信上跟你說過，」尼克繼續說著，坐回椅子上伸手拿菸，「說我父親跟我那可敬的爺爺斷絕關係走人之後，兩家就再也沒有聯絡了？這我告訴過你是不是？」

「是的。」

「事實上不完全是這樣。我父親從沒寫信給柯羅維斯過，只把他那一千鎊連本帶利還給他。天知道我也從來沒寫過信。但有時候艾斯姑姑會寫幾個字給我母親，我母親也總是很有良心地回信。信不多——也許一年一封，或者兩年一封——但確實能讓我們偶爾知道那親愛快樂、被捏得緊緊的老家發生了什麼事。老柯羅維斯——關於他嘛，大概還是少說爲妙……」

「我多年前見到他的那一次，他似乎沒有那麼糟嘛。」

「他當然沒那麼壞，只要你從來不在任何方面惹他生氣不高興。這世界上沒有人不能用這句話來形容吧？」

尼克點起一根菸，以異常專注的眼神隔桌盯著他看。

「我跟你說，他是個大怪物。葛瑞，我們一家都很怪，不穩定，神智可能也不太清醒，但我祖父是數一數二的怪胎。除了某人生日這麼個多愁善感的小小習俗之外（別管那習俗是什麼；誰知道，或許這習俗仍然被遵守著），柯羅維斯要不就是鬧彆扭、要不就是發脾氣，把整個家裡弄得烏煙瘴氣的。我父母和我住在綠叢的時候就已經夠糟了。我們搬走之後——乖乖！你得從艾斯的信裡讀出言外之意；雖然她把老頭當成萬能的上帝，但你還是看得出來。他把每個人都弄得慘兮兮，但尤其是、總是不停地拿潘叔叔開刀。」

「不過，」葛瑞插話道，「不過，就我所知，他還是把所有的財產都留給了你的潘叔叔。」

「對，根據一份四八年擬定、交給安德魯．多黎許保管的遺囑。柯羅維斯並沒有把這點當作祕密。『你不配得到這些，潘寧頓，但你是我兒子。』就連艾斯也知道那份遺囑的內容，說潘不配得到它。」

尼克頓了頓，在煙霧和飄浮的塵埃中。

「我喜歡潘叔叔。」他突然以防衛的態度補充說。「以前我喜歡他，現在我也喜歡他。他是個大好人，向來都是。我不會眼睜睜看著他被省略掉或者被騙。」

「他是怎麼被省略掉或者被騙了？」

「你等我說完行不行？」

「好啦，快說吧。」

「我喜歡潘叔叔。」尼克重複道。「可能是因爲他有種戲劇性的態度。他那麼熱愛戲劇，如果能成爲這個俱樂部的會員，大概要他割耳朵他也願意。但當時他完全把我當成大人來對待，這種態度能贏得所有孩子的心。他總是有時間談話，而且老天，潘叔叔眞的很會說話！他講故事給我聽：大部分是鬼故事，而且挺嚇人的。他並不相信超自然現象，對死者會回來的說法嗤之以鼻，但他跟許多同類的人一樣，總是很著迷於這種事。

「我現在彷彿還可以看見他當時的模樣：比你瘦——但他是瘦弱，你則不然——而且身體一直不好。我現在彷彿還可以看見他在花園裡漫步朗誦詩句的樣子，不過我當時對詩的概念恐怕只有吉卜齡的東西，或者你那位朋友麥考雷寫的《橋畔的賀瑞修》。他讀的則是眞正的詩：濟慈、鄧恩、莎士比亞。但柯羅維斯很討厭詩，也很討厭戲劇。現在我們知道，那老妖怪對我父親反抗他這一點，心裡是偷偷感到讚賞的。」

「你的潘叔叔有沒有反抗過他？」

「這個問題很難回答。當然啦，青少年從局外人的角度可以聽到很多東西，但他們不了解自己家裡的大人，只覺得他們喜怒無常、沒什麼人性。到很久之後，我才眞正去想過這一點，或從我父母那裡追問出一些資訊來。

「看來，很多年前潘確實是有出軌過那麼一次。那是一九二六年春天，我還只是個小娃兒，潘叔叔自己頂多不超過二十出頭。我祖母是二三年死的，留了很大一筆錢可以供他花用。有一天，爺爺對他大發一頓脾氣，連艾斯都跟他吵了一架，之後他就悄悄地打包離家出走了。接下來他們就聽說他在布萊頓租了間別墅，跟一個小女演員同居，不過她的名字我要不就是忘了、要不就是從來都不知道。

「我的耶穌基督！」尼克雙手一攤驚嘆道。「你能想像柯羅維斯目瞪口呆，還有可憐的艾斯激動得發抖的樣子嗎？但那沒有持續多久。老家——或者其他什麼東西——對潘的吸力太大了。同年九月，他已經回到了綠叢，他的離經叛道行爲和那個小女演員暫時被遺忘了。」

「暫時？」

「要是我能這麼形容的話。現在我們必須往後跳個幾十年——事實上是三十多年——到一九五八年的夏天。那時候柯羅維斯的遺囑早就擬好了。儘管綠叢的情況並沒有改善，不過至少看來也很固定了。然後呢，已經年紀一大把的潘叔叔，突然在五十四歲的時候祕密結婚了。」

「結婚？」

「沒錯。娶了一個比他小二十幾歲的太太。」

雖然是很普通的一句話，但卻字字戳進了葛瑞・安德森的腦海和內心深處。他感覺這間空氣很悶的小酒吧似乎變得愈來愈狹窄，朝他擠壓而來。

「比他小二十幾歲？」他複述。然後說，「那女孩是誰，尼克？長什麼樣子？」

「我怎麼會知道？我有跟哪個親戚說過話或寫過信嗎？」

「別激動，尼克！」

「她的名字是迪蕊。」尼克摁熄他的菸。「我只知道她出身一個非常好的家庭。沒有錢，但其他各方面都相當不錯，就連老多黎許都承認這一點。『一位迷人的年輕女士，』

多黎許說，『又非常溫良。且容我這樣說，她對潘寧頓很好，對你祖父也有好影響。』就我所知，潘叔叔是在音樂會之類的場合認識她的。他們偷偷去登記結婚，就像我父母在二二年做的那樣，然後潘把她帶回家去住。」

「老柯羅維斯怎麼說？」

「他還能說什麼，既然這個女孩顯然每方面都符合理想，而潘自己又已經不年輕了？要是你以爲一切都變得光明美好，那你就太不了解柯羅維斯了。但就連他似乎也喜歡她，在最後的那段日子脾氣也似乎稍微沒那麼惡劣了。反正他可以等。現在我們就來到爆炸性的最後一幕了。

「不用我說你也知道，今年三月二十號，我父親在他俱樂部裡的健身房心臟病發作，一小時後死在長老教會醫院。接下來那個星期，我們正忙著辦喪禮、處理事情，艾斯姑姑寫了最後一封信給我母親。

「『我帶著傷痛之情向你報告，』類似這樣的句子，『可憐的父親星期二晚上過世了。但不需哀慟：他得到了安寧。』（當然安寧，要跟我賭多少？）之前柯羅維斯冒著東風在園子裡亂晃，對幾個園丁大吼大叫。雖然我們現在有那麼多神奇特效藥，但就算你還不到八十五歲，支氣管性肺炎也不是可以等閒視之的小毛病。總之……」

「怎麼樣？」

「柯羅維斯不再給大家找麻煩了，至少我們是這麼以爲的。然後爆炸性的來了。四月中旬，英國又來了一封信。這次不是寄給我母親，而是寄給我的。不是艾斯姑姑肉麻兮兮的信，而是萊明頓的多黎許與多黎許事務所寄來的正經八百長篇大論。我們來來回回寫了好幾次航空郵件，終於把事情搞清楚了。綠叢那裡並非一切平順。他們發現了一份新遺囑。」

「新遺囑？」

「一份親筆遺囑，是柯羅維斯在沒有見證人的情況下擬的，但筆跡是他的，絕對具有法律效力。你看，柯羅維斯始終都悶不吭聲地在盤算，慢慢地等。他寫了遺囑，然後藏在屋裡某個遲早會被發現的地方。找到遺囑的過程似乎是個很戲劇化的故事，不過我還不清楚所有的細節。

「總之呢！這份新文件的日期是一九五二年左右，推翻了前一份遺囑的內容。潘叔叔被撇下了，艾斯姑姑也還是連提都沒被提到。柯羅維斯死時所擁有的一切，現金、證券、房地產——當然也包括綠叢——都無條件地留給他的『長子，尼可拉斯．阿登．巴克里』，或者如果上述的尼可拉斯．巴克里已經不在人世，一切就依然無條件地留給……留給……」

「誰？」葛瑞催道。「怎麼樣？留給誰？」

「留給我。」尼克大聲說道。「『留給我心愛的孫子，尼可拉斯．阿登．巴克里二世，我希望他會比他父親更配，也確定他會比他叔叔更配得到這份產業。』眞是敗給他了吧，老天？你有沒有聽過這種事？」

這間落著灰塵、掛著鑲金畫框畫像的老房間，這棟柯芬園南側的老房子，隨著天空中噴射機飛過的咆哮聲微微顫動著。尼克·巴克里猛地站了起來。他忍著喉頭的顫抖，指著那兩個空杯。

「哪，葛瑞！我不是這俱樂部的會員，沒辦法付酒錢，連點酒都不行。但，想到你剛才的提議……」

「是的，抱歉。弗瑞德，再來兩杯一樣的！」

酒保調了馬丁尼，倒在杯中，然後悄悄退下。神氣活現、天性善良又誠懇的尼克，一手搭在吧台上，另一手舉起他那杯酒。

「唔，乾吧。」

「祝好運。」

「你明白了吧，葛瑞？那個老傻子把遺產留給了我，但我既不需要也不想要也不會接受它。這樣不行的。所以我來到這裡：來把事情搞對。」

「我明白了。但你要怎麼把事情搞對？」

「拜託，他們以為我是哪種貪心的王八蛋啊？潘叔叔會拿到遺產的，艾斯姑姑也會不愁吃穿。而且不管別人怎麼說潘，至少他絕不是一毛不拔的小氣鬼。在他還以為自己是遺產繼承人的那將近一個月當中，他正在安排要讓艾斯終生每年都有三千鎊可用。這一定要維持下去，如果這數目夠的話。除此之外，潘會得到遺產的大部分，尤其會得到綠叢。他活在過去，所以他那麼愛那個地方。這些會需要變一些法律上的戲法，多黎許說，但是可以辦得到。」

「所以你跟多黎許先生談過了？」

「我今天早上到了之後，打了通長途電話給他。我們已經通過一大堆航空信了。他明天要進城來把整個來龍去脈告訴我。講到這我想起來了。聽著，葛瑞！週末你可不可以陪我到綠叢去，搭星期五晚上從滑鐵盧開出的火車，給我一點精神支持？」

「好啊，很樂意。你需要精神支持有什麼特別原因嗎？」

「恐怕是有的。打從他們在菸草罐裡發現那份遺囑，家裡就一團混亂。對了，是艾斯發現的。潘叔叔這陣子身體不好。他平常在屋裡穿的是六十年前的人穿的那種老式吸菸夾克（譯註：一種男用寬鬆上衣，是室內穿著的便服。），他甚至有個醫生乖乖陪在旁邊。當他得知到頭來他還是當不成大宅的主人，差點就承受不了這個打擊。

「不過！」尼克補充說，彷彿在仔細挑選措辭。「潘叔叔或許是有一點神經兮兮，這種個性緊張的人通常是這樣。在我看來，他緊繃的程度超出任何人以爲的。要是他先前想到他會被踢出家門，他搞不好會發瘋做些傻事，比方射顆子彈到腦袋裡之類的。但我好幾個星期前寫信給律師事務所時，提到的第一件事就是告訴潘叔叔綠叢一定要給他，這是他應得的。所以這點已經處理好了，起碼我希望是這樣。可是！潘太太這陣子很擔心他，能說她大驚小怪嗎？」

「不能。」

「而且事情還不只如此。」

「哦？還發生了什麼事？」

「我不是提過了嗎？所謂的鬧鬼呀！打從他們發現柯羅維斯的第二份遺囑開始，就有個東西在暗中來來去去，搞出各種醜陋又難以解釋的花招。」

「等一下，尼克！你的意思該不會是說，老柯羅維斯從墳墓裡爬出來亂晃吧？」

「老天，不是啦！」

「那不然呢？」

尼克把手中的酒杯朝大衛・蓋瑞克扮演馬克白的半身畫像指了指。

「十八世紀！」他說。「賀瑞斯・懷德費爵士，懷德費法官大人，那個兩百年前蓋了這棟房子的缺德老法官。不過至於他爲什麼要跑出來亂晃，又爲什麼偏偏選在這時候，我跟你一樣沒概念。」

「我想你不相信這個鬧鬼的事吧？」

「不，當然不相信！潘叔叔和安德魯・多黎許也一樣不相信。只不過是有人在裝神弄鬼罷了。但是是誰？爲什麼？又是怎麼辦到的？融進硬邦邦的牆壁裡！穿過鎖著的門！我希望這件事不會變成你那個老朋友基甸・菲爾博士的案子，你以前信上常提到他。對了，菲爾博士怎麼樣了？」

「老了，跟我們一樣，不過還是很活躍。他那個朋友艾略特現在是刑事偵察組的副隊長，他們有時候會來找我聊天。」

「總之呢，事情就是這樣。廚子和女僕都吵著要離開，迪蕊慌得不知如何是好，艾斯姑姑也病了。簡言之，事情一件接著一件……」

「是的，我了解。晚飯前再喝最後一杯？」

「有何不可？照我現在這種心情，還不如喝醉呢。弗瑞德！」

那個靜悄悄的酒保連忙過來，調酒倒酒，然後又悄悄地迅速退下。酒吧窗下飄起了更多煙霧。

「這樣你還要問我，」尼克一邊快速啜著酒一邊繼續說，「我爲什麼需要精神支持？可不是因爲鬧鬼的關係。這整件事情有什麼地方不對勁，讓我反胃。我要去到那棟房子，而那畢竟是別人的房子，然後表現得一副不可一世又寬宏大量得要命的樣子……」

「你這樣做很正派，尼克。」

「當然正派。這樣做才公道，你也很清楚。老天，葛瑞，不然我還能怎麼做？這筆錢對潘叔叔沒有意義，他反正已經很有錢了。但我不能奪走他心愛的綠叢，儘管——」尼克突兀地停下來。

「儘管……什麼？」

「沒什麼，就當我沒說吧。我喝多了。」

「我不認爲是你喝多了的關係，尼克。有什麼不對勁？」

「不對勁？」

「你另外還有件心事，比其他這些事情通通加起來還令你煩惱，但不知爲什麼你連提都不提。有什麼不對勁？」

「不行，葛瑞。不能這樣。」

「不能哪樣？……」

「不行。有心事的是你。我看得出來，提到神祕女人的時候你突然變得激動，然後我說到潘的太太比他年輕很多的時候你的反應更是明顯。有件事一直讓你很煩惱，說出來對你比較好。說吧，歷史和傳記的老繆思！說吧，你這很有當壞蛋潛能的維多利亞時代土包子！你難道沒有什麼事要告訴我的嗎？」

葛瑞眼睛瞪著過去。

「嗯，或許是有吧。我希望你會保密？」

「你知道我會的，葛瑞。有什麼牢騷？」

「這不太能算是牢騷……」

「好吧！是怎麼回事？」

無形的藍色憂鬱惡魔聚集起來打鼓。大衛・蓋瑞克、席登斯太太，一大堆從十八世紀到維多利亞時代末的戲劇界名人，都擺著僵固的姿勢冷眼旁觀。葛瑞擦燃火柴，火光在逐漸暗下去的酒吧裡照出一小點光亮。

「我想這事也沒什麼吧，但當時意義重大。去年五月，寫完《狄斯瑞里》（譯註：十九世紀英國首相、作家，有三十餘年的時間對英國政治極具影響力，並對保守黨留下深遠的影響。）之後我有點閒，就到巴黎去短短度了個假。」

「很正常啊。然後呢？」

葛瑞的眼睛再度瞪著過去。

「呃，就像你說的，我遇到了一位女士。」

CARR

CHAPTER 3

第三章

就這樣，在六月那個星期五入夜後沒多久，葛瑞．安德森在他位於漢普斯戴的公寓裡收拾了一包行李，打電話叫計程車來送他去滑鐵盧車站。

星期五，六月十二日。

暖意和日落籠罩著整座城。葛瑞的計程車駛下羅斯林丘和黑佛史塔丘，在坎頓鎭向左穿過布魯斯伯利，經過新尤斯頓，穿越羅素廣場，轉過奧德維屈開上河岸大道，朝滑鐵盧橋和其後的車站而去。最新的交通規則禁止你在任何合理正常的地方左轉或右轉，因此街道不管在什麼時間都擠滿車流，在紅燈前屢屢停滯不動。

這些葛瑞都沒注意到。他一心只想著他在星期三晚上告訴尼克．巴克里的事，或者更確切地說，是在想他星期三晚上沒講的事。面對要把斐伊的事講給老友聽的決定關頭，他發現自己難以啓齒，換了尼克則會說他是拘謹，總之他講出來的內容就跟隨便哪個家族律師會講的一樣經過審愼的修剪。

但是，就算他願意解釋一切，又能怎麼解釋？他根本就不知道是怎麼回事。

在計程車裡，他回憶著實情。

一年多前，那個陽光燦爛的五月，他搭上一班午後的班機飛往巴黎。他旁邊的靠窗座位上坐著一個半夢半醒般的女孩，年輕得離譜，看來那麼天眞——她最多不可能超過二十一歲吧？——她問了他一些關於這班飛機的事。

他轉頭看進她的眼睛：深藍色的眼，靦腆地側瞥，但在天眞背後具有一股熱烈。他看著她健康明淨的白皙膚色，看著她濃密滑亮的及肩金髮，看著她穿著薄花呢旅行裝、苗條但結實而形狀美好的身材。飛機還沒在巴黎歐里機場降落，他們已經談得非常投機了。

她說她名叫斐伊．娃朵。她告訴他說她辭去了工作（工作內容則沒有說明），部分原因是因爲一個姨媽去世，留了一小筆錢給她。她把整筆錢都花在這趟出國旅行探險上——在巴黎待十天，羅馬待一星期——然後六月回國去開始另一份工作。然後他們發現兩人住的旅館很近：他住在他偏愛的莫利斯旅館，她則住在希佛理街上一間比較大、比較沒那麼華麗的旅館。

「聖詹姆斯與達巴尼旅館。原文如此！」斐伊輕笑一聲說。「不知怎麼的，聽起來就是很不搭調。」

「就好像說『小果醬與沒文章大飯店』一樣？」

「對！他們總是取這種名字，是不是？倒不是說我很懂啦。我很沒知識、很少旅行的，我說的法文是最糟糕、最原始的女學生式法文。」

「你願不願意今晚去看戲，練習一下你的法文？」

「願意極了！」斐伊低聲說道。

於是他們在芙桂餐廳用晚餐，然後上莎拉．伯恩哈特劇院，兩人都被那場精彩的薩杜通俗劇給迷住了，那樣誇大卻又具說服力的演出只有法國演員才做得到。

就這樣，在斐伊前往下一站羅馬之前，迷人的十天展開了。他們在碼頭邊散步。他們在葛雷文看蠟像，在香榭麗舍大道上看木偶戲。他們去聽歌劇，也去了幾間脫衣舞夜總會。他們露天用晚餐，街燈蒼白的光線高高透過栗樹的葉子灑落下來。葛瑞通常很節制，但這時則喝了太多酒，而斐伊喝起酒來也不需人催。

最令他著迷的還是斐伊本人：她的好脾氣、她的熱切、她的聰慧和好玩，還有似乎他講的每一句話她都深有同感。她可以跟他並肩走上好幾哩路而毫不抱怨，但她絕對不許他表現出長輩的樣子。很明顯的一次是他帶她步行參觀巴黎舊城區，那些源自中古世紀和文藝復興時期的灰色街道，如迷宮般坐落在離瑟維涅街上的卡納瓦列博物館有一段距離的地方。

「下一個轉角，斐伊……累了嗎？」

「老天，沒有！我怎麼會累呢，你一直都講這麼多有趣的事情給我聽啊！前一個地方，就是亨利十四把那個叫什麼名字的女人養在對面房子的那裡，眞是有意思極了！你剛剛講到哪了？」

「下一個轉角，斐伊，就到單純西蒙街了。」

「在單純西蒙街上我們會看到什麼？」

「等下就知道了。是這樣的，年輕小姐……」

「哦，不要！拜託不要！」

「不要什麼？」

「不要這樣講話！好像——好像我還沒長大似的！」

「你是還沒完全長大啊，不是嗎？」

「不是！當然不是啊！你知道的，不是嗎？」

就大多數層面上來說，他必須承認她說的沒錯。那狂亂迷醉的十天當中，最重要的一點他無法告訴尼克．巴克里；他無法告訴任何人。在掛著更多戲劇界人畫像的西斯皮斯俱樂部餐廳裡，他只能說出斐伊其他比較明顯的完美之處，而尼克帶著一副年紀大又見多識廣的神情，很努力地試著翻譯他的意思。

「聽著，」尼克說，「除了她這些你就是很喜歡的特質之外，你這位X小姐，我想，是非常有魅力的吧？有魅力得要命？身體方面的魅力？」

「是的，都有。」

「簡言之，秀色可餐。而你顯然也是有經驗的人，儘管看起來一副拘謹老古板樣。我希望你有好好把握良機，老馬兒。你有沒有……嗯？……」

「去你的，尼克，你指望我回答這種問題？」

「所以你是不肯說了，嗯？」尼克追問。「你非常有紳士風度，所以不肯說。但我可不是紳士，從來都不是。相信我吧，要是這麼個秀色可餐的人兒自己對我投懷送抱，我可是會說個沒完沒了的。好吧，不說就不說。但我會自己歸納結論的，你這小人。有巴黎在發揮它那向來的藥效，我才不信她沒有寬衣解帶躺下來呢。」

事實上，斐伊有。他們的韻事在第一夜就發生了，在葛瑞送她回旅館的時候。他並無意引誘她，至少在事情發生前他是這麼相信的；他們的年齡差距似乎太大了。但他情不自禁。不管是夜色還是酒給的靈感，還是巴黎發揮了藥效，或是其他更深層的原因，他一碰觸到斐伊，她的靦腆和羞怯就變成了全然的放縱，使他既吃驚又愉悅而昏頭轉向。就算內在有個聲音警告他要謹愼，他也把那聲音給搗住了。他失去了理智；他不在乎。而斐伊看來似乎也不在乎。並不是她說了或做了什麼，因爲那是可以假裝的，但在親密時刻的狂醉中，有確切無誤的肉體跡象顯示，她跟他一樣完全沉迷在激情中。就這樣，展開了一段毫無消退跡象的狂亂迷醉。儘管他過去有過一些不甚認眞的韻事，但這次卻似乎有另一個聲音在悄悄對他說，「這次就是了。」

但是，是嗎？他不是說她還沒有完全長大嗎？總之在愛的舉動上，斐伊是有技巧、全神貫注、經驗豐富的，讓他對她過去接觸過的男人感到頗爲嫉妒。在接下來的幾天裡，她表現出好幾種不同的、難以理解的情緒。斐伊怎麼都不肯照相，就連那種搞笑用的設備、讓人從做成汽車狀的木板後伸出頭來一副傻樣的那種，她也不肯。僅僅是提到婚姻，任何人的婚姻，就會讓她變得苦澀、言詞刻薄，這點與她溫和的天性似乎不合，令人不解。偶爾她還會沒來由地在夜裡鬧情緒，會變得憂懼、沮喪，有時候甚至還會拚命掉眼淚。

「親愛的，」有一回她低語道，「假如我事實上不是我假裝的這個樣子呢？」

「假裝的這個樣子？」

「要是我沒有權利使用我用的這個名字呢？要是我已經牽扯進了一件骯髒之至的事情裡呢——的確，我是無心的，但那眞的是可怕的一團亂，只會讓你恨我？」

「我有問你什麼嗎？你以為那些事情會造成任何影響嗎，就算它們是眞的？」

「會有影響的，親愛的。你或許認為不會，但我知道會的。」

「我跟你說，不會的！」

「哦，葛瑞！」然後，隔了一會兒，「嗯！至少我們有個愉快的結束。」

「結束？你說結束是什麼意思？」

「親愛的！你難道忘記我星期一就要飛到羅馬去了嗎？」

「嗯，那又怎麼樣？我跟你一起去。」

「不行！不可以！我是多麼希望你能去，但是不可以。我——我要去看一個老同學，另外還有一個同年級的朋友也要飛去找我們。你也知道要是你去了會發生什麼事，葛瑞；她們會很震驚的。她們是很好的人，但她們會非常震驚。我的外表多少還是得保持一點端莊，儘管我很願意就像現在這樣過一輩子。而且這也不是眞正的結束；請你說不是！等到我一回國，我們會在倫敦見面的，對不對？我們現在就來訂個約會吧。」

這些就是他沒有對尼克・巴克里透露的細節，不過後來的事他說了。在西斯皮斯俱樂部的餐廳裡，匆匆吃著食不知味的飯菜，但繼續進攻一瓶紅酒之後，尼克的態度更加大擺架子了。

「你知不知道，」他插話道，「你連她姓什麼都沒告訴我？這位名斐伊姓X小姐的事，你已經講夠多了。既然你對這個消失無蹤的美女還這麼無法忘情，告訴我她姓什麼又有何傷？」

「一點也沒有。但我甚至不確定我知道她姓什麼。」

「假名？你認爲她是在搪塞你？」

「我不知道該怎麼認爲。一開始很難相信，因爲虛榮心作祟。但是——」

「但是她去羅馬之後你就再也沒見過她了？」

「再也沒見過。她本來應該六月二十四日要跟我在長春藤餐廳共進晚餐的——再過兩星期就滿一年了。我在那裡空等了兩個小時，超過任何約好的人可能出現的等待時間，之後很明顯的就是我玩完了。喜劇結束。」

「喜劇，嗯？你有沒有試著找她？」

「電話簿裡沒有她的名字，雖然我沒有理由確信她住在倫敦。此外我還能做什麼？」

「你認識刑事偵察組的副隊長啊，你大可以去找警察。」

「我有什麼資訊可以給他們？他們只消說這事跟他們無關，而且這樣說也沒錯。或者，就算他們眞的幫我找到她了，結果又會是如何？對斐伊來說，可能只有尷尬——或者更糟。」

「你的意思是說，萬一她已經結婚了？」

「這是一種可能性。我不知道。」

「也可以找私家偵探啊。」

「是可以，但結果可能還是一樣。對斐伊來說……」

「總之，你絕對不願意爲難人家小姐就是了，對吧？」

「對。」

「我敢打賭要是我叫手下好好努力，一定能替你找到她。但那樣你也不會肯，對吧？」

「對，我不會肯。我跟你說，尼克，我試著想過每一種可能的解釋。我試著想說她想要來赴約，但爲了某個簡單的理由她沒辦法來。我甚至折磨自己去想她可能發生了哪些意外！……」

「是嗎？你這可憐的小子。」尼克由衷地說。「聽著，葛瑞，你這樣是不行的，你得振作起來。聽聽別人的建議，徵詢神諭什麼的。」

「我現在就是在這麼做啊。」

「那麼偉人就要發言了。經過審愼的考慮之後，裁決是，讓你失魂落魄的原因其實很單純，就只是我們大家都知道的性愛而已。」

「好吧、好吧，就算是這樣好了，那又有什麼不對？」

「聽著，小兄弟！聽你尼克叔叔的話！那沒有什麼不對，老天爺，一點也沒有。像你跟斐伊這樣的事隨時都在發生。重點就在這裡。津津有味地品嚐它，在回憶裡享受它。但不要太當眞了，她顯然也沒有當眞。別把事情搞混了。別把正常又健康的生理衝動放大成維多利亞時代小說裡的浪漫偉大激情。只要你用正確的角度去看你的這段羅曼史，就可以看出那是再好也不過的遭遇了。」

「就常識而言，你說的對。就常識而言，這樣的結局大概也是最好的，因爲斐伊的年紀跟我差這麼多。但是，還是……」

「長大吧，葛瑞，你以後會爲此感謝我的。還有別忘了，老小子，」尼克吞下更多紅酒，權威似地說，「你現在即將有一段很不一樣的遭遇。除非你爽約，否則在星期五晚上，你就要南下到漢普郡去幫忙解決好幾個問題——關於想自殺的潘叔叔和他那受到驚嚇的太太，小毛病一堆的艾斯姑姑，還有一個據說可以穿過鎖著的門、不留下半點痕跡的鬼魂。」

尼克星期三說過，而隔天與安德魯．多黎許談話後也確定，火車是七點十五分開。有許多城鎭和村莊聚集在新森林之內或邊緣地帶，其中包括布羅根赫斯和萊明頓。他們要在布羅根赫斯站下車，前一站是南安普頓中央車站。他們差不多會在九點三十五分抵達。火車應該不會很擠，因爲到了星期五晚上，要趕著去休假的人群應該都已經走光了，他們可以在火車上吃點東西。多黎許先生表示，會有一輛車在布羅根赫斯等他們，載他們穿過七八哩鄉間路徑，到利沛海灘和撒旦之肘去。

於是呢？……

滑鐵盧車站的玻璃天花板下迴盪著回音，站裡的人並不太多。葛瑞買了張頭等車廂的來回票，然後繼續往前推進。兩個人依約在書報攤旁等著他。

「我親愛的尼可拉斯——」一個嚴肅、厚重的聲音開口說。

「哪！」尼克．巴克里說。

尼克沒戴帽子，身穿運動外套和寬鬆長褲，拎著一個沉重的手提箱。面對著他、背對著書報攤站著的是一個矮壯的男人——「像麥考雷一樣」，葛瑞忍不住想——一手拿著《標準晚報》，另一手提著公事包。

安德魯．多黎許先生是個六十歲的鰥夫，他那已成年的兒子是多黎許與多黎許事務所的另一名成員。他穿著律師這一行的制服：黑色短外套、條紋長褲以及圓頂窄邊黑色禮帽。雖然他老成持重，但也帶有某種輕盈的特質；他那頭硬邦邦的金髮幾乎沒怎麼變灰。就算他的態度顯得有些自滿浮誇，但你還是應該嚴肅對待，因爲你感覺得到他是一個極爲值得信賴依靠的人。不過此刻他站在那裡神氣活現地發表意見，就像尼克星期三晚上那樣。

「我承認，尼可拉斯，你不至於像我原先害怕的那麼美國化。的確，你會說些粗俗的話，我們大家在電視的影響之下多少都會這樣，但你還保持了大部分原來的腔調。我剛剛正在說……」

「哇，慢點！」尼克打斷他的話，轉過身來。「葛瑞到了，咱們的流浪吟遊詩人終於來了。」他很快地給兩人互相介紹。「現在，『骯髒小組』到齊了，我們可以動身啦。」

「容我建議，尼可拉斯，你可不可以說話小聲一點？」

「你沒聽到我剛才說的話嗎？這位是葛瑞．安德森，我最多年的老友。不管你告訴我什麼，也都可以告訴他。」

「但是否可以再容我建議，我們不需要說得讓全車站的人都聽得見？安德森先生，」律師接著說，看起來跟麥考雷的畫像一模一樣，「眞是幸會。我讀過你好幾本書，都很喜歡。我們這位年輕朋友尼可拉斯恐怕是覺得我太謹愼、口風太緊了，但我有我的職責要盡。同時我也自認他會聽從我的建議，如果我可以加上這一句的話。」

「是的，你可以加。」尼克說。「我全心全意支持職責，它是上帝之聲的堅毅女兒，我也會聽從你的建議，如果我知道內容是什麼的話。但你可不可以用一個字來回答一個直接了當的問題，不要有任何的『但是』或者『如前所言』？」

「一個字，」多黎許先生回答，「行。」

「潘叔叔……」

「啊，是的，你的潘寧頓叔叔！」多黎許先生朝著尼克和葛瑞之間的某一點說話。「我們曾經對潘寧頓有很高的期望，至少我承認我有。現在他又說要寫劇本了，就像以前那樣，不過他眞正在做的似乎只有構思要寫給文學周刊的長信、然後口述給他的祕書。這段日子不好過，你知道。他的健康……他的心臟……這幾個星期以來的震驚……」

尼克催眠似地揮了下手。

「哎，等一下，『布萊史東的評註』（譯註：布萊史東是十八世紀英國法學家、法官，他的《英格蘭法律評註》在英美有超過一個世紀的時間被視為法律教育的基礎。尼克有給別人取各式各樣綽號的習慣，後文還有很多例子。）！」他插嘴道。「你是很謹慎沒錯，而且可能也算是口風很緊的，儘管先前我沒有特別注意到這一點。這個問問題的人可以插一句話嗎？」

「是的。抱歉。什麼事？」

「嗯！我們都搞定了吧？」

「搞定？」

「你確實有告訴潘叔叔說他不會像一管舊牙膏那樣被扔出去吧？說他可以保有他深愛的綠叢，一直到他壽終正寢以及之後？」

「是的，我告訴他了。我很久以前就告訴他了，依照你的吩咐。我同時也自作主張告訴了迪蕊小姐。

「我該解釋一下，」律師對葛瑞補充說，「迪蕊小姐就是潘寧頓·巴克里太太。僕人們在巴克里先生的教唆下開始這麼稱呼她」——巴克里先生則顯然是已故的老柯羅維斯——「而我們其中一些人，唉，也染上了這個習慣。她是位迷人的年輕女士，潘寧頓應該以她為傲。

「是的，尼可拉斯，我跟他說過了。但這是個邪惡的老世界，儘管到目前為止你還沒有什麼理由發現這一點。人用貪婪的手指緊緊抓著他們依法繼承的東西，而潘寧頓的天性又有點多疑。我將你的訊息傳達給他了，你非常慷慨大方。問題在於：他相不相信你是真心的？」

「哎呀，拜託！我當然是真心的啊！」

「我相信。但潘寧頓呢？他是個難以預料的人，是個想像力豐富、走投無路的人。你對『搞定』的定義究竟是什麼？還有，以不確切的詞句和更不確切的思考而言，他自己又可能會把所謂的壽終正寢想成什麼？萬一要是……」

「太扯了，律師大人！」尼克咆哮道。「太扯了，這完全是一派胡言！如果你的意思是說潘叔叔瘋到會去自殺……」

「我沒有這麼說。我甚至也沒有這麼想。我只是說我的老友情緒起伏不定、難以預測。我還要說，」多黎許先生有點急迫地說，「我們不該在這裡閒晃了。現在我們得加快腳步才搭得上車。」

「胡說！還多的是時間！」

「很抱歉，真的是沒時間了。你看看時鐘。我不是要催你，尼可拉斯，但我們還有另一個理由不該錯過這班火車或讓家裡人煩惱。你知道今天的日期嗎？」

「今天是星期五。」

「今天是六月十二號。明天呢？」

「除非有人在亂搞曆法，否則明天應該是六月十三號。」

「正如你精明地指出的，明天是六月十三號。也就是你艾斯黛姑姑的生日。」

「慶祝儀式，嗯？他們還保持著嗎？」

「是的。」

「記得嗎，葛瑞？每當有人過生日，老家就頗有一番慶祝儀式。我告訴過你對不對？」

「是的，你告訴過我。什麼樣的儀式？」

「在大日子的前一夜，現任廚師會準備一個精美的蛋糕。蛋糕被莊嚴地端進餐廳，還有致詞和送禮。這總是在生日前一天晚上的十一點舉行。潘叔叔以前常說應該是在午夜，但艾斯姑姑說那樣就會讓『孩子們』熬夜。我是唯一一個曾經在那地方待過的小孩，所以她這麼說似乎太廣泛了點……她的生日，嗯？我想艾斯不會喜歡變成五十五歲的，如果這是她的歲數的話。但你說的對，布萊史東，我們不能讓那老女孩失望。快走吧！」

尼克朝一個在附近徘徊的腳夫招招手，把沉重的手提箱遞給他。

「拿去吧，小伙子。」他繼續說。「我們的車是七點十五分。哪個剪票口？」

「十一號，先生。就在那裡。到伯茅司去嗎，先生？」

「我們沒有要到伯茅司那麼遠，但是同一班車沒錯。找間頭等抽菸車廂把那袋子塞進去，最好是沒人的車廂。」

「票拿好了嗎，先生？到車頭去，先生；那裡最好。我先跑過去，您隨後就來，好嗎？」

「好。你們是怎麼啦？老天爺的牙啊，快點走啊！」

尼克是那種一旦決定方向就猛往前衝的人。他亮一亮車票穿過剪票口，大步匆匆沿著月台走下去，幾乎是用跑的。多黎許先生雖然一副堂皇莊重的樣子，但想快的時候還是能走得快，小跑步跟在他旁邊，手裡的公事包晃來晃去。葛瑞殿後。

太陽躲到雲後面去了，月台和在他們右側的火車——長長一排乳黃和巧克力色相間的車廂，乾淨得令人意外——處於陰影中，在髒兮兮的天篷下看來頗爲冰冷。他們大步朝月台前端走去，穿過其他東一小群西一小群的旅客。他們經過餐車，廚房的鐵窗裡有個人愁眉苦臉地往外看。他們走到了第一節車廂處，跟在腳夫身後斜斜朝它走去，這時尼克·巴克里又開了口。

「照現在這種情況，這不會是場多開心的派對。我把老女孩的生日忘得一乾二淨，這是說如果我先前知道過她的生日的話，而且現在也沒時間買禮物給她了。」

「正好相反，尼可拉斯。你帶來了最漂亮、最受歡迎的生日禮物。我需要明說我指的是對她的安排嗎？潘寧頓提出的，你加以確認，而艾斯黛至少沒有理由懷疑你是否眞心。

我想今天應該會進行得滿順利，只要你和潘寧頓不講些自作聰明的評論的話。迪蕊小姐非常希望事情能夠順利進行。你剛剛有說話嗎，安德森先生？」

「是的。」在他們身後約十步的葛瑞說。「抱歉我打岔，但是——你提到的那位女士！潘寧頓．巴克里的太太！她是什麼樣子的人？」

多黎許先生步伐不曾稍停，半轉過頭來回答。

「先生，我不是已經清楚表示過了嗎？潘寧頓的妻子很迷人，非常迷人。儘管他們歲數相差很多……」

「是的，當然。但我問的不是這個。她長什麼樣子？你會怎麼形容她？」

「這是個困難的問題，先生。」

「是的，但是——」

「最吹毛求疵的批評者，」多黎許先生宣稱，「也會不得不承認她長得相當美。迪蕊小姐看起來比實際上還年輕。就女性來說她算是中等高度，淺色頭髮，態度優雅親切……」

尼克．巴克里突然停下腳步。

「她是金髮？」然後尼克陡然轉過身來。「這種離譜的反諷也太不可能了，金髮女子！老天爺的牙啊，葛瑞，你到底是在想什麼？」

「沒有！什麼也沒想！」

這次是葛瑞突然停下了腳步。前方帶路的腳夫打開了車廂最前端的門，另兩人已經進入車廂。短短一陣風吹過月台。葛瑞仍然動也不動地站著，腦袋裡冒出一個揮之不去的想法。這時有個人在後面碰碰他的手肘。那是另一名腳夫，一張大臉，一副有什麼密謀的樣子。

「抱歉，先生。那位女士說——」

「什麼女士？」

「這節車廂的最後一間，先生。這車廂的走道在另外那一邊，先生。如果你想到那一間去，就要從右邊的門進去，接著直走，然後到底左轉。那位女士說，在你去跟另外兩位先生一起坐之前，可不可以先過去看她一下？」

「謝謝。」葛瑞把自己手上的小提包交給他，還一併遞了半克朗過去以求獲得良好服務。「把這個拿到另外那兩個人坐的那間去，告訴他們說我不打算錯過這班車，很快就會去找他們。」

當然，那是不可能的，但是！……他瞥視四周，然後飛奔而去。

這扇寬闊的車窗跟火車其他的車窗一樣，都處在陰影之中，上面還貼了一張紅色貼紙，白色的字標示著禁止吸菸。車窗裡有人朝他瞥了一眼。站在那裡，一手扶著窗，但此刻半轉開頭彷彿試著要完全不看他的，正是斐伊·娃朵。

CARR

CHAPTER 4

第四章

這是反高潮？還是更糟？

「老天爺的牙啊！」尼克可能會這麼說。

然而，當葛瑞推開隔間的門面對斐伊，他的出現顯然造成了某種情緒爆炸。他可能大笑。他們兩人都可能大笑。但他們沒有笑。

這裡只有她一個人。穿著藍白相間的夏季洋裝和藍色鞋子、沒有穿長襪的斐伊後退靠在車窗旁的角落座位的椅背上。她看起來比他記憶中更動人、更誘人，但她的樣子彷彿預期會挨打。她顫抖的手指摸索著白色手提包的勾扣，啪地把包包打開。雖然他們這間隔間是禁菸的，但斐伊從包包中掏出一個玳瑁殼的香菸盒，摸索著把它打開，像個緊張的變戲法人試圖把它藏進掌心。然後一堆相互矛盾的事情開始同時發生。

外面有輛行李推車在水泥地上轆轆地前行。一名看來富裕的商人突然從窗邊跑過，朝火車前端猛衝；他停下腳步，轉過身，不知爲什麼又狂亂地沿著月台朝反方向跑。這時候斐伊打開了玳瑁殼菸盒，一根濾嘴香菸在葛瑞搞不清楚原因的情況下飛了出來，彷彿是彈射出來似的。香菸在空中畫了道弧形，落在對面的座椅上。

「哦，天呀！」斐伊慌亂地脫口而出。「哦，天——天呀！」

她渾身發抖，嚥回其他的話，可能已經瀕臨歇斯底里大笑的邊緣，突然坐了下去。葛瑞自己的神經也受到震動，他仔細、刻意、又有些高傲地撿起菸，朝她遞過去。

「我想這是你的吧？」

「但我不想抽啊！」

「唔，你以爲我想嗎？」

「哦，天—天呀！這眞是滿可笑的，不是嗎？」

「斐伊，我想用『可笑』這個詞可能不太合適，但這我們就不討論了。好了，聽著，小女孩——」

「不，等一下！聽我說，求求你聽我說！好不好？」

深藍色的眼睛在濃濃的睫毛和白皙的膚色襯托下向他迎來，動搖了他的判斷力。

「怎麼樣？」

「那個走在你前面的老人……他有跟你說話，不過我沒聽見他說的是什麼……」

「那個看起來像麥考雷的？」

「他像嗎？不管這個！那是多黎許先生，是不是？那個律師？然後那個跟他走在一起的年輕人……」

「年輕人？」

「是的！那一定是尼可拉斯・巴克里先生，對不對？我想也是！你提過他一次，說他是你的好朋友、你們兩個以前是同學。哦，葛瑞！你現在正要到綠叢去，是不是？」

「是的。而你則已經在綠叢了？」

「呃——是的。你爲什麼問這個？」

「我爲什麼問這個？」

模糊的關門聲沿著整列車廂一路傳過來。哨聲響起。在柴油引擎的推動下，火車平穩地滑出車站。斐伊緊張地朝對面的座位比個手勢，但葛瑞沒有坐下。他站在她面前，火車加速而搖擺起來讓他有點站不穩，但他仍站著像校長似地凝視她。

「既然你一點也不知道我爲什麼問，那我就試著告訴你。但是我只有一個問題，斐伊，如果這湊巧是你的眞名的話……」

「這當—當然是我的眞名啊！向來都是！有什麼它不該是的原因？」

「你有一次說——」

「我說的是我的姓！而且我有完全合法的權利可以使用它，不管你以後可能會聽到什麼。」

「那你的名字不叫迪蕊了？你是潘寧頓．巴克里的妻子嗎？」

「哦，老天啊！這眞是太糟糕了。比我做夢能想像到的還糟，而我做過很多夢。我不是潘寧頓．巴克里的妻子；我不是、也從來不曾是任何人的妻子，感謝老天。誰告訴你我是巴克里太太的？」

「沒人告訴我。這只是個不知從哪裡冒出來的瘋癲念頭。然後我聽到了別人對潘太太的描述，聽來似乎吻合。『中等高度』，多黎許說，不過你應該算是比較嬌小。還有『淺金色頭髮』。」

「拜託，葛瑞！我見過多黎許先生，他說話再精確不過了。他眞的是說淺金色頭髮嗎？」

「不是。讓我想想，以偵探小說的嚴格標準而言，他說的是『淺色頭髮』。但這差不多是同一回事，不是嗎？」

「不，並不是這樣！你聽我說好嗎？迪蕊．巴克里——我剛認識她的時候她還是迪蕊．米道斯——的頭髮是棕色的，非常漂亮、非常有吸引力的淺棕色。她比我高，儀態比我好，人也很好，整體說來比我體面得太多了。『中等高度，淺色頭髮』用來形容迪蕊滿合適的，但用來形容我就不對勁了。如果你非要有這些瘋狂的想法……」

「如果我有什麼瘋狂的想法，斐伊，我想也是事出有因的。還有，關於我誤以爲你是潘太太的這一點，另一個原因是他們夫妻的歲數相差很多。不過，顯然年紀在你年輕的生活裡沒有任何意義。剛剛你還說尼克．巴克里『年輕』，但事實上他跟我同年：單調、呆板、絕對不會看錯的四十歲。而你才——」

「親愛的、親愛的，」斐伊衝口而出，「你知道我到底幾歲嗎？」

「最大不超過二十二吧？既然一年前我猜的是二十一……」

「我三十二了，」斐伊帶著一股對自己的狠毒喊道，「而且到九月我就滿三十三了。任何一個女人看到我都可以告訴你這一點。但男人就不一樣了。他們看不出來，或者就是注意不到。只要一個女人不是眞的醜得可怕，只要她看起來年輕，而且能運用她所有的……所有的……」

「技能？」

「呃，是的。只要這樣，他們就什麼都能說服自己。但是，我已經說出實情了。我是單調、呆板、愈來愈老的三十二歲，而且在靈魂和精神上已經是個老太婆了。對這點你怎麼說？」

葛瑞舉起一隻手，握拳狠狠捏爛那根從椅子上撿起來的香菸。

「我說，女士，這是我這麼一大把年紀聽到過最好的消息。我也注意到你出於某種奇特的口誤，又用過去那種親密的方式來稱呼我。我可以坐在你旁邊嗎？」

「不，不要！如果你堅持，我肯定攔不住你，但請你不要！」

「爲什麼？」

「因爲我不要你坐在我旁邊。不，這不是眞話；我又在說謊了！」斐伊迅速抬起雙手遮住臉，然後又放下。「我眞的好想要你坐在我旁邊，即使是在英國國鐵這窒悶的、正開過克萊本聯軌站的火車上。但這是不行的。我正在想的事不可以發生。不可以！」

「你正在想什麼？」

「就跟你正在想的一樣，葛瑞。但我說它不可以發生，因爲這整個情況非常可怕，而且只會愈來愈糟。我們——我們兩個人之間把一些事情講清楚好嗎？」

「當然，如果你覺得自己有力氣討論的話。」

「嗯！」

斐伊向後靠坐，雙腿交叉，撫平裙子。在她身旁、椅子最裡面的角落，塞了一包東西，包裝紙上有倫敦西區一家著名商店的標籤。有一刻她左手的手指隨意敲點著這包東西。她臉上的血色出現又退去。葛瑞坐在她對面注視著她。

「我是潘寧頓．巴克里的祕書。」她告訴他。「不是他的妻子或者——或者任何那一類的東西。我是他的祕書，已經當了差不多一年了。我不是說過，等我度完假之後就要回去做另一份工作嗎？」

「是的，但你就只說了這麼多。」

「唔，葛瑞，既然當時你沒有興趣多問……」

「不，小姐，我們這可不是要用邏輯推演來顯示我有多不應該。當時我每次一提起這個話題，或者試著提起，你就顧左右而言他，說這事不重要。」

「對不起！我真的很對不起你！但我的確有告訴你說，我要到義大利去看一個學生時代認識的女孩吧？還有說另一個同年級的朋友也要飛去跟我們會面？」

「是的。你有講到這些。」

「第一個是愛麗斯．威勒斯登，她嫁給了卡布里伯爵，現在住在羅馬郊外。另一個是迪蕊．米道斯：從一九五八年起她就是迪蕊．巴克里了。這實在滿可笑的是不是？」——斐伊在緊張中冒出了一個微弱的幽默泡泡——「這居然會變成老同學的聚會？你跟尼可拉斯．巴克里是同學，而迪蕊、愛麗斯和我也是……

「是這樣的，葛瑞，是迪蕊讓我得到這份工作、當她先生的祕書的。她在去年我們兩個離開英國之前就安排好了。巴克里先生──潘寧頓．巴克里先生──不知道我眞實的身分。迪蕊知道；她從來沒相信過他們說的話；她願意冒險，而且非常忠心。我再說一次，巴克里先生對我一無所知。」

「嗯，我也一樣。」

「你說什麼？」

「我說：我也一樣。你到底是誰，沒理由的獅身人面小姐？他們是說了你什麼難聽的話，你暗示說你牽扯進的那個『可怕的一團亂』又是什麼？簡言之，爲什麼這麼神祕兮兮的，我們又到底在吵什麼？

「說眞的，斐伊，現在難道不是該拋開這種大驚小怪的樣子、把話講清楚一點的時候了嗎？拜託，你別一副小說女主角樣，那種女主角無緣無故什麼都不肯說，但明明兩句話就可以把大部分的困難都解決了。你不肯讓我陪你到羅馬去，只是怕萬一你的朋友會注意到我們在巴黎不只是普通朋友或者共進晚餐而已……」

「哦，葛瑞！要是事情就只有這樣的話！……」

「難道不是嗎？」

「如果事情就只有這樣，或者甚至是這樣的十倍，」斐伊激烈熱切地喊道，「你以爲我會在乎她們或任何人怎麼想嗎？我又不是什麼清教徒少女，你知道的。」

「我同意。不管是形容詞還是名詞部分都不符合。」

「更何況我還告訴了迪蕊我們的事！我是說，我告訴了她我對你的感情，還有——還有我們做了什麼。」

（「哦，是嗎？」）

「迪蕊或許有點古板，或者喜歡別人以爲她古板。但她也是人，很能體諒。她完全能夠了解，葛瑞；她不會洩漏我們的事的。」斐伊突然中斷。「怎麼了，親愛的？這樣不可以嗎？」

「當然可以！但是——」

「我怎麼想得到會在這裡遇到你？你以爲我不想要你到羅馬去嗎？你以爲我不想去長春藤餐廳赴約見你嗎？我想，我想得要命！但我已經下決心不要再見你（而且我會遵守這個誓言，所以請你幫助我，等你離開綠叢之後），因爲我不要讓你跟我牽扯在一起。我不要看到你受傷，我不要你因爲我而受苦，因爲萬一眞相大白，你一定會受苦的。」

「斐伊，別再說這些該死的胡言亂語了！」

「胡言亂語，是嗎？你只知道這樣！請你不要生氣，不要對我殘忍，請你不要。因爲不管我怎麼做，眞相還是可能會大白。要是那棟可怕的房子裡發生什麼事，要是巴克里先生自殺或者受到什麼傷害……」

斐伊再度停下來，手摀住嘴。在車輪滾動的聲音、火車在開闊鄉間加速的吱嘎搖晃聲之上，有腳步聲在走廊上逐漸接近。隔間門的玻璃格外出現了餐車侍者的灰色外套和夢遊似的臉，他拉開門視而不見地朝裡面看。

「晚餐時間到了，」他發出空洞的聲音，「晚餐時間到了。」

然後，顯然什麼都沒看見的他又把門拉上，繼續夢遊前進。向晚的陽光從另一側照射進來。葛瑞・安德森站起身。

「你聽到了嗎，斐伊？我們可以……」

「哦，不可以！不行！」

「吃點東西也不行？」

「葛瑞，你不了解！我離開倫敦之前吃過晚餐了。我什麼都吃不下，會噎死的。但我說的不是這個意思。你到前面去跟其他人會合吧。但不要告訴他們說我在這裡，別說你碰到了我，還有，日後就連暗示都不要暗示說我們以前認識！」

「等一下，斐伊，爲什麼要愈搞愈神祕？此外，就算我想要假裝你不在這裡，又怎麼可能？我們在布羅根赫斯下車時一定都會碰在一起的。」

「不，我們根本不需要見到面。我會在南安普頓中央車站下車，那是距離布羅根赫斯二十分鐘的前一站，然後搭公車直接坐到利沛海灘。我可以說我搭的是另一班火車，編些藉口。總之，在綠叢我們可以讓別人介紹我們認識，當作彼此完全陌生。」

「但玩這套戲法又有什麼好處？你今天去倫敦有什麼非常險惡的理由嗎？」

「哦，老天，沒有！」斐伊碰碰她身旁的那包東西。「巴克里先生想要一些書，他要我今天早上進城去拿。他是可以要他們用寄的，我想；他平常就是這樣。但他要我去拿，所以我就去了。」

「那又何必隱藏？至於見面時當作彼此完全陌生，我開始懷疑這點是否可能。既然你的朋友迪蕊已經知道了……」

「是的。既然談到了這一點，我也很想要問一個問題。你有沒有告訴任何人我們的事？」

這話擊中了他，讓他有點不愉快。「唔，有。我告訴了尼克．巴克里。畢竟……」

「如果我可以跟我朋友說你的事，爲什麼你不可以跟你朋友說我的事？你想說的是不是這個？」

「不完全是這樣，但也差不多。」

「葛瑞！你把我們的一切都告訴他了嗎？你有沒有告訴他說我們……我們……」

「沒有，我沒說。就我說過或承認的內容而言，若要說是維多利亞時代小說裡的會面也無不可。看來女人在這方面比較沒有顧忌。」

「這個尼克．巴克里是個什麼樣的人？他人好不好？但我要說的其實不是這個意思。我的意思是：他眞的是你的朋友，你可以信任他嗎？」

「是的，我完全信任他。你也可以。尼克只不過是有比較古怪的幽默感而已。而且，當我冒出那個瘋狂的想法，覺得潘寧頓．巴克里的太太可能就是你的時候，他也有一模一樣的想法。」

「哦？他怎麼會這麼想？」

「就像我一樣：聽到多黎許先生形容潘太太是淺色頭髮，尼克突然蹦出一句關於金髮的話，然後問我腦袋裡在想什麼，顯然指出了他自己的腦袋在想什麼。」

「他以為迪蕊可能是金髮？哦，不可能的！他不可能！」

「唔，他當時就在月台上叫了起來。要是車窗開著，你就會聽到他的聲音了。」

「我不是說沒有人講過這些話，我只是說……」

斐伊跳起身來面對葛瑞。火車高速行進間搖晃了一下，幾乎把他們拋進彼此的懷裡。兩人都縮了一下；兩人都後退，重新坐下。

「他不可能那麼想，我告訴你！」斐伊堅持。「我也不是又在搞神祕！無論如何，一直到今年三月，艾斯黛．巴克里小姐還是不時跟你朋友尼克的母親通信。」

「是的，我也是這麼聽說。怎麼樣？」

「我剛到綠叢去差不多是去年夏天的這個時候，當時老巴克里先生還活著。」

「柯羅維斯祖父？他是個暴君，不是嗎？」

「要是你不知道怎麼應付他，他可能很難對付。通常他對迪蕊和我都很和善。除此之外他誰都凶，尤其是潘寧頓和艾斯黛，而且他說起話來一點遮攔都沒有。然而這不是重點。去年的秋天特別宜人，在經過夏天那要命的天氣之後。我用我的相機拍了一些很好的彩色快照。」

「而且不讓別人拍你？」

「哦，那跟這有什麼關係？」斐伊全神貫注地傾身向前。「總之，我拍了一些很好的彩色照片。其中一張照的是迪蕊和她丈夫在花園裡，另一張拍的是巴克里小姐。巴克里小姐要我加洗這兩張，我洗了。她把照片寄給……寄給……」

「尼克的母親？」

「是的！幾天後，我正在打巴克里先生平常寫給《觀衆》或者《時間與潮流》的那些信的時候，她拿著加洗的那兩張來給我說，『我想我親愛的姪子可能會想要這兩張。但寫張條子是沒有用的，他收到了也不會通知我們一聲。麻煩你把我給你的這個地址打字打好，把這兩張照片放進信封寄給他？』

「嗯，我就這麼做了。一張照片背後寫的是，『潘與迪蕊，一九六三』，另一張寫的是『艾斯』，同樣也有日期。迪蕊的那張照得尤其清楚。所以你朋友尼克知道她頭髮是什麼顏色，不是嗎？他不可能以爲她是金髮！」

「我不知道，斐伊。尼克是個大忙人。說不定那些照片寄丟了，或者你是寄到威利斯──巴克里出版公司代轉……」

「沒有！照片是寄到他的公寓去的。我甚至記得她是用美國式的寫法告訴我他的名字和住址：『尼可拉斯・巴克里二世先生，五十二號，東六十四街，紐約什麼什麼』——一個郵遞區號。而且信寄丟這種事又有多常發生？」

「就算這樣，也有各種可能的解釋。」

「是啊，我敢說是的。但是，等一下！葛瑞！你想會不會是？……」

「是什麼？」

「萬一這個人是冒充的，就像那個提克波・克雷芒還是什麼的，根本不是眞的尼克・巴克里呢？」

「老天，小姐，現在有瘋狂想法的又是誰了？你以爲我不認識以前的老同學嗎？」

「但是！如果你這麼久以來一直都沒見過他……」

「我四年前見過他，當時他正要去摩洛哥，中途在倫敦停留。他是正牌的尼克・巴克里，如假包換，我敢保證。」

斐伊大表痛悔。

「哦，葛瑞，我胡扯的時候你千萬不要理我！或者你打我、痛揍我也好，或者抓住我的肩膀狠狠搖晃我。好吧！他是正牌的尼克・巴克里，我也不眞的在乎你告訴他什麼，只要你是私下告訴他的。他是正牌的尼克・巴克里，經過四分之一個世紀之後，回來剝奪他親戚的財產。」

「馬上就要有揍你的好理由了，斐伊。尼克不是回來剝奪任何人的財產的。相反的，他來這裡是要把整棟家產交給他的潘叔叔和艾斯姑姑。你沒有聽說嗎？」

「是的，我聽說了。律師告訴巴克里先生了。他也告訴了迪蕊，然後迪蕊告訴了我。」

「嗯，所以呢？」

「恐怕我還是沒把話講清楚。在這個世界上，重要的不是你表達的眞正意思，而是別人怎麼以爲。你這位朋友，這位眞正的繼承人，或許是滿懷最善良的好心好意。我不懷疑他，既然你這麼說。但他叔叔相信嗎？不，他半個字也不相信。『娃朵小姐，』」斐伊模仿那種堂皇的口吻，「『當年我所認識的小尼克是個非常正直的小伙子。跟那麼多搶錢的美國佬混在一起那麼久，他現在變成什麼樣子，則又是另外一回事了。我擋了他的路，我向來都擋到別人的路。』他就是這麼說的，葛瑞。而且還有他臉上的表情！」

「連你也這麼說？」

「我這麼說！迪蕊這麼說！巴克里先生這麼說！」

「不只是你。其他的所有人，幾乎毫無例外地，都把事情小題大作、誇張戲劇化地弄成一場大悲劇。」

「等你到了那裡、跟他們談過之後，就不會說這是小題大作或者誇張戲劇化了。巴克里先生是個奇怪的人。老巴克里先生還在的時候，他從來不是像別人以爲的那麼順從；他會說出一些狡猾的小小譏諷挖苦，是老人聽不懂的。當然他是從來……從來沒有要占我的便宜，那太荒謬可笑了！但他確實是個奇怪的人。他相信世界上每一個人，尤其是他自己的家人，都是、也一直是聯合起來對付他。我想他要是能的話，會很想報復他們。他的心臟有問題，顯然就是害死他哥哥的那種病，他把佛提斯丘醫生留在家裡當作永遠的客人。他穿著艾德華時代的吸菸夾克，他永遠都在談那本他一直沒時間寫的劇本。但他看來一直都還算心滿意足，直到那天下午他們發現了老巴克里先生的第二份遺囑，然後所有情緒就全都同時爆發了。」

「那第二份遺囑是怎麼被找到的？你有聽說嗎？」

「聽說？當時我就在場！」

一時之間，斐伊盯著窗外飛逝的原野和樹籬。

「那是四月的某一天，」她繼續說下去，「我們都在圖書室裡。我不記得我們為什麼在圖書室裡。自從老柯羅維斯先生死後，那地方就變得神聖不可侵犯，大多只有他兒子在用。巴克里先生正在那裡對我口述，一邊口述一邊踱來踱去，他平常都是這樣。迪蕊在那裡看外面天氣如何。老佛提斯丘醫生也在那裡。我不知道我為什麼說他老，他並不眞的很老，但他那種模稜曖昧的態度讓你覺得他老。還有多黎許先生也在，雖然他是這家人的朋友，但他並不常來。迪蕊想要請教他一些事情。他是迪蕊唯一完全信任的人，包括她的丈夫在內，而我想她這麼做是對的。然後巴克里小姐探頭進來說，她好像把正在織的東西忘在這裡了。那是個陰暗、潮濕的下午，風很大。我發誓，我們沒有半個人想到壁爐台上的那兩個罐子。

「我應該解釋一下，老柯羅維斯先生在壁爐台上的兩邊各放了一個精細繁複的有蓋瓷罐。左邊的罐子裡放雪茄，右邊的放菸斗用的菸草。老人並不常抽菸，但仍準備著這些東西以供客人用。

「這些東西對我們誰都沒什麼用。佛提斯丘醫生說這樣對待菸草眞令人震驚；他說，菸草裝在沒有濕氣的瓷罐裡，會變得太乾不能抽。這我就不知道了。我保持身上有香菸，只是因爲帶著能讓我比較不緊張。除了佛提斯丘醫生和多黎許先生之外，其他人也都只抽香菸。但佛提斯丘醫生絕對是會對乾掉的雪茄嗤之以鼻的，而抽菸斗的多黎許先生，則是怎麼樣也不會在他稱之爲喪宅的地方自己動手取用菸草。

「而那裡確實感覺起來像個喪宅。我可以告訴你，那天艾斯姑姑探頭進來問到她織的東西。這聽起來有道理嗎？」斐伊中斷自己的話問道，「還是我又開始胡言亂語了？」

「你專心講故事的時候，聽起來就很有道理。」葛瑞向她保證。「繼續開火吧！艾斯姑姑探頭進來問個問題。然後發生了什麼事？」

斐伊厭惡地撇了撇嘴。

「巴克里先生中斷了口述，說，『艾斯黛，壁爐台上好像有些編織的東西，請拿走吧。』巴克里小姐說，『好的、好的。』然後慌慌張張地走過去。好大的嘩啦一聲，把我們全都嚇得跳了起來。她伸手去拿編織物的時候碰倒了右邊的那個罐子。

「罐子掉在壁爐底石上摔成碎片，差不多有一磅菸草灑在地毯邊緣。菸草中冒出了一個原來藏在裡面、封口封好的長信封，上面寫著一個名字。當時我手拿鉛筆和筆記本坐在壁爐旁的一張椅子上，可以看見上面寫的是『A．多黎許先生』。巴克里小姐叫道，『這是父親的筆跡、這是父親的筆跡。』並連忙伸手去拿。但佛提斯丘醫生趕在她前面，撿起信封唸出上面的名字。『看來這是給你的。』他告訴多黎許先生。『如果這是給我的，』那個你說長得像麥考雷的人說，『那我最好把它收起來。』『好讓某人不受誘惑，嗯？』佛提斯丘醫生說。『我說的是，我最好把它收起來。如果你允許的話，潘寧頓？』艾斯姑姑一直在叫，『裡面是什麼、裡面是什麼？』巴克里先生一派平靜輕鬆，不過一時之間他看起來像打雷一樣黑暗。他只說了一句，『請便，安德魯。』

「她伸手想去搶信封。多黎許先生說，『請見諒。』然後把信封放進口袋裡，開著他的車離開。但當天晚上他就回來宣布了新遺囑的內容。

「潘寧頓．巴克里只說，他在想，不知『那個老惡魔』，也就是他已故的父親，『是不是一直都存心要這種花招』。但最糟的事這時候才開始。那些緊繃的氣氛、沮喪的情緒、只能半聽半猜的可怕自殺傳言，全都是從那一分鐘開始的。然後鬼就開始出現了，提芬太太和巴克里小姐也都看到了……」

火車飛馳過一處轉彎，他們也隨之傾斜；尖銳的汽笛聲向後飄散。

「是啊，那個著名的鬼！」葛瑞插話。「十八世紀的懷德費法官先生！你也看到了嗎？還有，提芬太太是誰？」

「提芬太太是廚子。沒有，我什麼都沒看到，也不想看到！」

斐伊跳起來，轉過身彷彿準備要跑出隔間，一隻手扶著椅背穩住身體。但她回頭看著，藍色的眼睛眼神專注，粉紅色的嘴唇微顫。

「哦，葛瑞，我知道那是某個人裝的。至少我認爲我知道。但那跟鬧鬼幾乎一樣糟，不是嗎？某個人心懷可怕、邪惡的惡意，一心只想嚇跑別人。還有這份新遺囑對可憐的巴克里先生造成的影響，他想要置之一笑，但很難笑得出來。而且他買了一把左輪槍，你知道。」

「潘寧頓・巴克里買了槍？」

「是的！他申請槍械執照的時候說是他怕有小偷，但根本不是因爲小偷。他發誓，要是那個鬼在他面前出現，他一定會把那虛無飄渺的身體打出幾個洞來。那只是一把小左輪，一把點二二。但他最好不要對任何所謂的鬼魂開槍，對吧？」

「確實是最好不要。不管你是不是有意的，如果打中了對方的頭或心臟，小左輪殺人的效率並不亞於把人打得血肉橫飛的點四五。根據一九五七年的凶殺罪法案……」

「凶殺？我親愛的，這是另一樣我們害怕的事！我知道、迪蕊也知道，她知道得更多，因爲她不肯多說：巴克里先生不該悶悶不樂地沉思默想；他這個姪子確實看來是一片好意。他的心境狂亂扭曲又愚蠢，就像那個鬼一樣。但瘋狂或不合理的情緒並不因此就比較不強烈。而且——我快受不了了！這件事那件事的，老天在上，死的人難道不是已經夠多了嗎？」

斐伊自己的情緒也很激動，對周遭的一切聽而不聞。穿著藍白相間洋裝的豐潤的她半轉過身去，夕陽餘暉照耀著她的頭髮和臉龐，她看來是那麼動人，葛瑞只想把她抱進懷裡，叫她忘記這些胡言亂語。但他們又被打斷了。

走道上再次傳來腳步聲，從車頭的方向走來，顯然是兩個男人在找餐車，這一點隨即就被他們的對話證實了。

「總之，」尼克．巴克里那絕對錯不了的聲音高聲說，「我希望我們能吃頓像樣的飯。還有，你覺得老葛瑞跑哪裡去了？」

「不太可能，」另一個錯不了的聲音說，「因爲英國國鐵的餐點服務鮮少有什麼美食。至於安德森先生……」

「小心！該死的火車！」

「別摔倒了，尼可拉斯，抓穩車窗邊的欄杆。至於安德森先生，那個把他的行李拿來的腳夫說，他是被坐在車上另一個地方的女士叫過去的。我們承認吧，若想在車上吃頓好飯，可以說需要奇蹟出現。但如果說你這位有名的朋友碰到了一個在六月要到伯茅司的熟人，倒沒有那麼不可能吧？他一定很快就會回來找我們的。」

然後他們走過了門前。安德魯・多黎許大步走在前，帽子脫了下來，頭抬得頗有侵略性。尼克跟在他後面一兩步的地方，有點誇大了車身的搖晃。他們高聲說著話，沒有朝左也沒有朝右看，腳步沉重地走過去消失了。斐伊原先背對外面縮成一團，舉起一條手臂遮在眼前，這時也轉回身來，大大鬆了一口氣。

「他們沒看見我們！他們終究是沒看見我們！」

「是沒有。人在火車上走的時候——你有沒有注意過？——會東瞄西瞄每個隔間，但就是不會看車廂盡頭的那一個隔間。」

「而且他們也不會有第二次機會，相信我！葛瑞！去加入他們的行列，好不好？現在你有藉口了，你沒聽到他們剛才說的話嗎？我是你以前的一個女朋友，我確實是在前往伯茅司的路上，你剛跟我說了再見。這樣不是很好嗎？」

「我原先希望從以前的女朋友身上得到的是不同的東西。」

「親愛的，我不是在開玩笑！眞的不是！綠叢可能會發生可怕的事，對我們兩個來說都會比目前爲止的任何誤會更糟，除非我們現在各走各的，今晚稍後再以陌生人的身分相見。你可不可以就爲我做這麼一件事，我求你？拜託你？」

葛瑞沒有回答，腦中倒是很清楚地掠過了咒罵的話。但他無法讓斐伊迎視他的眼神。他有點生氣，還有不只一點困擾，拉開了拉門，側身走進走道，跟在另兩個人身後走去。

尼克・巴克里沒有誇張太多，火車是搖得厲害。通往下一節車廂的門被氣流吹得緊緊卡住，他猛扭門把才將門打開。然後他聽見前面的人聲，加快腳步朝餐車走去。

是的，斐伊說的大概全都是胡言亂語。但同時，在那些她只約略提到或完全沒提到的事情背後，有著險惡的言外之意。人們之所以反對女人的直覺，或者所謂的直覺，眞正的原因是它切中實情的頻率超出人們所願意承認的地步。撒旦之肘的那棟房子究竟會發生什麼事？

CARR

CHAPTER 5

第五章

天色已經濛暗下來。車子飛速前行。

這是一輛深藍色的班特利轎車，車齡大約五六年，從車站空地左轉開出來，進入一條叫做磨坊巷的道路，沿著樹籬之間的緩升坡行駛。開車的是迪蕊．巴克里，安德魯．多黎許坐在她旁邊，公事包放在膝上。她對他極爲尊敬，就像他顯然對她極有信心一樣，讓這位律師有一種父親般的妄自尊大模樣，使得跟葛瑞一起坐在後座的尼克．巴克里好幾次偷笑。

「跟你說第十次，尼可拉斯！……」多黎許先生繼續說道。

火車上的那頓飯果然平淡無味，等到葛瑞和兩位同伴用完餐回座位的時候，斐伊．娃朵已經不見了。想來斐伊是先躲起來，然後找時間下車。他沒有再看到她。火車只停了溫徹斯特和南安普頓中央車站，在九點三十五分抵達布羅根赫斯。

在愈來愈暗的月台上，有個棕色頭髮、淡褐色眼睛的年輕女人在等待，她是戶外型的女孩，穿著深色寬鬆長褲和橘色毛衣。儘管她力求輕鬆，儘管她有著葛瑞馬上就喜歡的直接了當的態度，但尼克大步走向她的時候她還是有點驚跳。

「你是潘叔叔的妻子，對吧？」

「是的，我是迪蕊。而在這樣打過招呼之後，你的身分也就沒什麼疑問了。」

「一點疑問也沒有。」尼克握住她伸出的手，對她嘗試要做出的笑容報以微笑。「艾斯姑姑寄過一張你的照片來，我原先就不覺得我會認錯人。問題是，我該怎麼稱呼你？我不能叫你『巴克里太太』，叫『迪蕊嬸嬸』又有點太過分了。我該怎麼稱呼你呢，可敬的除了姻親之外沒有血緣的親戚？」

「何不就叫我『迪蕊』？這樣不可以嗎？」

「太可以了，如果你也叫我尼克的話。」

「謝謝，尼克。我會試著記住的。」

「既然你們不需我的協助就做了這麼完備的自我介紹，」安德魯．多黎許插話，「我只需要補充說，這另一位紳士是葛瑞．安德森先生，我跟潘寧頓在電話上提過他。」

「哦，眞的嗎？」迪蕊叫道，幾乎是鬆了一口氣地轉離尼克。「該不會就是那位葛瑞．安德森吧？那位寫了——」

「讓我來吧，迪蕊小姐。」律師再度插話。「安德森先生要爲《湯姆舅舅的宅邸》負責；《湯姆舅舅的宅邸》是他的過失。但他沒有寫《湯姆舅舅的宅邸》，如果你問的話他一定會頗激切地向你保證這一點。同時，我親愛的，你好嗎？綠叢那裡情況怎麼樣了？」

「恐怕不是很愉快。但是！如果年輕的尼可拉斯……我是說，尼克，對不起……是眞心要做那些你說他要做的事的話……」

「哦，老天，我當然是眞心的！」尼克咆哮。「迪蕊嬸嬸，你長得這麼漂亮，不可以得不到任何這世上你想得到的東西。他們告訴我說文件明天就會準備好。直到我在文件上面簽名之前，我還能做什麼來說服你？」

「你說服我了，巴克里先生。你已經說服我了，非常謝謝你。但也請你試著相信，」迪蕊直視他的眼睛，「我不想要任何人的東西：任何人的實質財物。現在，你們三位請跟我來好嗎？這邊走。」

帶頭的迪蕊步伐快得幾乎是用跑的，他們跟著走上木頭台階，走過另一個月台上方的天橋，然後走下來到等在車站空地的那輛班特利旁。

尼克的手提箱和葛瑞的過夜包包裝在行李箱裡。迪蕊示意葛瑞和尼克坐進後座，並替安德魯・多黎許打開左側車門。引擎一發就動。他們駛過磨坊巷，加速穿越空曠的鄉間，把灰、白、紅相間的村子拋在後方。律師正要開始發表什麼堂皇的高論，被尼克打斷了。

「對了，」他開門見山地說，「這個鬧鬼的什麼亂七八糟是怎麼回事？懷德費法官大人又是誰啊？他在十八世紀做了什麼骯髒事？或者某人對他做了什麼事，讓他老要跑回來露臉、看看月亮？」

「跟你說第十次，尼可拉斯」——多黎許先生扭過頭來——「我必須重申我對這個所謂鬼魂的歷史知道得很少，或者可說是一無所知。你有沒有什麼評論，安德森先生？你的古文物研究一定能幫助我們吧？」

「我的古文物研究，」葛瑞回答，「沒有很深入十八世紀的紀錄。至於賀瑞斯・懷德費爵士，我在《英國人名辭典》裡查過他一次。」

「容我一問，結果如何呢？」

「沒有什麼關於他死後性向的資訊。關於他的生平倒是有些內容。賀瑞斯・懷德費爵士是奧古斯都式人物當中最凶蠻、最不通情理的一個：脾氣暴躁的絞刑法官。」

「那是個嚴酷的時代，」多黎許先生格言式地說，「施行嚴酷的法令。一個開庭審案的法官也感染了同樣的嚴酷，應該不令人驚訝吧，先生？」

「也許。但人們對這位法官最大的反對，似乎是因為有一次他不夠嚴酷。」

「怎麼說，安德森先生？」

「在一七六〇年，賀瑞斯爵士剛被升任法官沒多久，一個很有錢的地主的兒子被控謀殺而被傳喚出庭。那件謀殺的手法特別殘忍，一個被地主兒子染指的十二歲女孩遭到割喉。懷德費法官大人不但沒有按照慣例猛烈攻擊犯人和犯人的證人，反而大大地反其道而行。他同情犯人，痛罵檢方，欺負他們的證人，也威嚇了陪審團，使他們在滿庭噓聲之中做出了無罪判決。」

「而這件事，我猜，」尼克插口，「沒有讓任何人高興。」

「確實沒有。當時喬治三世剛剛即位，維新黨跟保守黨的戰爭才剛要開始。賀瑞斯・懷德費爵士是保守黨，國王的人馬，本來就已經受到政敵的重砲轟擊。這下子群眾在街頭對他鼓譟叫喊，還有人扔了一條死狗到他的馬車裡。人家說他是收了賄賂，這點可能是眞的；就連謹慎的《英國人名辭典》都承認『有強烈的嫌疑』。兩年後，儘管沒有實證，他受到的抨擊更猛烈了，於是辭去法官職位，住到綠叢退休養老，那房子當時才剛落成，用來蓋房子的可能是、也可能不是賄款。」

「那好，老小子。還有呢？」

「就官方而言，尼克，故事就到此爲止。他一七八〇年死在那裡，但我不知道他是怎麼死的，或者其他任何有關他的事，或者，像你說的，爲什麼他現在『老要跑回來露臉』。」

「唔，我倒是知道一點。」迪蕊表示。「還有，也許你們不在乎，但我希望你們不要一直提他的臉！」

「放輕鬆，小姐！」尼克尖銳地說。「緩著點，我這位不眞的是嬸嬸的好嬸嬸！你有點激動吧？」

「我不是個容易緊張的人，至少我以前從來不這麼認爲。但這陣子我們都有點不安，你知道。而且——」

迪蕊半晌沒說話。

儘管暮色四合，但除了遠處之外，景物的輪廓仍然能看得清楚。車子沿著一條平整的道路疾駛，穿過開闊的荒原，荒原上只略有一些新森林的遺跡。森林小馬在路旁吃草，完全不理會來往的車輛，連頭都沒抬一下。沾著露珠的青草香飄進開著的車窗，微風吹動迪蕊的頭髮。然後那雙淡褐色的眼睛轉過來，帶著無法解讀的眼神瞥了他們一眼。葛瑞暗想，她知道他的一切，因爲斐伊告訴了她，但這個健康、看來熱忱十足的女孩不動聲色，完全沒有洩漏她所知道的事。

「安德森先生，你說那法官死於一七八〇年？」

「是的。」

「那個時代人們報復敵人毫不留情，是吧？」

「在我們的這個時代也有這種事，巴克里太太。」

「不是像那樣，我希望。不是像那樣！」

「不是像哪樣？」尼克質問。

「潘我丈夫——發現了一本一七八一還是一七八二年匿名出版的小冊子。」迪蕊仍然是對著葛瑞發話。「那本小冊子叫做《死了也受詛咒》，簡要敘述那法官的生平，是你能讀到最狠毒的攻擊。小冊子上說，賀瑞斯·懷德費爵士在家比擔任公職的時候更惡劣。根據作者的說法，他是在咒罵他其中一個兒子的時候中風死掉的。」這時迪蕊看著多黎許先生。「到了他的晚年，他似乎感染了某種皮膚病。小冊子引用證人的話說，這病讓他的臉變得非常難看可憎，因此從那之後，他在家裡總是戴著一層剪出兩個眼洞的黑絲面紗。這不就是對他的判決嗎？」

尼克傾身向前。「你的意思是，因爲他收賄？」

「因爲他收賄，還有——還有其他的事。」迪蕊神祕難解地改變了語句。「但當我一想到！……」

她突然一踩油門，班特利猛然向前衝去。安德魯．多黎許咕噥了一句抗議，然後能幹的迪蕊就控制住自己，也控制住車子。

「哦，我會乖乖的。」她告訴多黎許先生。「我是個很明理的人，大家都知道。我只是一想到這個鬼魂或者假扮的人或者不管他是什麼，就會非常生氣：那個可厭的人影穿著長袍、戴著面紗。雖然我從來沒見過它，但每當我想像自己看到它，就會想像它跟著我走過走道，然後超前我，把我推向牆角，扯下面紗貼著我的臉看，然後……」

「哇，小姐！」尼克打岔。他的語氣很輕，左手放在迪蕊左肩旁邊的椅背上。「這是你自己在嚇自己，千萬別這麼做，而且我還要就此對這個故事表達抗議，因為它違反了所有優良鬼故事的法則和禮儀。有太多色彩了。」

「色彩？」

「就是。你說長袍，嗯？那東西也戴著假髮嗎？迪蕊，你是認真的要告訴我們說，懷德費法官大人的鬼魂是全副穿戴著法官的腥紅色服裝和貂皮長袍，在屋裡逛來逛去？」

「不是、不是！別說傻話了！當然不是！」

「那你說的到底是什麼意思？」

「那件長袍——這也是小冊子裡說的——是一件舊的黑袍，法官在世的時候在家裡穿，認為它看起來很有威嚴。無論如何，巴克里先……無論如何，尼克，那個東西現在被看到的時候似乎就是穿著它。」

「那我們就來講點實際的吧。誰看到它了？什麼時候？」

「我們發現老巴克里先生的第二份遺囑後不久，廚子提芬太太說有一天晚上看到了它。她是在樓下大廳，在月光下看到它的。它站在那裡看著她，然後穿牆消失。艾斯黛是有一天下午快傍晚的時候看到它的，也是在樓下大廳，但是在另一區。她說它以一種威脅性的態度朝她走來，但是轉身走進一扇上鎖好一段時間的門裡。不過倒不是說可憐的艾斯黛說的每一句話我都相信就是了！」

尼克手指點了點律師的手臂。「這些都正確無誤，是嗎？」

「證人們都很誠實，我確信。」多黎許先生說。「她們無疑是努力要說出她們看到的、或者她們認爲自己看到的東西。然而困惑害怕的女人所做的證詞……」

「是的，相當有問題。有沒有其他人看到那個東西，迪蕊？」

「沒有。至少就我所知是沒有。

「是這樣的，根據《死了也受詛咒》裡更多惡毒的說法，」迪蕊繼續說，眼神緊盯前方的路，「法官的鬼魂第一次出現是在他死後不久，因爲他恨全世界，特別是恨他自己的家人。」

「懷德費法官大人聽起來有點像我那位已故的祖父，不是嗎？」

「尼可拉斯！」大爲震驚的安德魯．多黎許抗議道。「別這樣！我可以欣賞笑話，但我們必須保持良好的品味。這樣說太過分了。這種說法不公平、不慷慨、也跟你不配！」

「為什麼不公平？不管怎麼看，他們兩個都是一對老王八蛋。不過至少柯羅維斯很誠實，這點我承認。」

「我親愛的尼可拉斯，我的意思不是說——」

「你剛才說到哪了，迪蕊？」

「我說到那個鬼，就算以鬼來說，也似乎不是很前後一致。書名叫《英國的鬼屋》之類的書有很多，潘就有一本，是一八九幾年出版的，作者是一個叫做J．T．艾佛斯雷的人，書是老巴克里先生的。」

「嗯，怎麼樣，可愛的嬸嬸？」

「嗯！」迪蕊短短一瞥。「那個鬼出現在十八世紀末。根據J．T．艾佛斯雷的記載，維多利亞時代它被看到過一兩次，然後它顯然就躲起來不見了，直到最近才突然冒出來嚇艾斯黛和提芬太太。為什麼它要現在出現？」

「這，」尼克用靈機一動的口吻說，「正是我在告訴葛瑞我所知道的丁點資訊時所問他的問題。十八世紀、十九世紀，然後一直沒出現，直到……但是等一下！我似乎記得我父親提過……」

「提過什麼，尼克？」

「提過它的另一次出現。聽著，布萊史東！」尼克的拳頭緩緩朝律師的耳朵揮。「很多年以前？當時我父母都還活著，我還是個小不點兒，我們三個都還住在綠叢？那時候不是還有一次嗎？」

「這完全是胡說八道。」多黎許先生僵硬地回答。「但我受到指示要說，有某樣東西出現了。」

「什麼時候？怎麼出現的？出現在誰面前？」

「我親愛的尼可拉斯！這問題我沒辦法完全回答你，尤其是關於日期的部分，除非先去查我那一年的日記，不管那是哪一年。這樣的日記我有完整的檔案，在公務上非常有用。正如你所指出的，那是很多年以前的事了，當時我還是個年輕人，跟著我父親學專業技能。我沒有理由特別記得它，會寫下那件事也只是因爲……」

「因爲什麼？寇克和利托頓（譯註：寇克是十六世紀末到十七世紀初的英國法官，為英國史上最傑出的法官之一，以編纂法律著名；利托頓為十五世紀英國法官、作家。），話別只講一半啊！」

「……因爲見到那個出現的東西的人是巴克里先生自己。他打電話來向我父親抱怨。」

「老巴克里先生看到了東西？」迪蕊插嘴。「潘從來沒告訴過我。」

「也許潘寧頓一直都不知道。然而！我會陳述我所記得的事實和相關情況，然後等我找到那年的日記之後，再加上日期和其他相關事宜。

「巴克里先生雖然繼承了綠叢的大圖書室，卻幾乎從來沒翻開過半本書。但是他讀了

《英國的鬼屋》。迪蕊小姐，我想不用我提醒你，圖書室裡有兩扇向西的長窗。尼可拉斯，你還記得那些窗子嗎？」

「我已經將近二十五年沒有進過那棟屋子了。但是，是的，我想我還記得它們。」

「上下拉動的維多利亞式窗子，就像同一側的其他窗子，一路延伸到地面，有點破壞了房子的喬治式線條。在這些窗子對面，隔著草坪大約六十呎的地方，有……什麼？」

「一個有點陰暗的大花園，」尼克回答，「十二呎高的紫杉樹籬交錯組成巷道小路。站在圖書室裡看出去，花園的其中一個入口就在左手邊的窗戶對面。」

「天氣溫和的某一天傍晚，就像現在這樣，」律師繼續說，「柯羅維斯・巴克里先生站在那扇左手邊的窗戶旁。那扇窗子開著，大部分的窗子都開著，因爲天氣很好。後來他承認，那天他一整天心情都不對勁，至於原因我現在記不得了。他站在窗邊，無疑正在深呼吸的時候，有個東西從花園裡冒出來。他不肯說那冒出來的東西是什麼樣子，它越過草坪移動著，然後突然向他衝過來，彷彿要對他不利。我重複，他不肯告訴我們……」

「對，他不會說的，」尼克・巴克里突然冒出一句，「但我希望它嚇到了他。哦，老天啊，我希望它把他的褲子都嚇掉了！」

「我也是。」迪蕊低聲說。「我不該承認這一點的，」她叫道，「但我也是！」

「你用的那個形容詞，尼可拉斯，」多黎許先生嚴厲地說，「既不優雅也不準確。有了你的背書，迪蕊小姐」——他似乎張開了保護的翅膀——「變得頗令人震驚。沒有，尼可拉斯，你祖父沒有那麼驚嚇。他與其說是害怕，倒不如說是非常生氣，這點他在電話上強力解釋過了。他確實猛地退了幾步，也受到了一點震驚。他並不相信有這個鬼。但我們又有誰能完全不受恐懼或者幾世紀以來的迷信影響？有個聲音在耳語，『有更多的東西，超出……』」

「的確是有。」對方停下來，尼克接口同意。「我們就好好地沉思它們一番吧，看我們能不能想出個答案。我眞希望有個叫做基甸．菲爾的人也在這裡一起想。總之，我們就盡力而爲吧。」

也許他們都沉思了一番，也許沒有。但他們沉默了一陣子。在坡道頂端的交叉路口，他們疾駛穿過美地村——唸做「標麗」（譯註：村名Beaulieu源自法文，但發音已被英文化。）——那裡的西妥會修道院比大憲章的歷史還要悠久。沿著另一條平整的路開下去，右邊是波光粼粼的美地河，左邊是美地修道院遺跡和造型非常現代、展示古董車的蒙塔古汽車博物館。他們離開了美地村，在高高的樹下開了更多哩路，穿過暮色和甜美的夜間空氣。

然後迪蕊開了車燈，突兀地轉向多黎許先生。

「我永遠都必須擺出一副架子嗎？永遠永遠永遠嗎？」

「我想這樣做是最好的。」

「我眞的希望尼克不要繼續講那個鬼的事，或者是別人所寫的關於那個鬼的東西。

《死了也受詛咒》、《英國的鬼屋》。其實我並不是特別愛看書，雖然我剛好是潘的妻子。斐伊可以告訴你的比我多得多。說到這裡，斐伊到底到哪去了？」

「斐伊！」尼克坐直身體喊道。「這個名字不知怎麼的聽來有些耳熟。請大家允許我問：迪蕊，在我們問斐伊在哪裡之前，我可不可以先問她是誰？」

「斐伊・娃朵。潘的祕書。他派她今天進城去幫他拿一些書。我以爲她會跟你們坐同一班車回來，但是沒有。」

「沒有，顯然是沒有。娃朵小姐當潘叔叔的祕書很久了嗎？對了，還有，她會不會湊巧是金髮？」

「是！斐伊確實是金髮，是個非常可愛的人，不過她太常做一些關於書本和作家的夢。她沒有跟我們在一起很久。不過斐伊是我的老朋友，我認識她好多年了。去年夏天我在羅馬對她說……」

「嗯、嗯、嗯！」尼克尋思著，小心地不看向葛瑞。「羅馬，那個條條大路都通往的地方。你說是去年夏天？我不是個紳士，但是是個很好的朋友，所以仍然不問爲什麼這位女士的名字聽起來這麼耳熟……」

你最好別問！葛瑞・安德森有點恨恨地想著。

「不過，我還是想問問，我們現在到底是往哪裡去？」

他們在另一處十字路口左轉，右邊經過一家村裡的商店，店外還有一個電話亭。

「這裡是艾斯伯利。」多黎許先生不客氣地說，指著路旁一個金屬路標。「此時此刻——至少是以你問題的字面意思而言——我們正在前往撒旦之肘和綠叢。」

「我的問題問的就是字面的意思啊，布萊史東吾友。」

「那麼我們離目的地只有一哩多了。同時請容我建議，尼可拉斯，繼續這段沉思的沉默是應該也合宜的？」

迪蕊再度猛踩油門。開闊的田野上仍有牛群在吃草，偶爾一棟立在遠方的房子，這些景色都如幻夢般迅速逝去。路面下坡降到谷底之後，又向左爬上一處群樹蔽天的低矮陸岬。過了陸岬，經過粗短的入口柱子，上面的牌子寫著「利沛屋——私人」，他們終於看到了水。

在他們右側的遠遠下方，沿著利沛海灘的彎曲線條，索倫海峽朝向暗下來的天空反射出微弱的波光。西方吹來的微風迎面清新，波濤翻騰著白色的浪頭。在沉靜的夜色中，在車子引擎如老虎打呼嚕般的聲音之上，他們可以聽見浪潮拍打著圓石海灘。打破沉默的是安德魯．多黎許自己。

「怎麼樣，尼可拉斯？有沒有比較眼熟了？」

「開始有一點了，是的。」尼克伸出手臂朝右指向南方。「海的那一邊是懷特島，對不對？」

「是懷特島沒錯。距離三哩遠，不過看起來似乎比較近。而在我們前方遠處，利沛海灘盡頭那處突出成直角的岬角那裡，可以越過那些樹木看見綠叢的屋頂。你快到家了。」

「是的！」迪蕊用奇特的聲調說。「我想我先前沒有這麼確切地想過。但你確實是到家了，尼克，不是嗎？」

「家？看在老天的份上。」他轟然說道。

「是的！你說了些老巴克里先生的不好聽的話。也許我也說了，或者等於是說了。但你應該感激他，不是嗎？他把房子和其他的一切都留給了你！」

「對我而言，我美麗的小姐，家指的是東六十四街上的一間公寓，或者是麥迪遜大道和四十八街交叉口那棟親愛的威利斯老大樓。我們前方那棟該死的又潮又老的房子，那棟不管你在哪裡轉身都會有涼風吹著你脊梁的房子，並不屬於我，也永遠都不會屬於我。我到底要告訴別人幾次說我不要它？」

「這對事實一點改變也沒有，不是嗎？它確實是你的。而可憐的潘！……」

「別這樣！別這樣！」多黎許先生儘管矮壯，此時卻似乎高大凌人。「請容我提醒你，迪蕊小姐，潘寧頓並沒有被窮苦無依地無情拋棄。就算不說我們這位年輕朋友的慷慨提議也是一樣。」

「他盡可以慷慨大方，我敢說，反正這是他不想要的東西。但我們應該接受慈善而表示感謝嗎？而且他是否又是真心的呢？我一想到潘……」

長著樹木的岬角森森然逐漸接近。迪蕊朝右打方向盤。車速減低許多，開上一條鋪得很差的路，穿過頂上各有一個紋章圖案的入口石柱，沿著一條鋪著沙子、兩旁種著樹和杜鵑花的寬大車道。一百多碼開外模糊可見一棟寬闊、長方形的石造建築，長長的正面朝向北方，朝著他們的方向。

「我不能不記得，」迪蕊叫道，「我畢竟是潘的妻子。可憐的潘！我一直想著他和他那把點二二左輪槍。他把左輪放在吸菸夾克口袋裡，到處走來走去。悶悶不樂地沉思默想個不停，就像尼克・巴克里先生，」她的聲音充滿苦澀，「說我們應該做的那樣。而且還告訴他自己說沒人知道這一點！」

「那把左輪槍是個錯誤。」多黎許先生說。「我實在不應該允許他買的，更不應該教他怎麼用。你眞的擔心他會傷害自己嗎？或者像他一直威脅要做的那樣，開槍去嚇那個所謂的鬼，也許傷到別人？當然，這是有可能的……」

「不，不可能！」迪蕊叫道。「不可能，我知道不可能！潘太明理了，儘管他看起來一副神遊太虛的樣子。他身體不舒服，而且他悶悶不樂地想一堆事情。但他知道什麼，超過任何人以爲的程度。而且他不能那麼做；我已經做了防範措施，讓他不能那麼做。無論如何，他不會那麼做的。他會在圖書室裡等我們，你會看到的！絕對沒有半點可能他會——」

她話說到一半突然停住。他們都聽見了那個聲音，雖然不是很響，但尖銳而清晰地穿透了夜色。然後迪蕊的左小腿彷彿有一條神經無法控制地亂跳，她的腳從離合器上滑開，車子熄火停了下來。

「各位女士、各位先生，」尼克．巴克里開口道，「我們已經開始碰上遊樂場的所有趣味所在了。如果不是有人揮打一條黑蛇大皮鞭以娛樂顧客，那麼就是有人剛用點二二開了一槍。我還可以提供其他的猜測，但你們不會需要的。」

他推開右後車門，保持蹲伏的姿勢暫停一下，然後跳下車。有好幾秒的時間沒人動彈。

「哦，我的天啊！」迪蕊說。

尼克跳下車，葛瑞跟在後面。安德魯．多黎許抓著他的圓頂禮帽，從另一側比較平穩地下車。車停在離房子五十呎左右的地方。尼克拔腿跑了起來，穿過樹木形成的隧道，在前門不遠處停了下來。另兩人匆忙趕過去加入他。

屋前不見任何燈光。兩層主要樓層有著幾排窗框漆成白色的十八世紀窗戶，上面是雙重斜坡屋頂，開了一些小窗供作僕人住的樓層。兩級石頭台階通向前門。路面鋪著沙子的車道朝左、朝東轉去，然後向南延伸，經過房子的左側。葛瑞．安德森注視著房子，四分之一個世紀沒有感覺到過的舊日疑慮再度湧上心頭。尼可也檢視著房子，突然向後退了一步。

「慢點，葛瑞！慢點，老馬兒！」

「你說『慢點』是什麼意思？是你撞上我的。現在我們該怎麼辦？從前門衝進去？」

「不，我想不要。迪蕊說，『在圖書室裡等我們』。聽著，葛瑞！你來過這裡一次，如果我沒記錯的話。你對這地方還有任何印象嗎？」

「不，沒什麼印象了。有一瞬間我本來以爲我還記得什麼的，在你們談到圖書室的長窗的時候。但我全都忘了。」

「圖書室」——尼克一揮手臂——「是那裡的最後一間，右前方，它的長窗就在轉角。我們就從那裡進去，不管窗子是不是開著。總之，我們還在拖什麼？快點！」

他再次拔腿跑去。葛瑞和多黎許先生匆匆跟在他後面，跑過沾著露水而濕滑的平坦草地，一起跑到房子的側面。

兩扇上下拉動的長窗中間隔著一道寬大的粗石煙囪，朝西面向黑暗的花園。較遠的那扇窗戶不知是開是關，窗簾是拉上的。但較近的這扇窗戶大開著，窗扇向上推到底，窗簾拉開。尼克略略探進頭，朝裡面張望。

西方的天空，朝向索倫海峽的海口，燃燒著最後一抹紅色餘暉。除此之外，在剛過十點的此時幾乎沒有足夠的光線可以視物。某處有風在窸窣吹動樹葉。葛瑞越過尼克的肩頭看過去，勉強能分辨出一個男人的身形動也不動地坐在一張大書桌旁的安樂椅上，距離兩窗之間那個必然是壁爐的地方大約十二呎。

然後安樂椅上的男人站了起來。一個渾厚的聲音開口說話，聽起來有一點點緊迫，似乎是因爲受到精神或身體上的震驚。另外也有憤怒的成分。但那仍然是個優美的聲音——

中氣十足、圓潤、響亮——出自一個知道如何運用這聲音的人。

「誰在那裡？」那聲音質問道。「你又回到窗邊了嗎？」

「回到窗邊？但我才剛到這裡啊！我是尼克，尼克．巴克里。是你嗎，潘叔叔？你還好嗎？」

「確實是我沒錯，」那聲音回答，「就目前的情況而言，我算是很好了。你說你是小尼克？請進，我們正在等你。你旁邊還有人吧？」

「是我，潘寧頓，」多黎許先生說著推擠進屋，「還有其他人。這裡發生了什麼事？我們聽到了一個很像是左輪槍擊發的聲音。」

「安德魯．多黎許？你的洞察力總是萬無一失。那確實是左輪槍擊發的聲音。」

「好啦！」律師說，他受到的驚嚇超過他願意承認的程度。「既然你至少還活著，沒有造成什麼傷害，是什麼引發那槍聲的？是你在對那個所謂的鬼魂亂開槍嗎？」

「唔，不是。」潘寧頓．巴克里回答。「事實上，是那個所謂的鬼魂在對我亂開槍。射了一發空包彈。」

CARR

CHAPTER 6

第六章

是鬆了一口氣？還是又一次出現反高潮？葛瑞無法確定。

「你說……什麼？」多黎許先生驚呼。

「別這麼急，安德魯。先開燈。」潘寧頓．巴克里表示。「開燈！」

模糊的人影轉身移向書桌另一側一盞輪廓模糊的立燈。一百瓦的燈泡透過綠色絲質燈罩照射出的柔和光芒，讓他們全都猛眨眼睛或者轉過身去，直到眼睛適應光線。尼克跟在多黎許先生後面擠進圖書室，葛瑞也跟隨在後。

這是間很大的房間，東西向較長。面對前方的北牆上有四扇喬治式的窗戶，窗簾拉得緊緊的。東牆隔著相當距離與他們進來的地方相對，看起來異常的厚；牆上有一處壁龕，關著的門通往某個另外的房間。在這處壁龕的兩側都有橡木雕刻卷飾的巨大開架式書架，幾乎高達天花板。靠南牆也有更多這樣陵寢般的書架，書架與書架之間有另一扇門，顯然是通往屋內的主要通道。如果人坐在房間中央的大書桌後，面對的則是那兩扇上下拉動的維多利亞式長窗之間一管高大的粗石煙囪。

這整間房間有種敝舊襤褸的感覺，就像房內磨損的地毯和陳舊的織錦椅。房裡瀰漫著一股陰鬱的氣氛，還有隱約的無煙火藥味。但葛瑞的眼神總是回到屋主的身上。

潘寧頓．巴克里瘦得憔悴，穿著一件紫褐色、有深色發亮領子的短抽菸夾克，看來幾乎瘦弱得跟那中氣十足的聲音不相配。他臉龐瘦削，有著大鼻子和高聳深刻的輪廓，一綹綹稀疏的灰白頭髮像纖維玻璃一樣發亮。但他也有相當的都會氣質和強健的男性魅力。

「進來吧，好姪兒！」他繼續說著，繞過書桌走過來伸出手，尼克緊緊握住。「我很高興見到你，尼克，不管別人怎麼說。『哦，你來是意在和平，還是意在戰爭？』」

「當然不是意在戰爭。不過也別忘了這段話的其他兩句。」

「『還是要在我們的婚宴上跳舞，年輕的羅欽瓦閣下？』（譯註：此段應是出自一九四五年一部電影當中的對白。）但是就我所知，是沒有要辦什麼婚宴的！不是嗎？」

「的確，潘叔叔，怎麼會有呢？到布羅根赫斯車站去接我們的就是你太太……」

「是的，迪蕊小姐這麼做眞是好心。」安德魯．多黎許插話道。「派車去接我們是你的主意嗎，潘寧頓？還是她的？」

「是迪蕊自己的主意，不過我也鼓勵她這麼做。只是應盡的禮數罷了。說到禮數——」

他看著多黎許先生，但眼神飄向這群人當中的第四個成員。律師對自己的疏失感到很生氣，連忙介紹了葛瑞。

「非常歡迎你，安德森先生。」主人熱心地說。「我們這裡的人都很熟悉你的作品。而且關於那個叫做《湯姆舅舅的宅邸》令人尷尬的東西，你也不會聽到不客氣的評論。你一定已經忍受了很多廉價的幽默，我就不再增加你的負擔了。」

「謝謝。」

「但那個令人生畏的麥考雷閣下，在他自己家裡眞的是被稱做湯姆舅舅，是嗎？」

「崔佛里安家的孩子是這麼叫他的沒錯。」（譯註：崔佛里安是十九世紀英國政治家、歷史學家，為麥考雷的姪子並受他的贊助保護，曾為麥考雷作傳。）

「而且，要是我沒記錯，這麼一個活力充沛的人物一生中沒有任何女人，是嗎？沒有妻子、沒有未婚妻、沒有他愛慕的人？」

「就證據看來，半個也沒有。」

「然而，既然現在我們知道維多利亞時代的人，在性方面是很有進取心的——」

多黎許先生再度打岔。

「講到這個你似乎很感興趣的話題，可否容我請你替你的夫人想一想？她從布羅根赫斯開車把我們載來，這我已經說了。你可是嚇了她好大一跳！」

「我嚇了她好大一跳？」

「唔，某個東西嚇了她一跳。我已經快沒有耐心了。要命，老兄，這裡到底發生了什麼事？」

「有時候啊，安德魯，你超過了你以爲自己有的權威。就算你是多年老友、又完全是一片好意，也不能做爲每一次多管閒事的藉口。」

「我無意催你，也不想表現得多管閒事，但現在總該解釋一下吧？在半明半暗的地方玩捉迷藏！鬼魂用左輪槍射出空包彈！」

「這正證明了我們面對的並不是鬼，如果還需要證據的話。慢慢來，安德魯！我並沒有惡意，向來都是如此。我也很樂意解釋。但同時，」潘寧頓・巴克里說著，那渾厚的聲音裡漸漸多了一點奇特的鬧情緒的意味，「同時，怎麼都沒有人替我想一想？」

「替你？」

「是的！我才剛經歷了非常不愉快的經驗。」他摸摸左胸口，痛得皺起眉頭。「我被空包彈打中了——不是什麼大悲劇，但是很討厭、很讓人不舒服。有人嘗試以特別愚蠢的方式來嚇人或殺人。要是迪蕊這麼關心我，我也誠心相信她關心我，她爲什麼沒有跟你們一起跑來？她怎麼了？她人在哪裡？」

回答問題的是迪蕊本人，此時她從開著的窗子跨了進來。她看來鎮定多了，儘管她寬寬的嘴有點顫抖，眼睛裡也仍有一抹畏懼的呆滯神色。

「我在這裡，潘！」她說。「我確實有跟在他們後面跑到房子這一側來。然後我聽到你說話，看到你沒受傷，就去把車停回車庫裡了。」

「你去把車停回車庫？」

「是的。另外有一輛別人的車在車道上，我不知道是誰的。老天，潘，不然你要我怎麼樣？大喊『我的丈夫』？還是像麥考雷時代的女人一樣尖叫昏倒？這是你希望的嗎？」

「不算是，不過那麼做倒能表達出適當的態度就是了。」

「呃，潘叔叔——」尼克開口。

粗石壁爐台上現在只剩下一個有著繁複蓋子的瓷罐，上方掛著一面長方形的威尼斯式鏡子，鏡框鑲著十八世紀的金葉。不知爲什麼，多黎許先生拿著禮帽朝這面鏡子做了個手勢。

「怎麼樣，潘寧頓？我們都在等。」

「坐下，我親愛的，」主人對迪蕊說，「我會試著解釋。」

他繞過立燈走向書桌，書桌後有一張放著靠墊的旋轉椅，在旋轉椅左邊、面朝壁爐台的，就是他們剛看到他時他所坐的那張安樂椅。然後他對著葛瑞發話。

「我在這裡消磨很多時間，安德森先生。他們把這裡稱做我的小窩。你可以看得出」——他朝對面的、隔著一段距離的東牆點點頭——「你可以看得出那堵牆非常厚？牆上有一處壁龕，壁龕後面還有一扇門？」

「是的，巴克里先生？」

「那扇門通往起居室。那堵牆看來格外的厚，因爲它是雙層的。蓋在牆裡，在壁龕的兩邊，各有一間自成天地的小房間。我祖父，那上下拉動的維多利亞式窗子也是他引進的，他在上個世紀末下令建造了那兩間小房間。從你現在站的位置看不到通往那兩間房間的門，除非把脖子朝側邊扭轉。右邊那間房間是類似我的書櫥，我把沒有陳列在這裡的書收在那裡。左邊的房間是衣帽間，裡面有洗手台和冷熱水，裝著一些衣服的櫃子，甚至還有張沙發。由於我在圖書室消磨很多時間，常常工作到很晚……」

「你說工作？」律師質問。

「是的，安德魯，就是這個詞。」

「你是說你的那個劇本？」

「我在準備一齣戲，」主人回答，「它將探討人類在壓力之下的行爲。安德魯，工作並非總是以像你那樣在鄉間到處跑的方式完成。工作是大腦的活動。它不會亂蹦亂跳，而是在這裡。」他用指節敲敲頭側。「不過我不拿這個來讓你們覺得無聊了。目前爲止我說得清楚嗎，安德森先生？」

「非常清楚。」

「在這棟屋子裡我們請了三個僕人。提芬太太是廚子，在各方面都特別有想像力，只除了在烹飪上沒有。另外有兩個女傭，菲莉斯和菲比，她們的人生目標似乎就是在沒她們事的時候在這裡亂搞，需要用到她們的時候又從來見不到她們的人。嗯！」

講到這裡，他站了起來。

「嗯！今天晚上吃過晚飯後，八點半左右，我照常到這裡來，其他人則各自去做自己的事。迪蕊開車去布羅根赫斯，出門得太早了。佛提斯丘醫生上樓去。我妹妹艾斯黛已經到音樂室，用流行樂唱片來侮辱她的音響。如果她想要吸引人的音樂，她有吉伯特與蘇利文（譯註：吉伯特為十九世紀英國劇作家，與作曲家蘇利文合作寫了許多膾炙人口的喜歌劇。）。在一個更好的世界裡，各位女士各位先生，流行樂唱片會遭到跟黃鼠狼一樣的命運。但這不是我們的重點！」

「同意。」安德魯・多黎許說。

葛瑞環視這群人。迪蕊坐在另一張織錦椅上，那椅子呈對角線放在房間的西南角。她身後是左邊的那扇維多利亞式窗子，積著灰塵的窗簾緊緊拉著，顏色是呆板的棕色上有著隱約的綠線和金線。尼克・巴克里煩躁不安地站在壁爐前，他頭頂一小塊禿髮的地方映照在壁爐台上方的威尼斯式鏡子裡。多黎許先生一動也不動地站著，一手拿著帽子，另一手拿著公事包，眼睛斜瞥著鏡子的一角。

「我再說一次，」主人繼續說道，「我差不多在八點半進來這裡。至少這一次菲莉斯和菲比沒有把事情完全搞砸。朝西的這兩扇窗子都照應該的樣子大開著，事實上現在它們也還是開著，不過左邊那扇窗沒有像現在你們看到的拉起窗簾。當時天色還很明亮。我坐在書桌旁這張旋轉椅上，寫下幾點注意事項，關於一封要寄給《泰晤士報文學增刊》的信。我打算把這封信口述給我的祕書，她到倫敦的哈克特書店去替我帶書了，但她沒回來吃晚飯，而就我所知，她到現在還沒回來。」

「沒錯，潘！」迪蕊向他確認。「斐伊沒坐三點五十分那班車回來，我本來還以為她一定會坐九點三十五分這班。但她兩班都沒搭，我們的客人都可以告訴你這一點。」

「嗯、嗯，」潘寧頓縱容地說，「無疑她自有打發時間的方法。尼克，娃朵小姐是位非常動人的年輕女士。要不是我自己已經著迷於這麼一位迷人的太太……」

「哦，潘，拜託！你不知道自己在說什麼！」

「我確實是不知道，我親愛的；我從來沒調查過。無論如何，就算我不指出這一點，安德魯也會第一個指出，這也不是我們的重點。我們繼續說我們的故事。

「到九點半」——他伸出左手腕看看手錶——「我已經完成了原本打算做的工作。我把寫好的注意事項推到一旁，現在它還放在桌上。當時天色已經開始暗了。我從旋轉椅上站起來，坐在書桌左邊這張安樂椅裡，面朝左邊那扇窗戶。我坐在那裡看著草坪對面的花園，陷入了沉思。」

潘寧頓．巴克里再度挺起身子，臉上掠過一抹夢幻的神色。那優美的聲音輕輕地說起話來，彷彿是在自言自語。

「『什麼是真正的善？』

我在沉思中問。

「法庭說是秩序；

學校說是知識；

智者說是真相；

愚人說是享樂……。」

他沒再說下去。

「眞是的，潘寧頓！」多黎許先生帶著一點爆發性的情緒說。「我習慣了你變化多端的情緒，因爲我必須習慣，但這太過分了。在這種時候引述詩句——」

「詩句？安德魯，俗人的腦袋還眞神祕。那是一段歌詞，而且是很不怎麼樣的歌詞，儘管它有種浮誇的朗朗上口性。不管了！你們要證據嗎，你們每個人？看那裡！」

「什麼？」迪蕊叫道，像被燒到一樣突然坐直身子。「什麼？在哪裡？」

「是的，我親愛的，剛才我是在看你。在地板上。就在你左腳旁邊，但比較靠近窗戶。」

迪蕊猛然收回腳，跳起來跑過去站在尼克和多黎許先生之間。雖然書桌旁那盞立燈的光照得不太遠，因爲被好幾層綠色絲料給擋住，但光線的邊緣照在一把偏小但沉重的左輪上，藍鋼槍身、硬橡膠槍把。

「原來如此。」多黎許先生傾身向前看。「一把伊福斯—格蘭特的點二二。」

「如你告訴過我的，裡面裝了點二二的短子彈。」

「是的，你說的沒錯。這把左輪是你的嗎？」

「是的。雖然當時它是握在別人手裡，我還是認得出來。不過怎麼了，安德魯？你剛剛好像要把它撿起來，卻又收回了手。怎麼了？」

「老實說，我親愛的朋友，我是顧忌到指紋。」

「那把槍上面是不會有指紋的。你們看！」

潘寧頓．巴克里從書桌後走出來，形容枯槁但神色專注，雙手發抖。迪蕊原本坐的那張椅子後面有另一盞立燈，這盞的燈罩是暗黃色的皮革。主人走過去打開那盞燈，投射出明亮的光線。在強光的照耀下，他彎身一把拾起左輪，然後他回到書桌後面的位置，神態像是哪個校長或者要演講的人。

「呃，潘叔叔！」尼克衝口而出。「那把槍你有許可證嗎？」

「你是說槍械執照？是的，當然有。我的孩子，在這個國家，買槍枝是要先出示執照的。」

此時他拉開書桌寬大的抽屜。

「在今天晚上之前，我最後一次看到這把槍，是在這個抽屜裡，而且裝滿了實彈。現在讓我們來看看槍裡有什麼。」

他打開左輪，用一根金屬針穿進彈膛中央。六顆黃銅小圓柱落在書桌的吸墨紙上。主人把它們撿起來一顆顆審視。

「請看，這是六顆空包彈，其中一顆已經發射過了。我不知道它們是哪裡來的。我買了不少實彈，但沒有買空包彈。現在，讓我暫時離題，講講關於鬼魂、指紋，和一個在我想到當時感覺起來似乎不錯的念頭。你們願意專心聽我說嗎？」

「是的。」多黎許先生說。

「在我那受到哀悼的先父過世，以及他的第二份遺囑被發現之後……」

「關於那份遺囑，潘叔叔——」尼克開口。

「你們願意專心聽我說嗎，所有的人？」

「我們全都在聽你說，潘叔叔。說吧！」

「……我說，在那之後，那個沒人哀悼的已故的賀瑞斯．懷德費爵士的鬼魂，穿著黑袍戴著黑面紗，在四月間兩次被看見。而在那之前，就我們所知，已經將近一百年沒人看見過它了。」

「但是——」律師脫口而出。

「但是什麼，安德魯？」

「沒事！原諒我打斷你的話。」

「這個所謂的鬼魂被艾斯黛和提芬太太看見——在我看來，當時的情境只要稍微動點腦筋就可以解釋。但如果有人在扮鬼，我也不能不趕快扮演偵探。

「好吧，這我該怎麼做呢？我對警方的工作沒有任何實際知識。我所有的資訊都只是來自於我大量閱讀的偵探小說。」

「有理、有理、有理。」葛瑞說。

「我們都知道，在偵探小說裡，他們從來都找不到指紋。但在現實生活中，或許會有所不同。兩個世紀以前，這間圖書室曾經是賀瑞斯．懷德費爵士的小窩和巢穴。他在這裡巡梭，帶著他惡劣的脾氣和扭曲變形的臉。他的臉是怎麼毀的？是類似濕疹那樣的皮膚病嗎？或者是某種嚴重的疾病，例如梅毒，因爲他這個老頭似乎特別喜歡非常年輕的女人……」

「潘，別說了！」迪蕊幾乎是在尖叫。

「或者，如同我們在一本出版於一七八一年的小冊子裡所看到的暗示，是因爲他家裡的某個成員一直在餵他吃毒藥？但你說的對，迪蕊，這不重要。重要的是（至少當時我是這樣想的），我們這個時代的假鬼一定會在圖書室裡出現，因此可能會在這裡到處留下眞實的指紋。想到這一點之後，我就買了一些東西。看這裡！」

他從那個寬大的抽屜裡陸續拿出一些東西，每拿起一個就說出東西的名字，然後再全部收回去，只留下最後一個。

「這本書裡有很多指紋方面的知識。這個貼著化學藥劑標籤的瓶子，裡面裝的是用來採指紋的『灰粉』。這是用來塗粉的刷子。這個，我不說你們也知道，是放大鏡。最後，這是一雙橡皮手套，就像家庭主婦在廚房裡用的那種。

「差不多一個月以前我進行調查時，戴上了這雙手套——像這樣。」他戴了起來。「你們可以看到，這要用捲的方式戴起來。但當時我覺得這戴起來很累贅，現在也一樣。我就這樣戴著手套，拿著灰粉和刷子和放大鏡，開始搜索這間房間裡的物件表面。

「有很多我自己的指紋和我祕書的指紋。我不屈不撓地繼續努力，就像宋戴克醫生

（譯註：推理作家奧斯汀・傅里曼筆下的偵探角色，擅長證據檢驗。）的最佳風範。一直到我發現了菲莉斯和菲比的指紋，我才突然醒悟到我玩的這個遊戲有多無益、甚至多荒謬。」

「潘，你到底是什麼意思？」迪蕊叫道。「這間圖書室是你的房間，沒錯！但其他每個人也都偶爾會進來。不管你在這裡找到誰的指紋，又能證明什麼、又會有什麼意義？」

「不能證明什麼、也沒有半點意義，我親愛的。這一點就是我的發現。找到了完全有權利出現在這裡的指紋，我能勝利地高喊『將軍死棋』嗎？」

「而這一點，」多黎許先生突兀地問，「你一直沒想到，直到——」

「是的。這就是一個自以爲聰明、但是沒有仔細想想的人的下場。我唯一的希望就是當場抓到那個鬼，長袍面罩一應俱全。但那個鬼，一直到今天晚上之前，尤其不肯在我面前出現。然後，當它眞的出現時……」

「嗯，我們來把舞台布置好。這抽屜裡還有一樣證物，請看這盒伊福斯—格蘭特點二二短子彈。你們看，我打開盒子，但不把它從抽屜裡拿出來。再仔細看！」

他把那六顆小小的空包彈掃進抽屜，發出細碎的聲音。他用戴著橡膠手套的手，有些笨拙地從紙盒裡拿出六顆實彈，裝進左輪的彈膛。

「完成！」潘寧頓・巴克里說著，啪一聲合上轉輪。「我今晚以爲這把槍的狀態就是這樣。我們把它放在……不，不要放在抽屜裡。爲了突顯這齣戲，這齣完全名符其實不愉快到痛苦的地步的戲，我把這把武器放在桌子的一邊。

「好了。想像現在又回到快十點的時候。我坐在書桌旁的這張安樂椅上，面對著沒有拉上窗簾的左側窗戶。有沒有人願意去坐那張椅子？你，安德魯？」

「不，謝了。沒有必要完全重現當時的場景。」

「沒有必要，我同意。我當然也不會請迪蕊去坐，她平靜的外表有點誤導人。不過！我們重現其他部分的狀況，關上燈吧？」

「不要！」迪蕊朝多黎許先生縮過去。「現在外面完全暗下來了，一片漆黑，而當時並沒有這麼暗，不是嗎？」

「確實沒有這麼暗。當時東西的輪廓還可以看得滿清楚，至少如果我有注意看的話是可以。但當時我沒有注意看；我在做夢。然後……」

「我忽然想到，潘叔叔，」尼克說，「這好像你以前講鬼故事給我聽的時候。」

「我的孩子，我也有想到這一點。當時你的反應就不慢；我看得出你現在也沒改變。嗯！當時我坐在這裡做夢。我想什麼並不重要。我承認，當時我非常沮喪又心煩。事實上，我——」

「別拿起那把槍，潘叔叔！看在老天的份上不要……」

「抱歉，尼克，那動作是不經意的。我的手其實沒碰到左輪。如果你們允許，我們就把這份報紙蓋在它上面，擋住這醜陋的機關。

「我坐在這裡想得出神，沒有聽見或看見任何人接近。我也說不上來是什麼吸引了我的注意力。但我朝上看了一眼；我醒了過來。有個東西正站在窗內看著我。」

「無疑的，這些都沒問題。」多黎許先生說。「究竟是什麼在看著你？」

「我只能告訴你，那是個穿著黑袍的人影，臉上戴著暗色的面罩或面紗之類的東西。上面或許有眼洞，但我不確定。」

「唔，試著講得更清楚一點。那個人影是高還是矮？胖還是瘦？什麼樣子？」

「我唯一能想到的形容詞是『中等』。而且我這可不是在說關於鬼魂的蹩腳雙關語（譯註：「中等」medium一詞亦可解做「巫師」。）。現在我也想到，」潘寧頓·巴克里以一種掙扎的手勢說，「我一直對我們這位訪客採取相當高傲或鄙視的態度。但是相信我，當我看到它的時候並不是這個樣子。我知道那是人；我感覺到它是人。然而，如果我說當時我沒有嚇一跳，或者說，那事實上不是我這輩子受到最大的震驚，那麼我就是個大騙子。

「更大的震驚還在後面。恐怕我當時是對這位訪客大吼大叫了。我說，『你是誰？』，或者『你要幹什麼？』，或者其他什麼，我記不得了。這時我聽到遠遠傳來一輛車子開上車道的聲音。我知道迪蕊從布羅根赫斯回來了。現在終於到了這個故事裡我能夠講得確切的部分。

「我這位訪客的袍子右側似乎有某種口袋。他——或者她，或者不管是誰——將一隻戴了手套的手伸進口袋，拿出一把左輪槍。別問我怎麼會知道那是我的左輪！甚至別問我怎麼會確定那人有戴手套！但老天在上，安德魯，我真的確定。」

「那是哪種手套？像你戴的這種橡膠手套嗎？」

「不是。至少顏色不一樣。也不是我們通常戴的小羊皮或者麂皮手套。我會說那是很薄、很緊的灰色尼龍手套。我這位訪客手指伸進扳機孔的時候完全沒有阻礙。那位訪客就這麼舉起左輪槍，在十二呎開外左右的距離直接朝我開槍。

「一陣閃光，一聲槍響，心臟部位一陣重擊。如果我當時還有思考能力的話，心裡想的也只有：『就是這樣了；他是來殺我的。』那訪客從頭到尾沒說過一個字。他把左輪丟在地毯上，退出窗外，還順手拉起了窗簾。」

「那麼，想來，」多黎許先生插口道，「他也低頭閃過了拉起的窗子？既然我們同意這不是鬼，那他一定有做這個動作了？」

「安德魯、安德魯！」

「怎麼樣？」

「對！我想他一定有那麼做，除非那個人的個子很小。我不記得有看到他低頭。但那些窗戶的窗簾和窗玻璃本身之間，隔了整整一呎或十八吋。我只能說他退進窗簾裡面，然後把窗簾拉了起來。」

「那你做了什麼？」

主人的左手按住左胸口，臉上一陣抽搐。

「我目瞪口呆地發現自己還坐在那裡——受到震驚，心煩意亂，但還活著、還在呼吸。有東西掉在椅子上，掉在我左手邊。我一摸到就認出是什麼了。那是空包彈裡的塡紙。小時候我們在篝火之夜（譯註：又稱蓋‧福克斯之夜，日期為十一月五日，是英國慶祝一六〇五年火藥陰謀事件主謀蓋‧福克斯被捕的紀念日，在夜裡燃篝火、放煙花。）就是用空包彈。那一槍發射的距離太遠了，火藥燒灼的痕跡、甚至火藥的碎屑都碰不到我的吸菸夾克。但塡紙像乏力的子彈打中了我。」

「請原諒我的堅持；我有理由要問。你當時實際上做了什麼？」

「我站了起來，走到右邊的窗戶那裡，然後把那團該死的塡紙扔到草坪上。」

「走到右邊的窗戶？不是左邊的？你沒想到要發出警報或者去追趕嗎？」

「沒有。首先，我太震驚、太生氣，而且（我承認）嚇到了。其次，我聽到了車子停下來的聲音；我聽到有人大聲說話，然後頓了一下，有更多人聲和奔跑的腳步聲。我不想要搞得兵荒馬亂或者一團吵鬧。我討厭兵荒馬亂和一團吵鬧，就像我討厭所有的混亂。我走回我的椅子，坐下，等你們來。」

這時開口的是尼克‧巴克里。尼克離開壁爐旁，大步走到左側的窗戶邊，一把拉開長窗簾，然後轉過身來。

「老天，潘叔叔！他是從這扇窗子出去的？」

「是的。」

「但這扇窗子是關著的！看這裡！」

「我的這位訪客——或者鬼客——可以在出去的時候把它關起來。這些窗扇很容易拉動，你們其他人當時又發出不少噪音。」

「聽著，潘叔叔！這個二百五可不可能先躲在窗簾後面，稍等一陣子，然後趁你不注意的時候穿過房間溜走？」

「不，尼克，不可能！請相信這一點。我很難描述那個人影所散發出來的全然惡意的氛圍。當時我等著它可能回來，我甚至害怕它可能回來。怎麼了？」

尼克朝他走了一步。

「我告訴你怎麼了。要不是你在做夢，潘叔叔，就是我們扯進了我當記者以來碰過最莫名其妙的事。」然後尼克轉回身。「這扇窗戶從裡面鎖住了。」

CARR

CHAPTER 7

第七章

「我沒有做夢，我發誓！我也沒有——」潘寧頓．巴克里停了下來。

「鎖住了。我跟你們說！」尼克重複。他指著金屬與陶瓷材質的扣勾，朝外轉向鎖住的位置，牢牢固定住窗子的上下兩半。「我在魏徹斯特有個朋友，他有一棟建於一八七〇年代初的房子，一樓的窗子就像這樣。有次我們想跟他開個玩笑，結果發現這種窗子沒辦法亂搞。如果你站在這種窗子外面，絕對不可能控制它從裡面鎖住。」

此時他轉向葛瑞．安德森。

「聽著，葛瑞。我不知道鬼——如果真的有這種東西的話——是否可以穿過牆壁或者鎖著的門，就像那個老法官的鬼魂據說出現在艾斯姑姑或者提芬太太面前時那樣。但我確實知道，一個剛開了一槍的人是不可能融化穿過硬邦邦的玻璃和窗框，或者踏出窗外之後才把它鎖上。這是絕對不可能的。在下了舞台、沒有道具的情況下，這世上沒有任何魔術師做得到這一點。」

「你是怎麼了，尼克？」他叔叔質問。「你們都是怎麼了？」

潘寧頓．巴克里有了改變。之前他全神貫注、渾然忘我，用具有催眠般力量的眼神和聲音完全掌控了整個房間。現在他的聲音裡又湧上了那種他們先前聽到過的彆扭情緒，彷彿在成人的頭腦和心裡鬧著小孩子的脾氣。

「爲什麼錯的總是我？」他說。「爲什麼我永遠都得對抗這種那種指控？我告訴你們的，或者試著告訴你們的，是一個直接了當的故事，湊巧也是個眞實的故事。然而……」

「放輕鬆，潘叔叔！沒有人說你說謊！」

「沒有嗎，尼克？」

「絕對沒有，我發誓。」尼克向他保證。「事情總有個解釋，如此而已，我們會找出這個解釋。我不是來這裡找麻煩的，這是我最不想做的事，不過我得請你們原諒我這麼沒禮貌。像這樣衝進別人的房子、製造出一大堆難題，實在不怎麼像話是不是？而我卻似乎就是在這麼做？」

「你又忘了，尼克，」迪蕊聲音清晰地說，「你不是外人，這也不是別人的房子。這是你的房子，姪兒，自從你祖父的遺囑從菸草罐裡掉出來之後就一直是你的。別不好意思了，尼克！你完全有權利愛怎麼製造難題就怎麼製造難題。」

「你知道，迪蕊嬸嬸，」尼克說，「你真令我震驚。這是第一次，我親愛的美人，你眞眞確確地令我震驚。關於這棟房子——雖然很尷尬，我還是盡力試著要談這房子的事，但潘叔叔不讓我插嘴。」

「啊，這房子！」潘寧頓．巴克里完全恢復了他的自在平和。「哎呀，尼克！穩著點！我今天晚上很沮喪，這點我承認了。但是我們的這些難題有個很簡單的解決方式。」

「什麼難題？」尼克質問。

「什麼解決方式？」安德魯．多黎許問。

主人重回主導地位，開始在書桌後來回踱步。其他人圍在他四周。

「非常簡單的解決方式，我居然剛剛才想到，眞是可惜！我要向你買下這棟房子，尼克。在萊明頓或者林赫斯特找家好的拍賣公司，就可以訂出公平的價錢，然後我就照那個價錢向你買下來，不管他們說多少。這樣很公平，不是嗎？」

「不，不公平。」尼克非常憤慨地大吼。「我要把這棟該死的房子送給你，潘叔叔。事實上，就我的意思和打算而言，我都等於已經是送給你了。你不能阻止我把這地方送給你，不是嗎？」

「我不是律師，不知道。你選擇要送什麼東西，無疑是你的事。但是同樣的，就另一方面來說，你總不好拒絕一筆答謝這份禮物的酬金吧。而且，你注意看，」潘寧頓・巴克里說，「看這位律師注視我的眼神。你去吧，安德魯！拜託你，別站在那裡一副顧盼自得的樣子！你的頭腦很不錯，雖然你貌不驚人。但別站在那裡顧盼自得，好像麥考雷在做評斷一樣。對於這一切，你怎麼說？」

事實上，多黎許先生一直以一種感興趣的眼神穩穩地、專注地看著他。

「我是在納悶，」他回答。「你這個要買房子的建議，照你所說，又是另一件你剛剛才想到的事？」

「是的。你不相信我嗎？」

「我沒這麼說。但照今天晚上看來，你原本是那麼沮喪、那麼消沉，幾乎……」

「幾乎什麼？」對方馬上頂回來。

「這個問題，潘寧頓，留給你自己回答。你沒有別的話要告訴我們了嗎？」

「他會有什麼要告訴我們的？」迪蕊問。她眼睛裡那種呆滯的朦朧還在，彷彿是沒流下的淚水。「但他不可以讓自己太煩心，你知道。潘，潘！這麼一番驚險，對你眞是太不好了。你的心臟……」

「我的心臟幾乎什麼都可以承受，迪蕊。」

「但被人開槍可不是開玩笑的事，就算射的是空包彈也一樣！最好還是請佛提斯丘醫生來看看你吧？」

「眞讓我滿足，親愛的，」她丈夫低聲說，「你終於表現出了女性的同情心。我想我胸口是有塊淤傷。是的，當然要叫奈德．佛提斯丘來看看我。同時，有件事讓安德魯格外煩惱。」

多黎許先生已經匆匆走到了書桌那大開的抽屜旁。

「眞是太不可思議了，潘寧頓，你這個抽屜裡眞是裝了一大堆喜鵲的收藏品（譯註：喜鵲性喜叼走、聚集零碎的小東西。）。大部分你都已經展示過了：採指紋用的粉、刷子、放大鏡。而在這一盒子彈旁邊，則有一管黏膠。」

「可否請你好心告訴我，」主人大叫道，「一管黏膠跟這整件事有什麼鬼關係？」

「一點關係也沒有，我親愛的朋友，別發火。我想的是這些子彈。

「那個幽魂怪客開槍射的那一發子彈」——多黎許先生皺起眉頭——「是空包彈。沒錯，那是在至少十二呎的距離之外發射的。但同時——」他遲疑著，再度沉思。「那發子彈的填紙呢？現在在哪裡？」

「我想我已經告訴過你們，我把它丟到外面的草坪上了。等明天早上我們就會在那裡找到。或者要是這件事有如此驚天動地的重要性，我們也可以現在拿手電筒去找。有這麼重要嗎？」

「不，沒有。但我還是想問：關於這個從墳墓裡爬出來的刺客，我們該採取什麼對策？要報警嗎？」

「報警？」潘寧頓．巴克里朝著天花板說。「老天爺，不要！」

「在這種事情上最好還是明智些。你確定你沒有什麼話要告訴我們？」

「『幽魂怪客』、『從墳墓裡爬出來的刺客』。我必須告訴你們，」潘寧頓．巴克里說，「我對於你們這樣不斷的暗示、讓我看起來只是個空口說白話的騙子，感到愈來愈無法忍受。你們再看一次——也是最後一次！」

他從書桌後走出來，大步走向左側的窗子。他用手掌下側一推那金屬與陶瓷材質的扣勾，讓它側轉成平的位置。他雙手扶住內層的窗扇，大拇指朝下其餘手指朝上，把窗扇往上平順地推起，讓窗子大開。

「好了！」他說道。「不管你們相不相信我，那位訪客出現時這窗子就是這樣。事情確實是如此，我只能發誓說事情是如此。我們現在必須絞盡腦汁找出解釋，尼克同意事情是會有解釋的。為什麼有錯的總是我？為什麼他們誰都願意相信，就是不相信我？如果艾斯黛可以看見一個穿著黑袍的幽靈穿過鎖住的門，那麼想像一個心懷惡意的人想辦法穿過鎖住的窗戶，難道有那麼困難嗎？」

「這是怎麼回事？」一個新的聲音插了進來。「這是怎麼回事、這是怎麼回事、這是怎麼回事？」

他們全都轉過身去。

從房間的東側，一個中等身材的中年女人以一種不同的跑步方式匆匆趕進來，她有種小貓似的神態，還有一頭相當明顯是染紅的豐厚頭髮。她雖然臉有點太瘦、又直瞪著眼睛，但長得並不難看，可是她身上穿的繡花藍色便服和鮮豔的方格布長褲，卻比較適合迪蕊・巴克里或斐伊・娃朵的身材。她左手腕上掛著一個裝編織物的織錦袋，右手揮舞著一個幾乎裝滿的玻璃罐，內容物根據標籤的說明是「歐利農莊最佳蜂蜜」。

「是你嗎，艾斯黛？」潘寧頓・巴克里用不甚友好的語氣說。「嗯，進來吧，讓我們感受到你的蒞臨之光。你又在躲躲藏藏了？」

「躲躲藏藏？」艾斯黛・巴克里重複他的話。「潘寧頓，你這個傻傢伙，講話完全沒有必要這麼不客氣。父親不在這裡管你、讓你知道分寸了，這豈不是件可惜的事嗎——非常、極度、嚴重的可惜？」

「至少我看到你還在吃東西。」

「吃東西？」彷佛艾斯黛也很不屑這一點似的。「我需要維他命B。佛提斯丘醫生說我需要維他命B，而蜂蜜裡含有豐富的維他命B。再說！現在已經十點半，甚至更晚了。再過半小時、甚至不到半小時，我們就要在飯廳裡舉行我的生日會。這你總不會阻止吧？」

「正好相反，艾斯黛，我很樂意主持你的生日會，祝你順心如意。」

「謝謝，潘寧頓。你決心仁慈的時候是可以很仁慈的。」然後她眨著眼睛，彷佛淚水盈眶。「但是說我躲躲藏藏！」她說。

回答的是迪蕊。

「你剛才在衣帽間裡，是不是？」迪蕊問著，朝東側的壁龕點點頭，然後朝壁龕左邊的門點點頭，最後朝她身後壁爐上方的鏡子點點頭。「你不是在衣帽間裡嗎，艾斯黛？」

「你是說我出來的時候，你在鏡子裡看見我了？」

「你差不多十分鐘前進去的時候我也看見了。」

「哦，親愛的迪蕊，有什麼理由讓你這可憐、無用的小姑不應該在她想要的時候待在附近嗎？」

「老天，當然沒有！我只是說——」

「還有，你也別說話，我高傲的潘寧頓！我到圖書室可不是來看你的！」

「那麼，在完全不反對你出現在圖書室或衣帽間、或任何你大小姐想去的地方的情況下，高傲的潘寧頓可以問問你爲什麼來這裡嗎？」

「是因爲尼克！」艾斯黛叫道。「因爲小尼克！」

「哈囉，艾斯姑姑。」比她高出一大截的小尼克說。

「哈—囉，親愛的！就算你長大了、不想親你的老姑姑了，尼奇，你的姑姑可沒有老到不想親親你的地步。過來這裡！」

艾斯黛伸出掛著編織袋的左手臂勾住他脖子，踮起腳尖親吻他的兩頰。

「好了，這才像話！我也沒那麼老那麼醜對不對？我甚至還自認很有青春活力呢。你知道嗎，尼奇，這並不是這半個小時內我第一次看到這位變成你嬸嬸的迷人女孩。」

「不是嗎？」

「不是！她把車停進車庫的時候我剛好在廚房裡，忍不住就跑出去了。你再次回家來眞是太美好了，尼奇！這位親愛的女孩說了你一大堆好話，不過我就不複述了，以免讓你不好意思。」

「眞是的，艾斯黛，」迪蕊叫道，「我什麼意見也沒有發表，不管是好話還是壞話。我只說——」

「但你看起來就是那個樣子，我親愛的。氣氛可以說的話可多了，不是嗎？尼奇，如果你是潘寧頓，你會讓年輕漂亮的太太自己出國去度假嗎？去年到義大利，六一年到瑞士，再前一年到北非？當然這可是完全無傷的！她跟那麼令人喜歡的朋友待在一起，像是羅馬的卡布里伯爵夫人和盧森的班克斯夫人。說到朋友，迪蕊也告訴我……」

「艾斯黛・巴克里小姐，」迪蕊大聲說，「請容我向你介紹葛瑞・安德森先生。」

「哎呀，眞是的！」艾斯黛說著，來了個一百八十度的芭蕾舞腳尖旋轉，那罐蜂蜜還舉得高高的。「眞是太幸會了！你不就是那個三九年夏天來過我們家的葛瑞・安德森嗎？那個年輕人不就是你嗎？」

「幸會，巴克里小姐。我是同一個人沒錯，年不年輕就難說了。」

「他以前來過這裡是嗎？」潘寧頓回過神來問道。「恐怕我是不記得了，抱歉。」

但艾斯黛可不來這一套。

「我可記得。我從來不會忘記事情的。再見到他可眞難得呀，現在他長大了，又會寫音樂劇又會做什麼的！我只跟你說聲哈囉就好了，葛瑞，然後我就要講其他事情。因爲起碼這一次，可憐的艾斯姑姑要被認眞對待。

「我哥哥剛才問我，」她繼續說道，「我到他這陰沉、愚蠢的圖書室來做什麼。我當然是要來歡迎尼奇啊！但是不只這樣。對於任何有記性、有眞心的人來說，這就夠了，但是不只這樣。我有一個大發現，必須跟安德魯・多黎許談，而且不會讓潘使我分心。告訴我，安德魯！可憐又親愛的父親死的時候，你不是應該看過他留下來的所有文件嗎？」

「就我所知，艾斯黛，」長期受苦的律師回答，「我確實是看過了他所有文件。」

「你不可能有看到我所說的那些。你知道他以前用來當書房的那間房間？在通道對面」——艾斯黛朝東南方做了個大力但模糊的手勢——「在以前的管家房間和僕役長餐具室隔壁？裡面有一張掀蓋式大書桌的那間房間？是的、是的，這一切你都很熟悉。但你知道那張書桌有個暗格嗎？」

「暗格？」

「唔，原先我也不知道。而且那不是什麼很神祕的暗格，雖然父親最喜歡那一類東西。但天意有時候確實是會幫助我們的，不是嗎？

「晚飯後，」她以格外專注強烈的神態說下去，「我在音樂室裡放流行樂唱片。我們必須跟得上時代，安德魯。但我沒辦法專心聽Roysterers或者Upbeats。似乎有某種東西在呼喚我或者召喚我。『到書房去看』，它似乎在說，到書房去看。

「我八成是能通靈。也有過別的事情顯示這一點，不是嗎？但過了一陣子之後，我確實到書房去了。那裡的東西都沒有上鎖，從來都沒有。書桌右邊最下面抽屜的底層是假的，只要一推就滑開了。在那裡，安德魯，有一疊厚厚的文件，其中一些是父親的筆跡。」

「等一下，艾斯黛！」多黎許先生愈來愈覺得苦惱。「你有沒有看那些文件？有沒有找到任何重要或相關的東西？」

「哦，我怎麼會知道什麼是相關的東西？那是男人的工作，是你的工作。其中大部分我甚至連讀都沒讀。」

「那你做了什麼？」

「我只是把那一整疊都拿起來，我到廚房的時候也一起帶過去了。迪蕊停車時我正在廚房裡。她沒有回屋裡來，沒說要去哪裡就走開了，但我知道她是要到圖書室去。我知道你們全都在圖書室裡，所以就從起居室的那扇門進來了。」艾斯黛朝它做了個手勢。「你們全都聽潘的話聽得入迷，沒有半個人轉過頭來看一下。我鑽進那間小衣帽間，沒有把門完全關上。你剛才說的那些話我都聽到了，潘，別以為我沒聽到！」

潘寧頓．巴克里已經不再踱步，以一種難以解讀的眼神注視著她。

「現在情況變得比較清楚一點了。你不是在躲躲藏藏，艾斯黛。你只是在等著聽。」

「唔，潘，」他妹妹反駁，「我確定你一定會照常扭曲事情的。誰在乎那一點？我不在乎。重要的是那一疊文件，我把它放在衣帽間的沙發上了。安德魯，你應該負責把它收起來吧，萬一裡面有什麼可憐的父親要讓我們知道的事呢？而且你可以把它帶走，對不對？我試著把它塞進我的編織袋裡，不過那疊文件太厚了。但你那公事包看來並不很滿的樣子。」

多黎許先生把他的帽子放在桌上。

「這公事包裡面沒有東西，」他邊回答邊打開扣拴，掀開公事包，「只有我為了去倫敦四十八小時而帶的牙刷、梳子和刮鬍用具組。我可以把文件帶走，今天晚上檢視一番。我是說，如果潘寧頓認為——」

「我認為你最好這麼做，」潘寧頓煩躁地說，「否則艾斯黛是不會讓我們有片刻安寧的。但我無法想像那裡面會有任何重要的東西。」

「我也是。但還是得做！」

多黎許先生大步走向壁龕左側的小房間。艾斯黛慌慌張張地跟在他後面，一手晃著編織袋、另一手舉著蜂蜜罐。他仍然頗爲苦惱，儘管以一個微笑減輕不禮貌的意思，進去之後就關上門把她擋在外面。但他很快就出來了，一邊扣上那個塞得滿滿的公事包，只有一樣東西——一張縐縐的紙，上面打了若干行字——從一側露出來。艾斯黛朝他跑去，用左手一把將這張紙抽出來。

「恐怕我是出了名的笨手笨腳。」艾斯黛叫道。她試著用雙手撫平那張紙，差點砸了那罐蜂蜜。「但我只是想幫忙，不是嗎？」

「在你已經把這些文件的事搞得兵荒馬亂、一團吵鬧之後，」多黎許先生用手點點公事包說道，「這樣的行爲不被認爲是很有幫助。請你好心把你剛拿去的東西還回來好嗎？」

「但這個，」艾斯黛喊出的這句話，葛瑞・安德森完全聽不出個所以然，「這只是那些彈珠台的收據帳單啊！只是那些彈珠台的收據帳單啊！」

「不管是什麼，請你好心還回來好嗎？」

「是、是！每一樣東西都很重要，對吧？」她把紙張交給他，他將之裝進口袋。「在正常情況下，親愛的安德魯，我應該堅持你留下來參加我十一點鐘的生日會。但你一定很想回家去看那些文件，不是嗎？而且你的車在這裡。

「是的，別那麼驚訝的樣子！」艾斯黛繼續說著，彷彿注入了新的精力。「你兒子把車開來了，現在車就停在車道上。修把車開到前門時，我正要從音樂室到父親的書房去。他要到利沛屋去看一些朋友。修說他把車留給你，因爲他朋友會送他回家。他還說他要跟你談拉馬斯的案子，說非常緊急。」

「拉馬斯的案子？」潘寧頓插話。「拉馬斯的案子是什麼？」

多黎許先生舉起拳頭。

「一個叫拉馬斯的愚蠢年輕人惹上了麻煩。多黎許與多黎許事務所並不只是家庭律師。現在的稅金和生活費這麼高，在看來緊急或者理由正當的時候，我們甚至得碰犯罪案件。是的，艾斯黛，」他不客氣地補充說道，「我要走了！但請你別這麼急。別朝著我衝過來，好像要親自把我扔出去的樣子。我當然會走，但事有先後輕重。同時……」

「同時，我們看得出來，你這只是在浪費時間。我知道那些文件很重要！可憐又親愛的父親——」

「再一次，」潘寧頓說，「我們又碰到了『可憐又親愛的父親』。恐怕對艾斯黛來說，還是可憐又親愛的父親。在菸草罐裡跑出第二份遺囑之後，我本來還希望我們再也不會跟可憐又親愛的父親有任何瓜葛了。」

「你跟他的瓜葛永遠不會完的，潘．巴克里，」艾斯黛幾乎是在尖叫，「只要這世界上還存在半點仁慈、只要你心裡沒剩下半點仁慈。」

「什麼意思？」

「就是我說的意思。要是我也沒良心的話，想想我能告訴他們哪些關於你的事！但我並不眞的需要告訴他們。你自己說的話就已經譴責你了。愚蠢的故事，說什麼這裡發射了一發空包彈……」

「等一下，小姐，有人對我開了一槍！你連這一點都不相信嗎？」

「如果別人這麼說，我就相信，雖然我是什麼也沒聽到。當時我在屋子後半部，這些牆又這麼厚，我怎麼能聽到什麼？但你老是有這種幻覺——」

她的話沒能說完。南牆那些書架之間的那扇門，葛瑞先前認爲一定通向主要通道，結果確實是如此。他匆匆瞥見了那條燈光黯淡的通道一眼，因爲那扇門開了又關，進來了一個身穿花呢服裝、看來搖搖擺擺的男人。

「原諒我打攪，」新來的人說著，眼睛立刻看向潘寧頓・巴克里，「一切都沒問題吧？」

「進來吧，奈德！」主人以一種緊張而又熱心的態度說。「這裡沒有急需照料的病人，這是眞的。我們碰上的是另一個危機，意外情況，如此之類的……。向不認識他的人介紹一下——尼克？安德森先生？——這位是佛提斯丘醫生。」

「很高興見到你們。」新來的人用沙啞的聲音說。他聽起來並不高興。

「事情是這樣的，」潘寧頓．巴克里繼續說，「在十點鐘左右，這些好人剛到的時候，有個穿著黑色長袍的人影——不是鬼，是個有血有肉的、心懷惡意的二百五——用我自己的左輪槍朝我射了一發空包彈。然後他退出窗外，不知用什麼方法把窗子鎖了起來。」

「那扇窗戶？」佛提斯丘醫生問，循著對方點頭的方向。「現在它是開著的，不是嗎？」

「它是開著的，因為我自己幾分鐘之前把它推開了。之前我們發現它在拉起來的窗簾後面是關上、鎖好的。艾斯黛沒聽到槍聲，拒絕相信我的話。她似乎是堅稱我喝醉了或者在說謊。」

佛提斯丘醫生吸吸牙縫的空氣。

「我沒聽到槍聲，」他說，「但我希望隨後的調查不會也這麼指控我。畢竟，我自己也看到了那個人影。」

CARR

CHAPTER 8

第八章

「你看到了？」

「我親愛的巴克里，有人確認了你的話也不需這麼一副目瞪口呆的樣子。你可以告訴我整個來龍去脈嗎？」

正式介紹過尼克和葛瑞之後，潘寧頓‧巴克里把他講過的那個故事簡短鮮活地大致說了一遍。

佛提斯丘醫生聽著，不時把重心從一腳移到另一腳。他是個四十幾、接近五十歲的男人，個子算高，手腳靈活，長形頭上零零落落的棕色頭髮已經退到頭顱的圓弧部分後面，帶著沉思神情的淡藍色眼睛四周滿是皺紋。

「唔！」故事講完後，他說，「唔！這是個密室類型的問題，嗯？」他的眼神始終沒離開過主人。「但這不是眼前唯一有趣的事。」

「怎麼說，奈德？怎麼說？」

「比較起來，我在這裡算是新來的。」佛提斯丘醫生對著大家說。「老先生在三月過世之後，我才被找來擔任——該怎麼說呢？——家庭醫生。要是我喜歡胡思亂想，我就會說這是一棟不健康的屋子，但我並不是這種人。不是出於醫學原因，這房子實際上遠不像看起來那麼潮濕。而且這裡具有一切舒適的設備，是我很喜歡的。藏量豐富的酒窖啦！簡直是奢侈淫逸的浴室啦！每間房裡都有冷熱水，還有插座可以插電動刮鬍刀。有人很喜歡那東西。這位先生」——他看著尼克——「你就是那位大家都在談、來自美國的繼承人？」

「原本是的，沒錯。」

「家人的意見不同已經解決了嗎？你叔叔本來並不確定可以解決，儘管他太有禮貌，不會當著你的面這麼說。不過！如果原先確實有家人意見不同的問題，我希望它已經以友善的方式解決了？」

「是的。」尼克回答。

「而且『友善』，醫生，」迪蕊做了個神氣活現的手勢，「還不足以形容呢！他們唯一意見不同的地方在於搶著要把東西送給對方。從來沒看過像我丈夫和尼克處得這麼好的人。一路下來都是一團和氣。」

「是嗎，巴克里先生？或許我最好查看一下。」

儘管他神態看來隨意、搖搖擺擺，儘管他沙啞、低沉的聲音似乎是用迂迴而非開門見山的方式討論問題，但佛提斯丘醫生向前逼近得那麼堅定，使得潘寧頓·巴克里退了好幾步，舉起一隻手彷彿是要阻擋攻勢。

「查看？」他複述。「這是什麼意思？你說什麼？你要做什麼？」

「如果你許可，我要看一看你。確切地說，我要你伸出手腕來讓我摸摸脈搏。身爲家庭醫師的我可能有時候疏忽了職責，也許我對你糾纏得不夠，但我可不希望他們認爲我跟福爾摩斯的助手華生醫生一樣反應遲鈍。老弟，看到你臉上的神色，就算不是醫生的人也會覺得不對勁。除此之外還有——」

「等一下。」潘寧頓．巴克里說。

他這突然爆出的一句話讓佛提斯丘醫生停了下來。主人不耐煩地舉起光溜溜的右手檢視手指，然後舉起左手，手裡握著一雙捲起來的橡膠手套。

「有些時候，」他宣稱，「我簡直跟艾斯黛一樣頭腦不清。有沒有哪位可以好心告訴我，我是什麼時候脫下這雙該死的手套的？我把它戴上是爲了做某個示範什麼的，然後就忘了它。安德魯，我是什麼時候把它脫下來的？」

「老實說，我不記得。」多黎許先生說。「我們在這裡亂轉了好半天，非常不像樣，（慢著點，迪蕊小姐！）但我沒有看到什麼特別值得注意的動作。恐怕我是不記得了。」

「你能幫上忙嗎，尼克？我什麼時候脫手套的？」

「哪，潘叔叔！」尼克揮動雙臂。「你先前是在抱怨那雙手套有多累贅。我的印象是你先把它脫下來、握在左手，然後才衝過去開那扇窗子。但這只是個印象而已，我沒辦法發誓保證。葛瑞？」

「我也跟多黎許先生一樣不記得，」葛瑞回答，「不過你說的似乎沒錯。」

「儘管奈德．佛提斯丘，」潘寧頓．巴克里繼續說，「說這裡有很多舒適的設備，但這裡舒適的設備遠不如應該有的多，而如果我繼續是屋主的話，也會增加更多。甚至一直到軍隊在戰時占據這一帶的那時候——他們雖然沒占據綠叢，但是占了利沛屋——都還沒有半條通到海岸的電纜。」

「抱歉，潘叔叔，」尼克非常熱切認眞地反對道，「你是不是有點搞混了？以前就有電燈了，不是嗎？」

「我沒有說以前沒有電燈。我說的是我們沒有電纜可以接電力公司的電。」

這時他把橡膠手套塞進他吸菸夾克的左側口袋裡，似乎是要徹底擺脫它們。

「事實上，尼克，當時我們有部私人發電機：如果你記得的話，它總是出問題，讓整棟屋子在不方便的時刻陷入一片漆黑，然後就得去修理它。如果沒有僕人在，你祖父也可以應付那些修理工作。我沒有辦法應付修理工作，這讓他有充足的藉口可以鄙視我。我提到這一點是因爲……」

「因爲你想要讓我分心，對不對？」艾斯黛的叫聲具有等同於摸過去的效果。「你不想讓我說出我必須說、我一定要說、我會說出的話，不管你怎麼試著阻止我！」

「自制一點，艾斯黛。我提到這一點，各位女士、各位先生，是因爲它跟我們的問題有關係。」

「怎麼樣？」他妹妹追問，同時舉起編織袋和蜂蜜罐。「怎麼樣、怎麼樣、怎麼樣？」

「我說了，我沒辦法修理發電機。我唯一一項實務性的天分是在於開鎖。只要有一段彎曲的鐵絲，或者甚至是一根拉直的迴紋針」——潘寧頓．巴克里看著艾斯黛的同時似乎在對自己數數——「我幾乎就可以撬開任何鎖。至於你自己的天分，艾斯黛，這我們就不討論了，因為到目前為止，你似乎都沒有能力使用它。現在，看這裡！」

他大步走向左側的窗戶，朝夜色做了個手勢，然後轉過身來。

「戴面罩穿長袍的入侵者從這扇窗子出去，之後窗子從裡面上了鎖。他是怎麼做到的？如果這問題是有關於撬鎖，我或許可以試著示範給你們看。但我們面對的不是鎖。我們都看到了，這裡我們有的是一個結結實實的金屬勾扣，當時穩穩地扣住了。因此……」

「我再問你一次，潘叔叔。」尼克說。「現在你仔細看過窗子、知道困難所在了，你確定那個人不可能是躲在窗簾後面，然後趁你不注意的時候穿過房間溜出去嗎？」

「我確定嗎？我完全確定嗎？尼克，這對於宇宙間任何一個問題都是項很高的要求。我不認為事情是這樣的，不。但同時……」

「哦，全都是一派胡言，比一派胡言更一派胡言！」艾斯黛抨擊道。「事實上你說的，只是你什麼辦法也沒有，只想要我們接受這個愚蠢的故事而不問你任何問題。」

「這是個愚蠢的故事嗎？既然奈德．佛提斯丘似乎也確認了它……」

「啊，但是他有確認嗎？如果親愛的佛提斯丘醫生就某件事情發誓」──艾斯黛狠狠吸一口氣──「就算我不能相信，我也或許會相信，如果你知道我的意思的話。但他到底怎麼說？」

「唔，他人就在這裡。你何不問問他？」

「嗯！」佛提斯丘醫生說。「嗯！」

搖搖擺擺、手腳靈活、身著花呢布料的他，一手抹臉彷彿是在按摩臉部，然後他輪流向尼克和葛瑞發話。

「巴克里小姐太抬舉我了，先生們。我從來就沒有對這個世界上的太多事情感到確定過。而且我的短處很多，儘管我試著彌補它們。我酒喝得太多，這點你們如果還沒聽到也很快就會聽到。但我很少受到酒精的影響，更從來不曾因此失去能力。巴克里小姐本人也可以作證，我今天晚上沒有喝酒。

「你們或許已經、或許還沒聽說，晚飯後我們各自分開去做自己的事。我的臥房雖然比這間圖書室小得多，不過就在圖書室的正上方，在西廂的最底端，有兩扇窗子朝北、朝前，一扇窗子朝西。我想我大概是在八點半的時候上樓回房的。晚飯後我的朋友巴克里給了我一根品質絕佳的雪茄，而且我也有很多東西要讀。」

「無疑是專業書籍吧？」安德魯．多黎許以一個堂皇的人對另一個堂皇的人說話的口吻說。「你在埋頭讀《英國醫學期刊》？」

「唔，不是的。不是《英國醫學期刊》。先生，做我這一行的很少會嫌工作不夠，不像你在電視上看到的那些醫生。事實上，我是在讀一本偵探小說。」

他的視線再度來回於尼克和葛瑞之間。

「現在這一點看來十分合適，雖然沒有什麼致命的事情發生，也（至少讓我們如此希望！）不太可能會發生。然而，當我坐在臥房裡抽著雪茄、朝第五章邁進的時候，我並不完全感到很高興。在晚餐的時候有某種暗示——或者也許該說是一種氣氛，而非暗示——新繼承人抵達之後會有爭吵。什麼樣的爭吵，沒人說；沒人對我透露。的確，何必對我透露？

「中間有過一次不重要的中斷。我的雪茄抽完了，小說裡的犯罪已經發生了，調查正在進行，這時我似乎聽到有一輛車開上車道。『這，』我想道，『不可能是巴克里太太回來了吧？』我瞥了一眼我的旅行用時鐘，才九點一刻，巴克里太太不可能已經接到火車了。

「但我相當好奇，就從朝屋前的兩扇窗子之一往外看。確實是有一輛車，結果是年輕的修．多黎許，也就是我們這裡這位朋友的兒子。到前門去應門的是巴克里小姐自己，他跟她交談了幾句，把車開到屋側，然後步行離開。

「之後……

「之後，」佛提斯丘醫生繼續說著，揉亂他僅剩的零落頭髮，「我關上窗戶，拉上窗簾，然後開燈。我倒不是想擋住逐漸消逝的天光，但是這裡就在索倫海峽旁邊，天黑後變得相當涼，而你們從我的衣服也可以看得出來，我覺得冷。

「唔！我坐下來繼續看書，但是看不太進去。我腦袋裡想的都是巴克里太太跟其他人從布羅根赫斯回來的事。而我又是誰？眞正講起來，我又算什麼？是個靠人吃飯的，是個食客，受到仁慈的對待，沒錯，甚至還受到相當的尊重，但仍然是個靠富有慷慨贊助人吃飯的食客。」

潘寧頓・巴克里直起身子。

「我親愛的朋友，」他抗議道，「這實在完全都是瞎說！我都不知道你有這種感覺！如果你以爲你在這裡不受歡迎……」

「但是讓我們面對現實吧。總有我們全都必須面對現實的時候。」

「如果你堅持要說這些話——」

「我是堅持。好了，非常清醒地想一想，」佛提斯丘醫生問道，「我在這棟屋子裡的功能是什麼？是盡到我的職責，並且保持上得了台面的體面模樣。我確實盡到了我的職責。但我是否夠體面？在那一刻，我懷疑這一點。

「我從椅子裡站起來的時候，一定是將近十點了。我關掉所有的燈，只留下我臥室裡洗手台上方的那盞小燈。我把我的電動刮鬍刀插進洗手台旁的插座，然後照我認爲自己需要的刮了鬍子。現在，告訴我。」他直視尼克。「你和其他人坐在車裡朝這屋子而來——以及不久之後跑過它——的時候，是否看到二樓有任何燈光。」

「哪裡都沒有燈光。」尼克告訴他。

「你呢，安德森先生？有什麼要補充的嗎？」

「完全沒有。我以爲整棟屋子都沒開燈。」

「你們不可能看見燈光。巴克里小姐可以告訴你們，我臥房的窗簾用的是戰時剩下來的、最厚重的遮光布料。之後你們也不會看見任何燈光。讓我把這個愚蠢的故事說完。

「我刮完了鬍子。我沒有聽見任何聲音。或者，就算有任何聲音穿透關上的窗子和厚重的遮光窗簾，並傳到了一個臉旁有電動刮鬍刀來來去去的男人耳裡，也只有我的潛意識接收到它。當我把刮鬍刀收起來之後，我不知道是什麼衝動讓我關上了唯一還亮著的洗手台上方的燈，在黑暗中摸索著走到朝西的窗邊，拉開窗簾向外看。

「先生們，在這棟房子的西端對面，有一座大花園，裡面用非常高的紫杉樹籬隔成步道或巷弄，外面也圍著紫杉樹籬的圍牆。花園有四處入口，東西南北各一處。其中一處——如果你現在走到這兩扇窗子任何一扇旁，就可以看到——正對著這間圖書室左側的那扇窗戶。

「好的！我從我房間那扇窗戶看出去的位置，是在那兩扇窗戶之間某處的上方。當時天還沒有完全黑。在我和花園之間隔著大約六十呎的平順草地。就在那裡，先生們，我看到了某個東西。我看到了……」

「怎麼樣？」潘寧頓・巴克里追問。「別說到一半就停了，奈德。你看到了什麼？」

「我看到了一個穿黑袍的人影。」佛提斯丘醫生回答。

一陣停頓。

「我不會試著描述那個人，」醫生繼續說，「尤其那人影是背對我的。它打從屋子相當緩慢地朝花園入口移動，我看到的時候它已經快要走到花園了。這時候我聽到下方某個看不到的地方傳來模糊的人聲。我似乎聽見那個聲音在大喊，『快點！』」

「是的，你沒聽錯。」尼克．巴克里略略朝前移動。「由於這個那個原因，我們耽擱了好一會兒才跑到房子的側邊。但是大喊『快點』的人是我。然後呢，醫生？」

「你猜不到嗎？我打開窗戶，那是像小門一樣往外開的那種窗戶。它幾乎沒有發出任何聲音。不論如何，當時你們太忙了，不會注意到的。三個人——你、安德森先生、我們的朋友多黎許——在下面繞過屋角跑過來。從接下來的聲音，包括我們的主人這理應在舞台上或電影裡出名的聲音，我聽出沒有發生什麼嚴重的事。然而……

「我關上窗子，拉上窗簾，開燈。然後我坐下來擔心。不，沒有發生什麼嚴重的事。然而……我等了一段在我看來合適的時間，盡量等久一點，然後（現在你們知道了）我下樓來問發生了什麼事。

「事實上，先生們，除此之外就沒什麼了。我只要再補充一點：是關於那個穿黑袍的人影，我最後看到它的時候是在花園的入口。巴克里敘述時強調他感覺到那個訪客心存惡意。這一點我沒辦法說。我不能胡思亂想，胡思亂想會毀掉我們的人生。我說的只是一種印象，可能是錯誤的印象。但當時我確實覺得，當你們三個跑過來、年輕的巴克里先生跑到右側的窗戶邊時，那個穿黑袍的人影舉起手臂像是在雀躍、像是某種勝利的小舞步，然後衝進了花園。就這樣。」

「要是你們問我，」尼克宣稱，舉起一隻手臂彷彿在宣誓，「要是你們問我，各位，這樣就很夠了。你或許不胡思亂想，佛提斯丘醫生，但你講得相當好。『那些鬼魂來了，哦喝，哦喝，哦喝！』怎麼樣，艾斯姑姑？現在你對潘叔叔的歷險記怎麼說？」

「全是一派胡言，尼奇！我半個字也不相信！」

「你不相信佛提斯丘醫生？」

「我不相信潘說的任何話。關於某人對他開了一槍，我們只有他的說法！如果這些全都是他捏造出來、只是爲了嚇我們的，朝他自己開一槍好讓他的故事聽起來有道理……」

「對於這種指控的反駁，艾斯黛，」她哥哥指出，「就是我的故事在任何人聽來都沒有道理，甚至包括我在內。而且那些空包彈是哪裡來的？手槍裡裝滿了空包彈，但我自己從來沒買過。」

「你說你沒買、你說你沒買！我們怎麼知道你是買過還是沒買過？聽我說，你們大家，」艾斯黛央求著，緩緩地揮著蜂蜜罐，彷彿是在指揮管弦樂團。「我能通靈，你們知道的。我不聰明，但是我通靈，我想我可以告訴你們發生了什麼事。

「這些當然全都是潘捏造的。但詩的正義總是在等著我們，不是嗎？他什麼都沒看到。他在說謊！他不認爲超自然的存在可以回來。但是，有某樣東西回來了，一直在看著他。你們難道不知道那就是佛提斯丘醫生在草坪那裡看到的東西嗎？」

煩擾的醫生絕望地揉著他的臉。

「女士，」他說，「我看到了某個穿著黑色長袍的人。我看到的，或者我告訴你們說我看到的，就是如此而已。這套可笑的鬼話，已經不是第一次了——」

「你以為你是腳踏實地、實事求是的人。但你其實根本不是。你是那種可以看見別人看不見的東西的人。你說你覺得冷，不是嗎？當我自己看到那老法官出現的時候，我也覺得冷（我們總是如此）。而且現在我們四周就有一種可怕的冷空氣。」

艾斯黛只略一遲疑，就朝右側的窗戶直跑過去，那扇窗戶整晚都開著。雖然有編織袋和蜂蜜罐礙手，她還是拉下了下半截窗扇，鎖上窗戶，再拉上窗簾。然後她轉向左邊，匆匆跑過壁爐前面，跑向潘站在左側窗戶前的位置。

「讓我過去，潘，我要把這一扇也關起來。」

「不，不許。退後，艾斯黛！別碰那扇窗戶！」

「但要是它還在外面呢？要小心，潘！它還是可能會來對付你的。我問最後一次，你讓不讓我過去？」

「我說最後一次，不讓。我們已經聽夠你這套胡言亂語了。」

「胡言亂語，嗯？你說我胡言亂語？」

「沒錯。我才不會呆站著任你呼喚地心深處的鬼魂，而且就像葛倫道爾（譯註：威爾斯地區的民族英雄，十四世紀末至十五世紀初曾率軍反抗英格蘭爭取獨立，但後來失利；英王亨利五世在一四一五年赦免他，之後就再也無人聽過他的消息。）一樣，他們是不會出現的。」

「哦，你這個愚蠢的人！你這個愚蠢、殘忍、沒感覺的人！」

「但在你這麼一大篇胡扯嘮叨之中，艾斯黛，或許還有一絲半點的道理。讓我們用我們的理性來決定這一點。不管這裡現在正在發生什麼事，都是源自於過去。」

這對兄妹在壁爐旁面對面，克制、邏輯和理智都在歇斯底里的滔滔不絕中化爲烏有。

「過去！」艾斯黛尖叫。「你就只關心這個，是不是？這棟房子！你的書！你就只關心這個。我是說，除了在你的眼光被有著漂亮臉蛋的年輕女孩吸引的時候。你那個祕書或許是個好女孩，我相信她一定是的，既然迪蕊替她擔保。但你以爲我們看不出你看她的眼光，看不出你想做什麼？」

「這是謊話。」潘寧頓・巴克里清晰地說。「你是在拿我跟賀瑞斯・懷德費爵士相比？」

「我沒有拿你跟任何人相比！」

「希望不是跟他相比。天知道，我已經夠老了，對這個世界有一點厭倦。他的其他特質我一點也沒有，包括他的惡意。然而這房子裡現在正發生的事，或許可以在兩百年前找到線索。這裡沒有鬼。但是有一種氣氛，有很多房子裡都是這樣，這氣氛感染了人的頭腦，就像在耳邊低語一樣可以覺察到。另外某一本小冊子——你沒讀過，迪蕊也沒讀過，甚至你拚命說她壞話的可憐的娃朵小姐也沒讀過——指出法官家裡有某個成員給他下了毒。留下的心智之毒一直持續到今天。」

「你又說了另一個謊話，不是嗎？」

「另一個謊話？」她哥哥大喊。「你到底在說什麼鬼？」

「是的，」艾斯黛嘰哩咕嚕地說，「也可以說是在說鬼。你告訴別人好多次，說那個鬼從維多利亞時代之後就沒有人看到過了，一直到提芬太太和我今年看到它。但有別人看見過它。親愛的父親看見過，很多年前；你一定知道他看見過。所以在這一點上你也說了謊，不是嗎？要是你沒有對我這麼不仁慈就好了！……」

「我是在試著對你仁慈，艾斯黛。天知道我是在試著對你仁慈。我從來不知道我們那位聖人父親看到過法官的鬼魂或者任何人的鬼魂，既然這樣，他一定是狠狠把它罵回陰間去了吧？至於說到不仁慈……」

「講這些話」——艾斯黛一副悲劇臨頭的模樣——「就非得在應該開開心心的時候講這些話來讓我苦惱！再過不到十五分鐘就是我的生日會了，我們要聚在飯廳的蛋糕旁，這應該是感到歡喜和家人愛心的時候！」

「今天晚上，艾斯黛，你讓我見識到了你無比的愛心。」

「但我真的愛你呀！真的！」

「那麼我求你，好妹妹，請忍住你的眼淚不要大哭大鬧。最重要的，我求你不要再拿著那罐蜂蜜揮來揮去，好像你要用它打爛誰的頭一樣。小心，艾斯黛！小心不要——」

然後，罐子就古怪地砸破了。

可能是她亂揮亂搖的動作太盲目，那玻璃罐側著撞上了壁爐台的粗糙石面。罐口裂成碎片，黏稠的蜂蜜雖然流動緩慢，但有一兩盎司飛濺出去灑在潘寧頓．巴克里吸菸夾克的左胸口，開始緩緩往下流。

主人一動也不動地站著，臉色雖憔悴但毫無表情。

「又髒又黏！」他說。「又髒又黏！」依然面無表情，他閉上了眼睛。「一，二，三，四。五，六，七，八！」

艾斯黛仍然沒被嚇倒。她把撞裂但還算完整的罐子放在壁爐台邊緣，然後狂亂地踢著壁爐底石上的玻璃碎片。

「哦，潘，別傻了！我眞的很抱歉，你知道，但這是你自己的錯，不是嗎？你在衣帽間裡一定還放了其他幾件吸菸夾克吧？至少有一件？」

「事實上，有兩件。」

「那就趕快去換衣服吧，親愛的，別這麼大驚小怪的！你會主持我的生日會吧？除非你已經忘記你的承諾，或者根本就不是眞心的？」

「不，我沒有忘記。」他從右口袋掏出一條手帕擦拭胸口的蜂蜜汙漬，但過了一會兒便嫌惡地放棄了，把手帕放回口袋裡。蜂蜜正在滲進布料。雖然看上去很難看，但倒是已經不再流淌了。

「我說我沒有忘記。你對時間的估計，艾斯黛，錯得離譜。現在」——他看看手腕上的錶——「還不到十點四十分。但我沒有忘記，我會主持這無憂無慮的慶祝活動。就算我不主持……」

「就算你不主持？」

「如果根據你的預言，一個十八世紀的鬼怪從窗子裡飛進來把我抓走的話……」

「潘，別說了！」

「也還有尼克在，他是正當的一家之主，可以代替我主持。現在，各位女士各位先生，我要去換衣服了。儘管這樣似乎過分挑剔，但我討厭被人看到我這副模樣。我覺得我好像不只是身上濺了蜂蜜，更是爬滿了昆蟲。此外，儘管這樣似乎過分失禮，但我要把你們都請出圖書室。最後我要跟我妹妹說句話，然後我們十一點再見。」

「不，潘，我倒有問題要問你。」艾斯黛的聲音在偌大的圖書室裡作響，是有力的女低音，就像她哥哥的聲音是有力的男中低音。「回答我的問題，好讓我和你自己都安心！你打算對那個金髮祕書做什麼？你想要娶她嗎，潘？是不是這麼糟？你會趕走你自己的妻子，改娶那個女孩嗎？」

「你大錯特錯了，艾斯黛。娃朵小姐對我毫無意義。天知道我對她也毫無意義。另外有件事一直讓我煩心，非常深、非常強烈地煩心，我沒辦法不想它、把它趕走。」

「哦？什麼事？」

「毒藥！」潘寧頓・巴克里說。「是誰在那老罪人自己的家裡給他下毒？而現在知道事實，對我們會不會有幫助？」

這時候葛瑞．安德森抬眼往上看。

房間另一頭的門栓發出喀啦一聲。通往東西向主要通道的那扇門，也就是佛提斯丘醫生進來的那扇門，再次開了一半。門口站著斐伊．娃朵，她的臉上，不知為何掛著一副全然驚恐的表情。

她的模樣跟他當晚在火車上第一次看到她時一模一樣——藍白相間的洋裝，沒有穿長襪，藍色的鞋子——她再一次摸索著玳瑁殼的菸盒。斐伊猛然縮身後退，之前的情景又重演了，但這次沒有香菸彈出來，而是整個菸盒從她手中滑落。菸盒掉在地毯上打開，露出裡面一排由一小條黃銅固定住的濾嘴香菸。她轉身跑開，摔上門。

「斐伊！」迪蕊．巴克里叫道。「怎麼……發生了什麼……」

然後迪蕊採取行動，跟在斐伊後面跑出去，也摔上了門。葛瑞也動了起來。斐伊的影像，以及她對他的一切意義，吞沒了所有其他的考慮。他不再在乎是否要扮演那齣裝作他們互不相識的鬧劇。他只知道現在他有了追上去的藉口。

葛瑞空洞地喊道，「你的菸盒掉了！你的菸盒——」

再多說也沒用。他撿起菸盒，闔上它。他環顧眾人，迎視尼克譏諷的眼神，然後追在另兩人身後衝進通道。

CARR

CHAPTER 9

第九章

通道很寬，鋪著厚厚的地毯，燈光黯淡，向西延伸到另一扇緊拉著窗簾的長窗。屋子這一廂的北側似乎只有兩間長長的房間相鄰，也就是起居室和圖書室。葛瑞從圖書室跑出來，面對的是三扇關著的門，想來是通往通道南側的三間房間，在起居室和圖書室的對面。

迪蕊・巴克里神態緊繃不安，站在通道對面中間的那扇門前。她一手按著門把，似乎是在守衛。葛瑞朝她跑過去。

「斐伊！」他說。「斐伊在哪裡？」

「在這裡面。這間是撞球室。」

迪蕊的淺褐色眼睛看來不再那麼平穩或直接了。她幾乎是驚慌失措地抓住了葛瑞的手臂，然後跟艾斯黛一樣飛快地講起話來。

「你可以看到，這一側有三間房間。我左邊這一間，最靠近通道底那扇窗戶的，是音樂室。我右邊這間是老巴克里先生的書房。再過去」——迪蕊朝東邊做個手勢——「你可以看見，再過去通道是通往屋子中央的大廳。更往東邊再過去，有另一條跟這條一樣的通道，前面是晨間起居室和餐廳，後面是僕役長餐具室、管家房和另外什麼的，儘管這裡自從第一次世界大戰之後就沒有僕役長和管家了。總之，這不重要。葛瑞——你介意我叫你葛瑞嗎？」

「不，當然不介意！」

「你是尼克的好朋友，對不對？」

「是的，但你怎麼會知道？」

「而且你是斐伊的——但這也不重要。總之，我後面這一間是撞球室，而且不只做爲撞球室使用。老巴克里先生買了兩部彈珠台放在裡面。」

「老柯羅維斯買了兩部彈珠台？」

「對！他很喜歡彈珠台，除了偶爾打一局撞球，此外他似乎什麼也不喜歡。那兩部是眞正商業用的機種，是他向倫敦一家製造遊樂場機器的公司訂的。他找人把機器裝起來，旁邊還各放了一碗一便士硬幣，好讓大家都能玩。我從來沒見過他大笑，但當他把零錢投進彈珠台、打彈珠得分的時候，有時確實會微笑。」

「關於斐伊的事，你剛剛說？」

「她剛剛跑進去了。她沒辦法鎖門，因爲沒有鑰匙。你不知道斐伊的事，是嗎？你不知道她發生了什麼事？」

「不知道。」

「嗯，這下子得讓你知道了。這陣子以來發生了各式各樣的意外，我丈夫那時候說出那句話，眞是最糟糕、最殘酷的意外。但——哦，我不知道！也許由她來告訴你比較好。我想你是善待她的。去找她，跟她談，盡你所能地溫和一點。你會好心對待斐伊的，是不是？」

「我盡量。」

然後一切似乎都在同時發生。

另一個女人的聲音說，「對不起，太太？」從中央大廳的方向出現了一個整潔、相當漂亮、但看來冷淡的十八九歲女孩。然而穿著深色長褲和橘色毛衣的迪蕊，自己不只整潔而且結實健康，在那女孩接近的同時轉過身去。

「什麼事，菲莉斯？」

「對不起，太太，前門來了兩位先生。」

「都這麼晚了？菲莉斯，他們是誰？要做什麼？」

「呃，太太！」慌張的女傭回答。「其中一位是個很高大很粗胖的先生，全身鼓鼓的像是漲滿了風的大三角帆。他說他姓菲爾。」

「菲爾？」葛瑞驚呼，感覺事情發生得實在太快了。「基甸·菲爾？基甸·菲爾博士？」

「是的，先生，就是他。」然後菲莉斯對迪蕊嘰哩咕嚕地說。「另一位先生比較年輕，也不肥。我回過頭去對菲比吹口哨，她站在通往廚房的通道上。菲比說，『那不是什麼先生，那是個便衣警察。』是不是我就不知道了，太太！我想第二位是蘇格蘭人，雖然他沒有那種口音。」

「菲莉斯，」葛瑞說，「他是不是叫艾略特？艾略特副隊長？」

「艾略特！我就知道他是蘇格蘭人！但我不知道要說什麼，太太！我告訴那位粗胖的先生說，我說這裡沒有人生病，而且我們已經有一位醫生了。但他說他不是那種醫生（譯註：英文中「醫生」與「博士」頭銜相同，故菲莉斯有此誤解。），太太。他說是潘先生找他來的。」

「潘先生找他來的？」迪蕊複述。

這時他們又被打斷了。菲莉斯才剛走過來，圖書室的門就打開了。接著暫停了一下，彷彿是裡面的人在聽，然後，迪蕊的後一句話一說出口，人就從圖書室裡一湧而出。

第一個出來的是佛提斯丘醫生，他搖搖擺擺地越過通道，消失在迪蕊先前說是音樂室的那間房間裡，也就是屋子後半部的西南角。接著艾斯黛側著身像隻貓一樣匆匆跑出來，但在撞球室的門前停在迪蕊和葛瑞旁邊。跟在她後面出來的是安德魯．多黎許和尼克，後者關上了圖書室的門。

「抱歉，艾斯黛」——迪蕊提高聲音——「但潘眞的有找一位基甸．菲爾博士來嗎？」

「唔，眞是的！不管他有沒有，我親愛的，我可想見見菲爾博士。這兩個人在哪裡，菲莉斯？」

「對不起，艾斯黛小姐，他們在前門口。我告訴他們說，我說——」

「你應該把他們請到起居室去。算了，我來就好了。是這樣的，親愛的，」艾斯黛繼續對迪蕊說，「潘和那位好博士略有點認識。至少他們通過信。哦，這些文學人物啊！菲爾博士現在住在南安普頓的波麗岡飯店。昨天的《回聲報》上面有一篇關於他的東西。有人送了一份據說是劇作家薛利丹《敵手》的原稿給南安普頓大學的威廉·魯佛斯學院，菲爾博士來這裡鑑定它是不是眞的。《敵手》，當然了！這又是十八世紀，對不對？」

「確實是。」多黎許先生同意著，擠到她旁邊。「運氣好的話，我們遲早可以徹底擺脫十八世紀。同時，既然你這麼堅持要我檢視這些文件，我最好趕快回家去。你說車子在車道上？」

「就在車庫外面。修堅持要留一件雨衣給你，儘管我告訴他不會下雨。現在我必須去歡迎菲爾博士了，我必須告訴他……」

「是的，」尼克朗聲說道，「但不會只有你一個人，艾斯姑姑。潘叔叔把我們踢出圖書室了，好吧！我可是最想見到菲爾博士的人，他是全世界唯一能幫我們解決這件事的人。問葛瑞就知道了！葛瑞跟他是熟朋友，可以替我們做介紹。來吧，老馬兒，我們要——」

「不，不是我們。」葛瑞打斷他的話，斐伊的影像阻斷了他所有其他的思緒。「你去自我介紹就行了，他會很高興見到你的。但現在請恕我失陪了，我有別的事情要處理。」

「進去吧，葛瑞！」迪蕊低聲而激動地對他說。「快進去！有必要的話，我會擋住別人。我要讓那可憐的女孩有點清靜，不用面對差勁的笑話和話中有話的言談。進去吧！」

葛瑞轉動門把溜進門內，關上門——並陡然停下腳步。

這是間相當大的房間，牆上鑲著橡木壁板，地上鋪著橡膠墊。三扇喬治式的窗戶關著但沒拉上窗簾，面對著草坪、樹木，和一道穿過灌木林通往利沛海灘的石階。在白色的浪頭上方，一輪水汪汪的半月在黑暗中閃耀，預示著雨的來臨。

房間本身因緊閉而窒悶，撞球桌蓋上了布，上方有一盞燈在燈罩裡發亮。除此之外唯一的光源——模糊，五顏六色——來自靠在左側牆邊的一部彈珠台，直立的玻璃面板發出微弱的亮光。斐伊的肩膀彷彿能說出千言萬語，她站在彈珠台旁但不肯看它。一時之間她也不肯看葛瑞。然後她轉向他，抬起頭和眼睛。房間裡窒悶的空氣揪扯著葛瑞的肺，斐伊的神情揪扯著他的心。

「斐伊……」

「你跟在我後面跑出來了，是不是？你刻意跟在我後面！」

「我當然跟在你後面。你難道不知道我會永遠跟著你嗎？」

「有一秒我以為我希望你跟著我，但現在我又希望你沒有這麼做。沒用的，葛瑞！在這世界上一點用處也沒有！」

「把事情想成世界末日當然也不會有用。尼克會說，『少來了，我的美人兒，別再這麼神經兮兮。』我沒辦法那樣講話，雖然我希望我可以。我們試試彈珠台怎麼樣？」

「不要！」

「我們還是試試吧。看這裡！」

直立的面板上橫寫著紅色的字，「非洲狩獵之旅」。一個頭戴白色遮陽頭盔、身穿卡其襯衫的獵人，舉著來福槍對著一叢顯然是要代表叢林的黃綠色植物。彈珠台旁有一張矮凳，上面放著一個裝滿一便士零錢的陶碗。葛瑞拿起一便士塞進投幣口，把彈簧把手往後扳到一半。彈簧放出了六顆小而重的金屬珠子，將其中一顆推到台面一側的發射道上。

葛瑞將把手往後扳到底。

「以前，在菸草還沒有被課重稅課得消失不見之前，打到兩萬五千分左右就可以贏得五根香菸。我們看看現在怎麼樣。」

他一鬆手，把手一彈，發出響亮的一聲啪。

珠子從發射道上彈出，四處旋轉，整個金屬台面都活了起來。螢幕上到處亂閃著幽靈般的影像：一頭獅子從叢林裡衝出來，跳到半空中就被射中了，珠子旋轉著、撞擊著，發出嘈雜的叮噹聲，彩色的燈光亂閃。珠子消失了。葛瑞檢視面板下方的第一筆分數。

「六千。」他說。「我們打中了獅子。接下來還有一頭犀牛，河裡還有一條鱷魚。我們是要把牠們也打下來呢，還是用這套方法來對付你的憂鬱惡魔？」

「沒有用的，我告訴你！」斐伊退了兩步，手提包掛在手臂上。「我說過事情很骯髒，但你不知道有多骯髒。你以爲光靠讀讀故事，就可以了解情況。但你無法了解的，葛瑞！沒人能了解，這世界上沒有人做得到，只要他們沒有被它碰到過、沒有被它拉下來的話。」

「被什麼碰到？被什麼拉下來？」

「謀殺。」斐伊回答。

她繼續往後退，手提包按在身側。

「當然，那並不是謀殺。但有些人認爲是，他們認爲是我做的，他們甚至可能會逮捕我。講到其他人，今天晚上我走上車道的時候就是跟在他們後面。」

「聽著，我親愛的，你現在在說什麼？你走上車道的時候跟在誰後面？」

「菲爾博士和艾略特先生！他們把車停在車道入口。我從南安普頓坐公車過來，走在草地上好讓他們聽不到我的腳步聲，然後悄悄溜進後門。艾略特先生是刑事偵察組裡職位第三大的人，僅次於隊長和助理行政長官。菲爾博士——嗯，我想我或許可以把一切都告訴他，但就某方面而言，他比艾略特更讓我害怕。

「我幾乎可以發誓，其間有一次艾略特先生轉過身來直直看著我。我不認爲他以前見過我，但或許他看過照片。重點是他們來了，事情全都會抖出來，你會被牽扯進這一團亂裡。反正事情是一定會抖出來的，因爲巴克里先生不知怎麼得知了我的事，他知道的。你沒聽到他在圖書室裡說的話嗎？『毒藥！』他說。『是誰在那老人自己的家裡給他下毒？現在知道事實，對我們會不會有幫助？』或者類似的話，我記不清楚了。你知道他在說什麼嗎，葛瑞？」

「知道。他是在說賀瑞斯．懷德費爵士，那個把這裡每個人搞得一場糊塗的十八世紀法官。」

「但是不可能啊！不可能的！他指的是桑姆塞的賈斯丁．梅休老先生，住在巴恩斯托附近的深沙丘之屋。」

「斐伊，我可愛的小笨蛋，你眞是個瘋子。誰又是那個桑姆塞某某之屋的賈斯丁．梅休先生？不管他是誰，潘寧頓．巴克里根本不是在說他，也沒有講過半個關於他的字。」

「也許我是瘋了，有時候我也這麼懷疑。我只知道事情會抖出來，一定會抖出來的，你會被跟我一起牽扯進那件野蠻的事！」

這時候她幾乎已經退到與窗子齊平了。她身後是索倫海峽上方的那輪月亮。近在眼前的斐伊——彎彎細眉下分得開開的深藍色眼睛，她手臂和肩膀的線條——讓他鮮活地想起這同一輪月亮在不同時間、不同地點曾經照耀過的場景。

「你眞的以爲任何與你有關的事會讓我嫌麻煩嗎？對了，我有沒有提過我愛你？」

「哦，我眞希望你可以告訴我這一點！我眞希望你可以一再一再一再地告訴我這一點。但你不能這麼做。還有，請你別碰我！我可能會做出什麼傻事，那只會讓情況變得更糟。聽著，葛瑞！站著別動，聽我說！」

「好的。」

「在我用單務契約（譯註：只有一方執行的契約，常用於人名的更改。）在法律上改名之前，我姓蘇頓：斐伊・蘇頓。那是一年多以前的事，六三年三月。你知道蘇頓這個姓有多普遍嗎？」

「我沒想到它是很普遍的姓。」

「那你就有所不知了。倫敦電話簿裡有四欄蘇頓：從妥靈頓公園的Ａ・蘇頓，一直到史丹霍普園的蘇頓—凡和大波特蘭街的蘇頓費許。誰知道……」

「還有砍伯威的蘇頓元和科尼窩的蘇頓—租？你怎麼不笑呢，斐伊？（譯註：這兩個是葛瑞亂謅的名字。）那樣會比較好。笑一個嘛！」

「親愛的，這不好笑。」

「好吧！我們同意，只因爲某個人姓蘇頓，並不會讓我們笑破肚皮或笑得倒在地上打滾。我想這是個很好的姓啊。好了，到底是怎麼回事？」

情緒高漲到強烈的地步。斐伊從他身旁躲開，走到撞球桌旁，把手提包扔在桌上，轉過身來以絕望嚴肅的神色面對他。

「六二年初，在我還姓蘇頓的時候，我應徵去當梅休先生的祕書，他是退休的證券經紀人。巴恩斯托是西部的一個小村，離巴斯大約六哩。梅休先生比巴克里先生老，跟他不太像，雖然他也有悶著頭想心事的傾向。梅休先生和我處得相當好。到了那年夏天，他向我求婚。」

「你們處得相當好，你說。當時你是他的……你和他有沒有……？」

「沒有！」斐伊驚恐地睜大眼睛。「我不是什麼清教徒，我告訴過你，我從來沒假裝我是。但答案是沒有，沒有、沒有！」

「他向你求婚，你怎麼說？」

「我當然是拒絕了。梅休先生的太太去世了，他有一個成年的兒子和一個女兒。但問題並不完全在於他的年齡。他的個性相當奇怪，我並不太喜歡他，他讓我害怕，而且婚姻也一直都讓我害怕，因爲我自己可以賺錢養活自己。不管我試著跟他怎麼說，他似乎都聽不進去。他說我最好嫁給他，因爲他擬了一份對我有利的遺囑。在那裡的日子並不好過。然後，十月的一個早晨，他被發現吃了過量的安眠藥而死。」

斐伊的聲調沒有改變，繼續說道：「是這樣的，梅休先生得了癌症。這一點我們是在死因調查庭上知道的。他的醫生已經告訴了他，他也同意試試動手術，那或許可以救他一命，但他還是選擇自殺了。他確實擬了一份對我有利的遺囑，但他還沒有簽名。別人說我只是不知道他還沒簽名。更糟糕的是，那些安眠藥是我的，從我房間裡的藥瓶拿的。哦，葛瑞，你開始看出這是怎麼一回事了嗎？」

「是的。」

現在斐伊的聲音激切起來。

「那些流言！那些可怕的、沒完沒了的、嘀嘀咕咕的耳語！那個負責調查的警探！

『好了，小姐，請你再告訴我一次——』死因調查庭的那個驗屍官！『當然，蘇頓小姐——』」

「死因調查庭的判決是什麼？」

「心智狀況不穩定之下的自殺。但你以爲那會有幫助嗎？『嗯，小姐，那只是驗屍官的判決，要是我們找到不同的證據，總是可以把它推到一旁去的。』還有那個兒子和女兒！『你幹嘛還待在這裡？要是你拒絕了老頭的求婚，那你幹嘛不辭職？』辭職到哪裡去？去做什麼？」

「放輕鬆，斐伊！」

「『你以爲你可以哄哄他就算了，嗯？你以爲他會忘記他向你求過婚？你不知道他沒有在那份遺囑上簽名嗎？』不管我走到哪裡，媒體記者都拚命拍照。當時報章雜誌上可怕地鬧了一陣。你都沒有看到嗎，葛瑞？」

「六二年十月？我不在英國，如果你記得的話。當時我在紐約看一齣俗得要命的東西，叫《湯姆舅舅的宅邸》。」

「或者當時鬧得並沒有我以爲的大。我們總是會被我們害怕看到的東西嚇壞。當時我以爲我快瘋了；我眞的差點瘋了。唯一拯救了我的理智的，如果有任何東西拯救了它的話，就是我並不上相。」

「不上相？如果你是指——」

「別說好話，請你別說好話！我指的就是我照相不好看。或者是，他們慣常是把拍得最差、最難看的照片登出來。然而，因為怕別人認出我，從此之後我對照相機避之唯恐不及，彷彿我毒死過半個村子的人一樣。

「我就不繼續說我的大悲劇了，葛瑞。你看得出來後來發生了什麼事。在巴黎我告訴你說我的一位阿姨死了，留給了我非常小的一筆錢，這是真的。我母親的娘家就姓娃朵，這位阿姨是她的姊妹。我接受遺贈的條件就是要改姓娃朵。」

斐伊側靠在蓋著布的撞球桌旁，手指沿著桌邊走。球桌上方的燈光照在她滑順的頭髮上，照出她皮膚的溫暖色調。她身後遠處靠撞球室的西牆，有另外一部（沒亮燈的）彈珠台。斐伊沒朝那個方向看，而是再度望向葛瑞。

「我當然想接受那筆遺贈。」她告訴他。「讓我害怕的是用單務契約改名的公開程序。還有媒體記者！他們說他們沒有惡意，但在他們認為有新聞可報導時，他們可以非常無情。我非常害怕他們會從想改名的斐伊・蘇頓，聯想到剛離開巴恩斯托深沙丘之屋的那個斐伊・蘇頓，警方當時想——現在還是想——以謀殺罪名逮捕她。」

「你沒有殺人，你知道。既然沒有實證，警方就不能傷害你。」

「哦，誰在乎實證？能改變一個人生活的是想法。」

斐伊跑向他。他碰觸她短暫伸出的雙手，然後她又跑回球桌旁。

「唔，顯然我是過慮了。可能是那筆錢太少，吸引不了媒體的注意，或是他們根本就漏了這則新聞。沒有照相機、沒有閃光燈，什麼都沒有！我在五月出國。我遇到了你。那十天是我有生以來最快樂的時光。但就算在那時候，我們一起在巴黎的時候，那件事還是跟著我。是這樣的，在我出國之前，迪蕊已經幫我安排了工作，當巴克里先生的祕書，開始的時間是——」

「斐伊，你一定不要再這樣下去了！你經歷了一段非常艱苦的日子，我親愛的。但事情現在已經結束了，我們可以忘記它。」

「沒有結束，永遠不會結束的！葛瑞，今天晚上這裡發生了什麼事？」

「我眞希望我知道眞相。」

「是的，但到底發生了什麼事？我告訴過你，我走上車道的時候是跟在菲爾博士和艾略特先生的後面。我從後門悄悄溜進來，然後我到圖書室去，想告訴巴克里先生我把他要的書拿回來了，就放在大廳的桌子上。我原先幾乎可以發誓他對我一無所知。他唯一看的報紙就是《泰晤士報》或者《每日電訊報》，或許看看南安普頓《回聲報》，但這些報紙他也只是偶爾瞄一眼。然而，我一開門……」

「他不知道你的任何事！他說的那些話完全是意外，就像迪蕊說的一樣。」

「迪蕊還說了些別的。我從那裡跑出來，我知道我這是出了好大的洋相。迪蕊追出來。就在我躲進這裡之前，她冒出了一句什麼話，關於穿過牆壁還有——還有空包彈。親愛的，你一定要告訴我！」突然間，斐伊僵住了。她舉起一隻手朝西牆的方向揮。「現在又是什麼，葛瑞？那是什麼聲音？」

CARR

CHAPTER 10

第十章

葛瑞指著西牆。

「迪蕊提過隔壁是音樂室，裡面有一台音響，是尼克的艾斯姑姑的。剛才他們整群人從圖書室裡冒出來的時候，佛提斯丘醫生進了音樂室。」

「佛提斯丘醫生是嗎？那我們現在聽到的……」

「我們現在所聽到的，斐伊，是吉伯特與蘇利文的作品從ＬＰ唱片裡放出來的聲音。音樂是一兩分鐘前由『英國皇家海軍圍裙號』開始的，現在放到『日本天皇』，接下來大概還有別的。那是台很有力的音響，而且他把音量開得很大。整個房間都在震，對不對？但房門是關著的，牆壁也很厚，幾乎聽不見歌手在唱什麼。」

「哦，嗯。吉伯特與蘇利文對我們無傷。但今天晚上發生了什麼事，葛瑞？你不打算告訴我嗎？」

「如果告訴你會有任何好處的話。」

「我遲早一定會聽說的。不管是什麼事，聽你說總比聽別人說要好。拜託，葛瑞，別這麼殘酷。你尤其不應該殘酷的啊。告訴我吧！」

房裡窒悶的空氣繼續讓他喉頭發緊。他走向朝南的窗子，打開其中一扇。一陣清風吹來，他可以聽見圓石沙灘上浪潮撲打拍擊的聲音。他要講的故事似乎就沒那麼清了。他盡可能說得簡短，從他們抵達布羅根赫斯講起。任何提及斐伊名字的地方，他都輕描淡寫地帶過。但這仍然花了不少時間，就連ＬＰ唱片都在他講完之前就抵達了那轟轟烈烈、鐃鈸交鳴的高潮。

斐伊全神貫注地聽著，有時候跑向他然後又退開。

「最後一個問題，葛瑞。這整件事裡有沒有哪一點是特別讓你感到奇怪的？」

「唔，有。如果我們相信潘寧頓．巴克里所說，有人持左輪槍闖入，而我確實相信他，儘管情節聽起來非常不合理……」

「如果我們相信這一點，怎麼樣？」

「就算有人扮鬼並開槍射了一發空包彈，但那個闖入者以爲他在做什麼？如果你拿起一把左輪手槍，沒有檢查裡面的子彈，」葛瑞論道，「裝滿了空包彈的槍看起來跟裝滿了實彈的槍完全沒有差別。」

「好吧，那又怎麼樣呢？」

「那個『鬼』是知道槍裡裝著空包彈，只是想用它來警告或嚇一嚇被害人呢？還是他眞的是想一槍射穿潘叔叔的心臟？那些空包彈是怎麼回事？是誰把它們裝進槍裡的？如果不是巴克里先生自己裝的——」

「不是他裝的。」斐伊更加專注了。「我可以告訴你這一點，雖然我沒辦法告訴你其他的事。空包彈是迪蕊買來親自裝進去的。」

「迪蕊？」

「當然是她。他狀況不好已經有一陣子了（這我們不是已經知道了嗎？），她非常怕他會自殺。她不敢乾脆地把槍偷走丟掉，換了是我就會這麼做。她沒有告訴我這一點，但我了解迪蕊。要是左輪槍不見了，他可能會開始考慮瓦斯烤箱或者毒—毒藥或者天知道什麼。所以她用空包彈掉包了實彈。」

「仔細想起來」——葛瑞眼神望著過去——「她是有說過她採取了一些防範措施，讓他不能開槍打自己或者打別人。但她剛說完這句話，我們就聽到槍聲，以爲完蛋了。」

斐伊走過來站在他面前，靠近窗戶。再一次，一如往常，他清楚意識到她身上淡淡的香水味。

「葛瑞，聽我說！悲劇沒有發生，但原本有可能發生，甚至現在也還可能發生。我先前問你這整件事有沒有哪一點特別讓你感到奇怪。你的回答——原諒我這麼說！——是某個偵探小說式的疑點，正是男人會去注意到的。但我問的並不是這個意思。你一定看出來了。你不笨，你一定看出來了！」

「看出來什麼？」

「一年前，」斐伊邊回答，邊用一隻手撫上他外套的領子。「我來這裡擔任祕書，雇主是一個跟梅休先生不無相似之處的男人。兩個都是遁世的有錢人，傾向於悶悶不樂地想著自己的困擾！這棟房子也是位在鄉間，比深沙丘之屋更充滿爭吵不安！你難道沒有自問這會不會是歷史重演？你難道沒有在心裡想過，同樣的事情會不會又來一遍？」

「只有在一個方面。你和潘寧頓．巴克里之間有什麼嗎？」

「沒有、沒有，一千個沒有！我並不是很喜歡他，而就算我喜歡他，他也要不就是太專注於他自己、要不就是太專注於迪蕊，不會注意到我。而且我想他喜歡無病呻吟，我不相信他的心臟眞的有什麼毛病。」

「那麼他沒有向你求婚囉？」

「哦，絕對沒有！如果他曾經對我表露出一丁點的興趣，我一定會馬上跑出這裡，好像老賀瑞斯・懷德費爵士在後面追我一樣。但事情看來豈不是很骯髒嗎？既然你似乎聽到了那個要命的女人暗示的那些話……」

「你是指艾斯姑姑？」

「是的，我當然是指巴克里小姐！今天晚上在火車上，我在想，不知你有沒有從我沒說的事情裡猜出一些關於她的東西。她只有一項天分：她可以拿起筆來模仿別人的筆跡，讓那人看了會發誓說是他自己寫的。也許她沒有惡意，也許她插進一腳只是爲了引起別人對她的注意。但不管她了！她並不算是號人物，巴克里先生才是。你對他有什麼看法？」

「原先我喜歡他，非常喜歡他，直到他在對話中第一次提到你的名字，帶著某種寬容的媚眼。之後他得在艾斯姑姑面前爲自己辯護，他也辯護得很有尊嚴。儘管他們兩個人講的話都沒什麼道理，最後還是恢復了平衡，他看起來又是個很好的人了。但首先我要詛咒他的眼睛！……」

「葛瑞！別告訴我你是在吃醋！」

「你知道我是在吃醋。我會很樂意掐死任何你看過一眼的男人——或者是任何看過你一眼的男人。這是無可奈何的，你對我就有這種影響力。別人也許會說我是老古板……」

「葛瑞、葛瑞，誰曾經說你老古板啊？我可以告訴他們事情遠非如此，不是嗎？」

「這樣的話——」

「不，不要！放開我，我們不可以這樣！」

「爲什麼不可以？既然你能夠這樣回應我的吻？」

「因爲你不肯把事情看清楚！你拒絕看清楚！」

這一次，斐伊退到比較近的那部彈珠台旁背靠著它，臉色潮紅，胸口劇烈起伏。隔壁的音樂室傳來一波愈來愈強的聲音。顯然佛提斯丘醫生對他第一次試聽吉伯特與蘇利文的結果並不滿意，又重新放起同一張唱片了。但斐伊對此毫不注意。

「葛瑞，停下來想想！你談到這個戴面罩穿黑袍的人時，總是用『闖入』這個詞。這是錯誤的用詞，再糟糕不過的用詞。因爲這人並不是外來的闖入者，這點你我都知道。你們四個人——你自己、迪蕊、尼克．巴克里和多黎許先生——開著那輛班特利從布羅根赫斯過來。不管那個闖入者是誰，都不可能是你們四個其中之一。我說的對嗎？」

「對，我可以就這一點發誓！」

「那麼是誰？如果我們不眞的相信會是廚子或者女僕之一，那麼就只剩下三個人了。一定是巴克里小姐、佛提斯丘醫生或是我。你也知道他們會說是誰，不是嗎？他們會說是我。別告訴我這樣說有多可笑，他們會說是我！當時我甚至不在這裡。我錯過了一班公車，得搭比較晚的一班，但誰又能證明這一點？等到警方介入之後——」

「你說警方介入是什麼意思？他們沒有報警啊！」

「親愛的，他們已經來了。那個艾略特先生現在就在這裡。我已經告訴你是什麼事讓我擔心得要命了。他們可不可能還因爲桑姆塞的事要對付我？他們可不可能還在追查我？」

「迪蕊也擔心這一點。她一直是個很好的朋友。她和巴克里先生都認識漢普郡刑事偵察組的督察長，我想他名叫維克。迪蕊說她想問清楚我目前到底是什麼處境。我說，『迪，你瘋了嗎？你不可以去找警察。你永遠不可以去找警察哦！』她說她不會，後來也發誓她沒有，我也相信她。

「但今晚發生的事改變了一切。一切全都回來了，那些混亂和骯髒和可怕的、沒完沒了的疑心。一個人眞正的樣貌不是重點，問題在於別人以爲她是什麼樣子。你可以猜到現在幾乎每個人都會怎麼看待我。我可能是——他們在電視上是怎麼說的——可能是有人要拿這件事來陷害我，不是嗎？但是對不起，葛瑞。原諒我！我不想用我自己那些愚蠢的小麻煩來讓你覺得無聊。」

「不管你的麻煩是什麼，它們對你有多重要、對我就有多重要。我恰好是愛上了你，我的甜蜜女巫。但我要再告訴你一次，你是過慮了。要是這事情會鬧大，但不會的，總之還有公車車掌可以證明你什麼時候在什麼地方。至於過去的事，也都已經過去、被遺忘了。」

「我也要再告訴你一次，」斐伊叫道，「事情沒有被遺忘，而且永遠不會被遺忘。現在他們全都猜到一些了，他們一定會猜的。你的朋友尼克會猜他是不是像你以爲的那麼聰明。」

「他的朋友尼克，」另一個聲音問道，「會猜或不會猜的是什麼事？」

通往通道的門開了。尼克．巴克里模樣看來有點淩亂，站在門口端詳著他們。

「哪，你們兩個。」他又說。

斐伊立刻端正起身子，走到撞球桌旁拿起她的手提包。

「你是尼克．巴克里先生，是嗎？是的，葛瑞和我以前見過。我知道他告訴過你這件事，就像我也告訴過我的一個朋友，是在極度隱密的狀況下說的。不過照現在的情況看來，我不知道我能怎麼對任何人否認這一點就是了。」

「哦，你就是那位神祕的X小姐？是的，我原先也想到你可能是。」尼克看著葛瑞。「恭喜了，老馬兒。容我說一句，你對金髮女郎的偏愛是非常有充分理由的。但我有話要跟你說，我的老小子，關於某件你似乎一直隱瞞的事。」

「我也有話要跟你說，」葛瑞反駁，「關於某件你絕對一直隱瞞的事。」

「嗯，我們兩個都——」尼克停了下來。「隔壁那麼吵是怎麼回事？」

「佛提斯丘醫生正在第二次試聽吉伯特和蘇利文的名曲集錦。一開始是『圍裙號』，你現在也聽到了，然後是『日本天皇』，最後是警察大合唱，來自——」

「唔，我們兩個都得等了。」尼克轉向西牆。「把那該死的東西關掉。」他大喊。

佛提斯丘醫生無疑是聽不到。在強烈的音樂聲中，有個聲音模糊但強而有力地唱著，說它的主人是『圍裙號』船長，是個端端正正的好榜樣，從來不用大大的D字。尼克的太陽穴旁有一小根青筋在跳動，顯然是絕望放棄了。

「我們先前提到的問題得等一等了。我剛剛才把所有的事告訴菲爾博士，他可是專門破解不可能事情的人。但聽著，葛瑞，現在十一點了！艾斯姑姑為了生日會大呼小叫的，而潘叔叔……你可不可以一起過來幫個忙？」

「幫個什麼忙？」葛瑞邊問邊跟著他走向門口。

燈光黯淡的通道上空無一人，從西端那扇拉上窗簾的窗戶一直延伸到中央大廳，再到東端另一扇拉上窗簾的窗戶為止。尼克朝通道兩頭張望了一下，然後指著他們前方偏左的那扇圖書室的門。

「潘叔叔十點四十把我們從那裡踢出來的時候，我把門關上了。結果他上了門栓。先等一下！」

尼克匆匆走向圖書室的門，握住門把。

「潘叔叔！」他叫著，鬆開門把用指節用力敲門。「我還記得，」他偏過頭來補充說，「這扇門上有兩道門栓：一道靠近上面，一道靠近下面。我用我的聰明才智推論他還在裡面，因爲他還沒有出來。但他人在哪？潘叔叔！」

通道上不再是空無一人。除了尼克、站在撞球室門口的葛瑞和葛瑞身旁的斐伊，音樂室的門也開了。手腳靈活、垮著肩膀的佛提斯丘醫生向外走出一步，遲疑著。音樂聲從他身後湧出，充滿了整條通道。但那海軍的節拍已經沒了，音樂緊縮著，彷彿是在收回精力以準備下一波的高漲，也在夢幻的氛圍中暫停了一下，然後再度高昂起來。

在河邊的一棵樹上，一隻小山雀
唱著，「柳樹，啾啾柳樹，啾啾柳樹……」

同一時間，在走廊的東側底端，迪蕊．巴克里從先前她向葛瑞指出是飯廳的那間房間裡走出來。

「請問發生了什麼事？」她叫道。「我先生在哪裡？」

「我不知道。」尼克喊回去。「說到這裡，艾斯姑姑呢？她還在大呼小叫的嗎？」

「我說不上來她現在在做什麼，因爲她不在這裡。她似乎不見了。」

「她——什麼？」

「我說她不見了。」迪蕊走近。「在你運用你一屋之主的權利把她趕出起居室之後，艾斯黛就顯得很反常。」

「拜託，小姐！我沒有——」

「你明明就有。你把她趕出起居室，這樣你才能獨占菲爾博士。還有，你眞的有必要吼得這麼大聲嗎？」

「原諒我，」佛提斯丘醫生插口，同時揉著額頭，「但我以爲我聽到……你對這音樂有異議嗎，先生？」

「沒有、沒有，」尼克說，「我哪有資格對任何事有異議？盡量放吧，把那該死的音響開到最大聲吧。不管怎麼樣，潘叔叔不應門是我們目前爲止碰到最要命的事。你怎麼說，葛瑞？有什麼建議？」

「沒有任何建議。你該不會是想——」

「不，我不想！何況這是一扇很堅固的門。要做我剛剛想到的事實在太瘋狂了。」

「很可能。不是還有另一扇門嗎，在圖書室和起居室之間？」

「對，沒錯！當然有！等我半分鐘！」

尼克像是被鬼追一樣，領帶飛揚地跑向他右邊的起居室朝通道的門，一把將門打開。這間十八世紀的起居室，深藍色上面點綴著白色和鑲金，在裡面葛瑞匆匆瞥見了一道熟悉的身影：一名非常肥壯的男人，有一張紅臉、一嘴土匪似的鬍子、好幾層下巴，還有懸垂在黑色寬絲帶下的眼鏡。尼克關上房門。他們可以聽見他再度大喊和舉拳捶門的聲音。他果然差不多半分鐘就回來了，站在那裡盯著葛瑞看。

「沒用，」尼克說。「圖書室和起居室之間的那扇門也有兩道門栓。兩道似乎都從圖書室那一邊被扣上了。現在怎麼辦？」

音樂和合唱的聲音一同大聲響起：

「看那上主，至高的死——刑——執行者！……」

「你別那個樣子，」尼克對一個字也沒說的葛瑞吼道。「別這麼沒耐心，看在老天的份上！既然那裡有兩扇落地窗通往草坪，何必叫我破門而入？其中一扇關上鎖住了——艾斯姑姑鎖的——但我們離開時另一扇還開得大大的。快點，老小子。你最好也一起來，佛提斯丘醫生。或許不會需要你，但也可能隨時都會需要你。我們還在等什麼？快走吧！」

他跑向通道西端的那扇窗，從那裡可以通到草坪上。葛瑞只稍停一下，揑揑瑟縮在他身後的斐伊的手，就匆匆跟在尼克身後跑去。佛提斯丘醫生也緊跟著他們兩人。尼克拉開那扇長窗的窗簾，看到窗子是關著的但沒上鎖，於是把窗扇往上推開。他們三個全都身體一偏出了窗戶到草地上，然後右轉朝圖書室跑去。

一陣潮濕的微風迎面吹來。半月當空，浮雲片片。葛瑞心想，在這裡每個地方你都會感覺到有濃密的灌木叢與你摩肩接踵，儘管靠近房子的地方根本沒有灌木叢。

站在圖書室裡朝外看時位在左側的窗戶，現在從圖書室外朝裡看時則變成了右側的窗戶。葛瑞先前最後一次看到它時，它是開著的，窗簾也沒拉起來。現在窗簾仍然沒拉上，但窗戶已經被關上鎖住。他們可以看見勾扣穩穩扣住了。

「另一扇窗戶，艾斯姑姑鎖起來的那扇。」尼克幾乎是在對著葛瑞的耳朵大吼。「它現在還鎖著嗎？你去看一看好嗎？」

葛瑞繞過煙囪部分衝過去。月光相當微弱，但仍然足以看見那扇窗簾拉上的窗子是關上鎖住的。葛瑞沒有多做停留，匆匆趕回第一扇窗旁的另外兩人那裡。圖書室裡的情況只需一瞥即可了然。

離窗超過十二呎，在今晚他們第一次看到他時他所坐的那張安樂椅旁，潘寧頓・巴克里臉朝上倒在地毯上。兩盞立燈的光照在他身上。他左胸的一處傷口正大量湧出血來，右手手指無力地抓著地毯。他自己的左輪槍落在他左腳附近。

「看起來確實像是——」佛提斯丘醫生開口。

「是像。」尼克惡狠狠地截住話頭。

一片落葉被風吹到尼克臉上，他彷彿遭到攻擊一般一縮身子，但是沒有遲疑。他迅速脫下運動夾克纏在右手上，一拳打破靠近勾扣下方的窗玻璃。玻璃嘩啦一聲裂開，碎片飛散四處。他用仍然被外套包住的右手摸索著窗玻璃的破口內側，找到並轉動勾扣，然後從外面把窗扇往上推。三個人都鑽進窗內。

「葛瑞！去看看有沒有人躲在這裡，看看那兩扇門是不是眞的拴上了。因爲如果門是拴上的……如果沒有人躲在這裡……哦，老天啊！」

這一點毫無疑問。通往通道的門和壁龕處通往起居室的門上，都有小而緊的門栓牢牢拴住。葛瑞將這一點回報給正在俯身察看主人無力身軀的尼克和佛提斯丘醫生。

面對起居室的方向，壁龕右側有一扇較小的門通往一間比櫥櫃大不了多少的小房間，沒有窗戶，落滿塵埃的書架上擺滿了書。葛瑞找到一個掛在電線上的燈泡，打開開關，只看到地上堆了更多的書。

左側的衣帽間雖然比櫥櫃大，但也只容得下靠外牆上的洗手台、一張放了枕頭和毛毯的沙發，還有一個金屬衣櫃，門是關著的，小小的鑰匙插在鎖孔裡，就是體育館常見的那種櫃子。

「沒有人躲在這裡，」葛瑞說，「但衣帽間和書櫥也都沒有任何窗戶。」

尼克直起身子。在緊急狀況中看來有能力而不慌亂的佛提斯丘醫生則仍然跪在潘寧頓·巴克里身旁。主人的右手已經不再抽動了。

「簡言之，」尼克宣稱，「唯一的出入口就是那些我們已經知道上了鎖的地方。」然後他打個冷顫倒抽一口氣。「哦，老天哪！可憐的潘叔叔！可憐的老……他走了，我猜？」

「唔，沒有。」佛提斯丘醫生抬頭銳利地看他一眼。「他沒死。如果運氣好一點，我們應該能不太困難地把他救回來。這裡的血太多了。」

「血太多了？」

「我的意思是說，這麼多血，看來不像是心臟直接中彈。他是因休克和失血而昏了過去。這當然不是小傷，但——」

「他確實換了吸菸夾克！」尼克喊道。「這不是被艾斯姑姑灑到蜂蜜的那一件。看起來有點像，同樣的紅色厚布料和黑色滾邊，但這件上有細繩飾釦，而且——」

「不，不是同一件。請容我說完我的看法，巴克里先生，然後我們就得採取行動。這一件夾克上沒有蜂蜜，但是有火藥燒灼的痕跡。這是非常近距離的接觸式傷口，槍幾乎是直接抵著他的胸口。心臟的位置比大部分人以爲的要高一點。當然，除非他是自己開的槍……」

「自己開的槍？」尼克以空洞、不可置信的聲調重複他的話。「我的天，醫生，在你看來他有想自殺的傾向嗎？」

「不，一點也沒有。但我們還是不要隨便揣測吧？」

「好吧。我們該怎麼做？打電話到醫院去？」

「沒必要。請你抬他的腳，我抬肩膀，這樣我們可以把他抬到他房間裡。輕一點，年輕人！安德森先生，請你打開通道的門好嗎？」

葛瑞照做了，彎起小指小心翼翼地拉開門栓。他一打開門就看到艾略特副隊長。艾略特是個五十四五歲、精瘦結實的男人，下巴線條堅毅，但眼神倒也不失和藹。

「電話，」他對葛瑞說。「別管什麼客套了！這裡有電話嗎？」

「如果問話的是那個蘇格蘭場的人，」尼克高聲喊，「大廳裡有——或者至少以前有——電話。聽著，李士崔（譯註：福爾摩斯探案故事中，時常擔任警察角色的人物名。），有人又對潘叔叔開了一槍。但他是怎麼做到的？他到底是怎麼做到的？」

他們沒聽到對方的回答，如果他眞的有回答的話。艾略特已經轉身離開。尼克和佛提斯丘醫生相當困難地抬起死沉的潘寧頓．巴克里。沉寂的夜色中房門開著，音樂和人聲在唱片接近尾聲時愈來愈強：

當大惡人沒有在幹壞事的時候，
或者沒有在醞釀他壞心的小計畫的時候，
他享受無邪樂趣的能力，
不亞於任何誠實的人。
我們困難地壓抑我們的情緒，
因為有警察的職責要盡——
啊，把所有的因素考慮在內，
警察的生活並不快樂。

CARR

CHAPTER 11

第十一章

「嗯哼！」基甸・菲爾博士說。

除了木雕鍍金的大吊燈上的蠟燭換成了插電的，這間起居室——深藍和白色和金色——兩個世紀以來可能沒變多少。這裡的地毯看來沒有像圖書室裡比較現代的地毯磨損得那麼厲害。家具是齊本德爾繁複華麗的中式設計。一座長形的十八世紀時鐘滴答滴答走得很響，顯示時間是凌晨十二點五十分。

迪蕊・巴克里焦躁不安地來回踱步，不時會撞上也在踱步的艾略特副隊長。在一張以現代眼光看來嫌笨重的十八世紀牌桌旁，斐伊・娃朵和葛瑞・安德森對坐著，不時偷瞥對方一眼。尼克・巴克里和佛提斯丘醫生各坐在附近的椅子上。一個龐大、搖晃著的身形背對著大理石壁爐台而立，右手拿著一根抽到一半的雪茄，這人就是基甸・菲爾博士。

他那頭拖把似的亂髮多年前只是略微摻灰，現在則已經整頭都是黯淡的灰白色，披散在一邊的耳朵上。他那土匪似的鬍鬚捲捲地垂在好幾層下巴底下。戴著眼鏡的臉紅光滿面。他穿著黑色羊駝毛料，另一隻手扶著一根頂端分岔的手杖，站在那裡搖搖晃晃的像頭被拴住的大象。然而就算是在這讓人迷糊的凌晨時分，他跟聖誕老人或者童謠中的老寇爾王，精神相通之處也沒有減少。

「嗯哼！」菲爾博士又說一次，清清喉嚨，朝時鐘做了個手勢。「請看時間，各位女士各位先生。就算以我的其中一項壞習慣而言，這也嫌晚了。艾略特和我必須盡快道歉告退。同時呢，讓我們先來把整個情況重新概述一次。」

「重新概述一次，嗯？」艾略特以習慣說話滔滔不絕的神態開口，但菲爾博士的專長就是在不管受不受歡迎的情況下都能滔滔不絕，打斷了他的話。

「我們來到這裡的時候，」菲爾博士繼續以他那隆隆作響的聲音說，「差不多是十點四十幾分。先是一位名叫菲莉斯的姑娘要我們等著，然後就有點突然地冒出三個人來迎接我們——一個有點自大的律師，他說的話很多、但眞正有意義的很少，另外兩個人是艾斯黛・巴克里小姐，以及那邊那位尼可拉斯・巴克里先生。」

「我可以說話嗎？」葛瑞問。

「哦，啊，當然可以。關於什麼呢？」

「關於你在兩個地方的任務。我們聽說，南安普頓大學的威廉・魯佛斯學院得到了一份薛利丹的《敵手》手稿，可能是眞的也可能是假的。他們請你去鑑定手稿的眞假，是嗎？」

「是的。」

「唔！那麼它是眞的嗎？」

「我親愛的安德森，」菲爾博士回答，他連被雪茄煙嗆到都可以咳得很親切，「你應該更了解學術人士在想什麼的習慣才是。我一直沒機會鑑定那份手稿是眞是假，因爲我一直沒看到那份手稿。有人把它弄丟了。」

「那麼你的另一項任務——」

「你是說我們很沒禮貌地跑到這裡來打擾？哦，啊！今天下午我聽說那位資深教授想不起來，他是把手稿放在書桌抽屜裡還是不小心放到別的地方去了，之後我收到了潘寧頓・巴克里先生的一封短信，請求我到這裡來，說是有『生死攸關的事』。這信本身就顯得奇怪。」

「爲什麼？」

「我跟巴克里先生，」菲爾博士說，「只透過書信認識。他大部分的信件都是口述給他的祕書用打字機打的。我相信是這樣吧，娃朵小姐？」

「是的！」斐伊驚跳了一下，眼睛看著艾略特，而非菲爾博士。「巴克里先生總是在寫信，大部分都是用口述的。但他有時候確實也會自己動手寫。」

「連這封信算在內，我一共只收到過兩封他手寫的信。如果說我懷有很大的疑心，」菲爾博士辯論似地說，「是不對的，一點也不對，雖然信上有一兩句話看來不太像出自他的手筆。老天，那也是有理由的！

「讓我們重新概述一次，我說。我們到這裡來，迎接我們的是如上所述的三個人。那位律師，多黎許先生，講了一大篇煙幕似的話，然後他就穿上他兒子留給他的雨衣，開車回萊明頓去檢視，照他的話來說是『一大堆文件』。然後呢？艾斯黛・巴克里小姐開始前言不接後語地講起故事來，直到她的姪子阻止了她，禮貌地暗示她有點錯得離譜——」

「她跑走了，你記得嗎？」迪蕊叫道。「艾斯黛把自己鎖在房間裡，一直到現在還不肯出來。她歇斯底里了。有時候我納悶……」

「什麼，巴克里太太？」艾略特銳利地接口問道。「你納悶什麼？」

「我不知道。」迪蕊聳聳肩膀。「今天晚上實在太可怕──大家都會同意吧？──我眞的不知道該對任何事怎麼想了。」

「因此才更加需要，」菲爾博士說，「決定我們到底知道什麼。請各位容我不繼續用現在式了。巴克里小姐的故事，由尼可拉斯．巴克里先生流暢而且詳細地講下去。我們聽說了家族的歷史。我們聽說了有鬼，或者是有人在扮鬼。我們聽說了潘寧頓．巴克里先生所遭到的攻擊，或者是所謂的攻擊，是被他自己左輪槍裡射出空包彈擊中。」這時菲爾博士看著尼克。「當你在描述這一切的時候──」

尼克已經點起了一根菸，站起來插話。

「在我把故事講給你們聽的時候，」他表示，「我想要葛瑞來證實一兩件事。當時葛瑞到撞球室去跟──葛瑞到撞球室去了。我去把他找來還有另一個原因。當時已經十一點了，艾斯姑姑從這裡衝出去之前，一直在叫著要準時開始她的慶生會。」

「慶生會還沒有開始」──菲爾博士噴出一大口煙──「可能也不會開始了。你才剛離開，去找我們的這位朋友安德森，同時也集合大家來慶生，我們就聽到一張吉伯特與蘇利文的唱片在二十分鐘內被放了第二次。

「既然屋裡屋外都沒有人聽到第二聲槍響──這次是實彈，從非常近的距離朝潘寧頓

・巴克里先生發射——那麼槍顯然是在放唱片的那段時間當中開的。這點我們無法確定。我們什麼事都無法確定。如果容我根據證據大膽做個猜測，我會說槍是在唱片第一次放的時候開的。」

「我也這麼認爲。」佛提斯丘醫生同意道，也跟尼克一樣站起身來。「流血的量跟那段時間符合。但這該怪我嗎，先生？」他做了個模糊、煩惱的手勢。「只因爲我專注於聽音響，而我們那殺人未遂的凶手選在那時候動手，這也要怪我嗎？」

「不，先生，不怪你。」菲爾博士微喘著將雪茄丟進空的壁爐裡。「相信我，我提到這一點，只是爲了強調我們現在所處的一團迷惑疑雲。容我問一句，發生了什麼事？我們，或者說艾略特，檢查過了圖書室。我們研究了一間鎖得像座碉堡的房間。在這間起居室裡，我們花了將近兩個小時在詢問證人和反覆研究明顯的事實。如果我們要查明我們現在的狀況……」

「讓我來告訴你我現在的狀況。」艾略特插口道。「事實上，大師，我已經試了老半天想要告訴你。」

艾略特低下他那一頭黃棕色的頭髮，彷彿要一頭撞進來，然後他記起了尊嚴，又直起身子。

「我在這裡沒有管轄權，」他繼續說，「這裡也不歸我管。當潘寧頓・巴克里先生被槍擊時，不管是因爲一個穿黑袍的鬼還是有別人要他的命，我採取了我唯一能採取的行動。我打電話給南安普頓的維克督察長，我跟他很熟。結果我發現了什麼？

「你們其他人最好也聽一下。結果我發現維克得了夏季流感躺在床上，幾乎連話都說不出來。他答應最晚明天下午就會親自來一趟。同時呢，他手下有六個很好的警探可以派來。但他要那麼做嗎？不，他不要。他要我幫他一個大忙，一定要我接管這裡的事，一定要我幫他做苦工，直到他來爲止。我得打電話到倫敦請求特別許可；差一點就沒得到。

「你們猜不猜得到，」艾略特繼續說著，大步來回走，「你們猜不猜得到他爲什麼這麼堅持？跟我一點關係也沒有。是因爲他聽說菲爾博士在這裡，而這種事情根本就是這位大師的食物和飲料。我認識菲爾博士三十年了，或將近三十年了。我有時候很欽佩他，也常常咒罵他。但他有一項特別的才能：對警方不常有用，但在有需要的時候則是無價之寶。當然，對普通的犯罪案件……」

「對普通的犯罪案件，」尼克·巴克里突然靈感大發似地打斷他的話，「他一點用處都沒有。他能發揮的案子是百中選一。在今天晚上之前我從來沒見過他，但我聽說過很多他的事。他是個斜視的射手，眼睛不看目標卻能射中；他是個適合派去潛入渾水當中的呆頭呆腦的潛水伕。只有當一件案子實在太瘋狂，沒有人搞得懂的時候，他的特別才能才有用。」

「哦，雅典諸公啊！」菲爾博士呻吟道。

然後他長長地吸了一下鼻子，挺起身來發表堂皇的言論。

「先生，」他對尼克說，「你讓我無言以對。我也不能認為你的比喻選得非常合適。如果你會想像我這個身體站在跳水板上，那你一定是認為水非常的渾了。我常常斜眼視物，更不用說鬥雞眼了。但如果有些時候」——說到這裡，他把兩眼朝裡轉，造成可怕的效果——「如果有些時候我的眼睛是鬥成這樣……」

「怎麼樣？」艾略特追問。

「那是因為跟著我的鼻子走。」

「唔？你的鼻子現在帶你往哪走？在這件事上你看到什麼光亮了嗎？」

「我不會說，」菲爾博士回答，「前景看來一片漆黑。有兩個追查的方向，兩個都必須查下去，找出它們的交集點在哪裡。第一個方向或許可以稱之為『彼得潘』的面向。」

「稱之為什麼？」

「稱之為彼得潘的面向，那個拒絕長大、有點討人厭的男孩。第二個方向，為了不讓你覺得這套胡說八道很討厭，我不會將之稱為『虎克船長』的面向。簡單說來，這裡有一個人在這個世界上顯得太不實際，還有另一個人顯得太實際、太聰明過了頭。這兩個人是否有交會之處？我們已經有了很多資訊，但我們需要更多資訊。在這件案子裡，被害人自己可以作證；他遲早會這麼做的。潘寧頓．巴克里還活著，而如果他繼續活下去——」

「很抱歉，」迪蕊．巴克里爆發出來，「但事情不是已經夠糟了嗎？用不著你建議更糟的狀況。你說『如果』他繼續活下去是什麼意思？我丈夫不會死吧？佛提斯丘醫生說

——」

「我說，巴克里太太，我認爲康復的希望很大。」佛提斯丘醫生看來更煩惱了。「這些事情有時候說不準的，你知道。他的反應沒有我們原先希望的那麼好。但另一方面，我給了他鎮定劑，他正在盡可能舒服地休息著。」

「但他們都說——」

「請你別激動，太太！別緊張，康復的機率很大，十比一。我想菲爾博士眞正的意思，是指另一件事。」

「另一件事？」

「非常不同的另一件事。」家庭醫師向她確保。「有人企圖殺害巴克里先生。如果槍指的位置再高一點，他就一槍穿心了。」

「是這樣的，巴克里太太，」艾略特插口道，「我們不能冒險讓某人再試一次。按照維克督察長的建議，有一位警員被派守在你丈夫的房間裡。一直都會有一名警員守著他，直到巴克里先生恢復健康，或者直到我們能多少搞清楚這是怎麼回事。你不同意採取這樣的防範措施嗎？」

「哦，我同意啊！但是——」

「但是什麼？」

「我以爲我是在幫忙。」迪蕊叫道。「我把一切都告訴你們了。剛剛我在這裡做口供的時候，我也承認是我買空包彈裝進潘的左輪槍。那第二次企圖殺他的行動，幾乎成功的那一次——你們絕對確定那不可能是自殺嗎？」

「爲什麼會是自殺，巴克里太太？如果是今晚稍早的時候，他或許會認爲他有理由做傻事，但等到他見過新繼承人、親耳聽到他不會失去他的房子之後，就完全沒有這麼做的理由了。」

「哦，我知道！但我以爲我是在幫忙。然而一切似乎都正好相反。彷彿這整件事都是我的錯似的。」

斐伊．娃朵從牌桌旁站起來。

「你知道，迪，」她說，「這實在不像你。現在是你在胡鬧了，你眞的應該停下來。他不是被空包彈射傷，親愛的，他是被實彈射傷的，而且他會好起來。所以你不要再悶悶不樂地亂想了，迪。那不是你的錯。怎麼可能是你的錯？」

「唔！」迪蕊挺起肩膀。「我沒有說眞的是我的錯，斐伊，我只是說我良心上有什麼感覺。你還有什麼問題要問我嗎，艾略特先生？你呢，菲爾博士？如果沒有，是否可以容我告退說晚安？這一天實在夠受的了。」

「的確，巴克里太太，」艾略特同意道，「我想我們不需要繼續耽誤你的時間了。菲爾博士和我還要再去圖書室察看最後一次，然後我們就該走了，明天再來。」

艾德華．佛提斯丘醫生也做出了同樣的請求。

「副隊長，如果你們也不再需要我了，是否可以請你們讓我告退？」

他看著艾略特，艾略特點點頭。然後高個子、手腳靈活的醫生便朝站在門口的迪蕊搖搖擺擺地走去。

「我想睡了。」他補充說。「法國不是有句俗話嗎，說睡覺就等於吃飯？在這樣的情況下，或許該改成睡覺就等於忘記。」

「先生，」菲爾博士抬起頭質問，「你認爲在這個情況下，睡覺和忘記是非常有必要的嗎？是不是有很多事讓你良心不安？」

「我的良心上一點事也沒有，先生，不過我的腦袋裡通常有很多事。畢竟我是個全民健保制度的逃犯啊。但我的意思不是說要睡得很沉，巴克里太太，到早上之前，我會去察看病人好幾次的。晚安，太太。晚安，各位。」

他點點頭然後離開。迪蕊彷彿情緒很矛盾，仍然在門口遲疑。

「至於我們的客人該睡哪裡，」她說，「請別忘記尼克・巴克里是睡『綠房』。要是你忘了它在哪裡，尼克，那是二樓後面東南角的那間。安德森先生睡在隔壁的『紅房』，又叫做『法官房』，你也知道是照誰的意思取的。你們的行李已經放在房間裡了。我這個女主人恐怕做得不好，但情況特殊，請見諒。艾略特先生！菲爾博士！僕人都已經睡了，你們介意自己出去嗎？在鄉下這裡我們從來不鎖門的。現在我要走了。一起來嗎，斐伊？」

「唔，不。」說話的是艾略特。「娃朵小姐——是娃朵小姐吧？——最好再待一會兒。她和我可能還有些話要談。請你再坐下好嗎，娃朵小姐？」

「當然，如果你堅持的話」——斐伊一副非常誠實無欺的樣子——「但我實在看不出來我還能幫上你什麼忙。當時我不在場，記得嗎？我到倫敦去拿一些書，然後又到南安普頓去辦事耽擱了，一直到你和菲爾博士到的時候我才回來。除此之外我還能說什麼？」

「請你坐下。」

鐘敲一點。葛瑞想像燈光似乎微弱或暗了一點，彷彿深夜電力供應減少。但從東邊吹來的風變得更冷，這就不只是他的想像了。

「現在，菲爾博士跟我要到圖書室去檢查一些零零碎碎的」——艾略特看著安德森——「我們的朋友安德森或許願意跟我們一起來。你要不要也一起來，巴克里先生？」

「我當然要去。」尼克說。「這件事搞得我拚命咬指甲、坐立不安。但聽著，現在說正經的！我從來不知道這個國家的警察這麼心胸寬大，願意讓證人跟他們一起到犯罪現場去。你不是應該懷疑每一個人嗎？」

「我是懷疑每一個人，現在我也坦白告訴你。」

「所以呢？」

「但有一個人是我並不眞正懷疑的：葛瑞・安德森。我認識他有一段時間了，而不管是用空包彈還是實彈去打你叔叔，我都看不出他會獲得什麼利益。還有一個人是我無法懷疑的，就是你自己。殺你叔叔對你也沒有任何利益，但重點不在這裡。就證據看來，他可能被槍擊的任何時間，你都跟我和菲爾博士一起在這起居室裡。如果你需要不在場證明，你可以找我們提供。」

「聽著，李士崔，我沒有要找任何人提供不在場證明。去他的！我只是說——」

「至於到圖書室去，」斐伊叫道，「你們不會要我一起去吧？」

「嗯，不會。」艾略特拿出他的筆記本。「如果這念頭令你不愉快，娃朵小姐，你沒有必要跟我們一起去。但請別走開，留在我們找得到你的地方。」

「請問是爲什麼？」

「是爲了你自己好。我們很快就會談到這一點。現在，大師……」

「哦，啊？」菲爾博士說。

菲爾博士喘著、呻吟著、自言自語咕噥著、帶著鬥雞眼般的專注神情，拿出了一個豬皮製的雪茄盒子。他取出一根雪茄，咬掉尾端，以一道華麗的弧度把尾端吐進壁爐裡，然後笨重地轉回身來，靠那根頂上分岔的手杖維持危險的平衡。

「讓我了解一下，艾略特。要是我沒聽錯，我們是要到圖書室去『檢查一些零零碎碎的』關於那樁差點是謀殺案的東西。很好，你願意接受更進一步的建議嗎？」

「如果合情合理的話。什麼建議？」

「做完這一點之後，」菲爾博士回話，「我們就把那樁謀殺未遂案給忘記，好吧？巴克里先生剛剛就說得很好，去他的謀殺未遂。滾它的！你想要專心朝正確的方向去查，是吧？」

「通常這樣比較明智。」

「在這件案子裡，艾略特，我看恐怕不一定。等我們朝正確的方向盡完職責之後，就讓我們轉而朝錯誤的方向用力去看吧。如果朝錯誤的方向看得夠用力，」菲爾博士隆隆地說，「說不定我們瞇起的眼睛就可以看清眞相。雅典諸公啊！圖書室怎麼走？」

CARR

CHAPTER 12

第十二章

他們四個人──菲爾博士、艾略特、尼克和葛瑞──聚集在圖書室裡那張大書桌旁。在書桌的一側和左側窗戶的角落之間，兩盞立燈投下交錯的燈光。地毯上有醜陋的汙漬，儘管大部分的血跡都被潘寧頓·巴克里的衣服給吸收了。書桌的吸墨紙上放著那把伊福斯─格蘭特點二二左輪，周遭放了一堆從仍然開著的抽屜裡拿出的雜物。

手上拿著筆記本的艾略特變得相當焦躁。

「因爲受害者沒有死，」他解釋道，「維克督察長不會下令進行那慣例的一整套：派一群適當的人來拍照、素描、檢驗指紋。哦，不！我必須自己到處亂翻，這我已經做了。就拿這把左輪來說吧。我從抽屜裡這個瓶子拿『灰粉』用刷子灑在這裡，你們注意看它的痕跡。槍上只有潘寧頓·巴克里本人的指紋。」

尼克·巴克里伸出手彷彿要去碰那把槍，但立刻縮回手來。

「你指的是，」尼克問道，「潘叔叔說那個穿黑袍的人有戴尼龍手套這件事嗎？你是這個意思嗎？」

「不是。像這樣的槍柄，就算赤手直接去抓，也只會留下汙痕而非紋路。多年前在紐約就證明了左輪或自動手槍上永遠採不到指紋，除非有人握過槍管或碰過彈室，而隨便哪個混混都知道不要那麼做。現在！」

這時艾略特非常用力地注視著尼克。

「你說你叔叔說──其他每個人也都證明他這麼說──他自己前一陣子也做了一些指

紋檢驗。確實如此。這個抽屜裡有一疊卡片，每一張上面都有某個人右手沾過印泥後按出的指紋，也都有你叔叔寫的註解。該死，」艾略特狠狠地說，彷彿有人懷疑這一點，「這筆跡跟一封他準備寄給《泰晤士報文學增刊》的信的草稿一樣，他太太也指認是他的筆跡。一張指紋卡上寫著『我的』，一張寫著『娃朵小姐』，一張寫著『艾斯黛』，還有兩張分別是『菲莉斯』和『菲比』。」

「怎麼樣？」菲爾博士接口問道，他研究書桌的時候看起來眼睛就沒那麼斜了。

「在寫著『我的』的那張卡片上，左右手的指紋都有。這些指紋——潘寧頓・巴克里自己的——滿布在他左輪槍的彈室和槍管上；他在四五個人面前給槍裝上實彈。他把槍放在桌上，上面蓋著這份《南方回聲晚報》。任何進到房間裡的人都可以拿起槍來朝他射。或者，他也許是一時神經錯亂，自己拿起槍來打自己。我對巴克里太太發誓說這不太可能是自殺。然而，就目前的實際證據看來，我們怎麼知道？」

「我們不知道，」菲爾博士說，「只是非常確定他不是自殺。至於指紋……」

「哦，指紋？」艾略特幾乎是在罵人了。「每個人的指紋都到處都是；你可以從我尋找它們所留下的痕跡裡看出來。但就像巴克里先生也說過的，這什麼也證明不了。無論如何，這其中大部分都是很舊的指紋和汙痕。除了艾斯黛・巴克里小姐留在右邊窗戶上的指紋——一清二楚——之外，在任何不靠近這張書桌的地方，只有一組新的、清楚的指紋。這就引出了我接下來要問的問題。左邊那扇窗戶是誰關上、鎖上的？」

「嗯？」

「誰關上鎖上了那扇這麼熱鬧的窗戶？看這裡！」

那扇窗戶的下半扇被尼克一拳打出了個大洞，夜風從洞裡吹進來。艾略特一手拿筆記本、另一手拿放大鏡，大步踏著玻璃碎片走過去，用放大鏡來指示。

「這裡（看到灰粉的痕跡了嗎？）又是潘寧頓・巴克里的指紋。兩手各有一組新鮮清楚的指紋——大拇指在下、其他四指在上——印在中間的窗扇上，在勾扣的兩邊。這屋裡的打掃工作做得相當馬虎，就算不用灰粉也可以看見灰塵上的指紋。潘寧頓・巴克里是在被攻擊之前還是之後自己把窗子關上的？如果是這樣……」

「這樣完全不對。」尼克舉起雙拳抗議。「你完全搞錯、完全弄混了。聽著，葛里格森（譯註：同樣是在福爾摩斯探案中出現的警察人物名。）——」

「等一下！」艾略特以鋼鐵般的自制力說。「我一點也不介意被叫做李士崔或葛里格森或艾瑟尼・瓊斯，你已經這麼叫了我兩個多小時了。事實上，我想我欣賞這些稱呼的程度還超過你的律師朋友欣賞布萊史東或艾德華・寇克爵士的程度。但別太過分了，巴克里先生。別讓你的幽默感跑過頭了。」

「幽默感？」尼克大吼。「你說幽默感？老天，老兄，我這輩子從來沒這麼嚴肅過。」

「那你要證明的是什麼？」

「我已經證明過了！你在聽我說嗎？」

「怎麼樣？」

「潘叔叔沒有關那扇窗。他是把窗子打開，雙手就放在那些指紋的位置，在我們把窗簾拉開、發現窗子已經關上鎖住之後。你沒有在勾扣上找到任何指紋，不是嗎？」

「沒有指紋，只有汙痕。」

「沒有，當然沒有！他是用拳頭一側把勾扣撞開的。這些全都記在你的筆記本裡。潘叔叔早在那發實彈射出之前就開了窗。我們發現他倒在這裡之後，我在起居室裡就告訴過你這一點。你查查看，行嗎？」

艾略特在筆記本裡往回翻找。葛瑞・安德森仔細聽副隊長唸出尼克所說的內容。雖然葛瑞沒有聽到尼克在起居室裡作證的內容，因為每個證人都是被個別詢問的，但內容跟尼克之前在圖書室裡說的完全一樣。

「我明白了。」艾略特說道。「你叔叔脫下了他原本戴在手上的橡膠手套，但不記得是什麼時候脫下來的。他跑到窗邊，赤手打開窗戶——這裡就是他這麼做的證據——之後拒絕讓你姑姑碰這扇窗子。對嗎？」

「至少我的印象是這樣。我要重複幾次？」

基甸・菲爾醫生臉上掠過一抹蠢呆巨人的苦惱相。

「我說，艾略特！」菲爾博士看起來更呆了。「這些指紋都很清楚是嗎？完全沒有模糊？那麼那些灰塵裡的汙痕呢？」

「唔！在同一片窗扇上，離這些指紋很遠的地方，有一些手指留下的汙痕，彷彿有人戴著手套碰過窗子。」

「沒有任何大片的汙痕？沒有比戴著手套的手指更寬的汙痕了嗎？幾乎像是窗子被擦抹過的那種痕跡？」

「沒有，沒有那種痕跡。你自己過來看看！」

菲爾博士笨重地走過去，接過放大鏡，一副近視眼的模樣對著窗子眨眼。他抬起頭來之後，苦惱的樣子變得更強烈了。

「清楚的指紋。」他用好像被掐住脖子的聲音說。「清楚的指紋，一大堆塵埃，卻完全沒有大片的汙痕。哦老天哪！哦酒神啊！艾略特，難道我們還看不出我們必然達成的結論嗎？」

「你是說你達成的吧？」艾略特一把奪回放大鏡。「我才不要參一腳，因爲它只會讓我們比原來更糟糕。」

「怎麼讓我們更糟糕？」

「大師，有某個人關上鎖上了這扇窗戶。做這件事的可能是戴著手套、殺人未遂的凶手，但他要怎麼從外面轉動勾扣？或者是否有可能這窗戶根本跟這件事沒有關係？凶手——如果排除自殺的可能，承認有凶手的話——是否有可能是從上下都扣了門栓的門進來又出去？我告訴你，這對任何理智的頭腦來說都太過分了。我愈想這一整團要命的亂七八糟，就愈……」

「艾略特，別這樣！」

「別哪樣？」

「我親愛的朋友，可否容我請求你別發瘋、讓事情變得更複雜？隨著時間一年一年過去，你講話愈來愈像退休之前的海德雷督察長了。」

「也許是吧。也許我這樣是有理由的。現在我了解海德雷了，我知道他當初得忍受什麼樣的胡說八道。你要做出結論嗎，先生？還是你要躲進德爾菲神諭式的咕噥？如果是後者（我看也是），有別人可以提出任何一種建議嗎？巴克里先生？安德森？」

葛瑞先前一直在踱步，試著不去想斐伊，這時停在南牆邊的一排排書架旁。

「我剛才想到一點，」他說，「但是有點太離譜、太空想了，不值得認眞討論。」

「唔，其他人的想法也都很離譜。別因爲這樣就不說了。你想到什麼？」

「我聽別人說過，這些密室案件通常符合以下三種解釋之一：時間錯了、地點錯了，或者受害者完全是獨處。假設在這件事情上，我們的時間觀念有點錯誤呢？」

「時間？」

「也就是說，潘寧頓．巴克里被槍擊的時間？假設實彈擊中他的時間其實比我們以爲的早了一個小時：比方說在十點鐘的時候？爲了某種原因，他拒絕承認這一點。他用某種方式（天知道是什麼方式）藏起了血流。他走來走去，跟我們說話，過了很久才昏倒在地。我知道這聽起來很離譜……」

艾略特顯然好不容易才克制住將筆記本往地板上摔的衝動。

「這聽起來很離譜，」他反駁，「而且確實很離譜。藏住那麼多血——更不用說震驚、身體的疼痛，或任何其他因素——比在門窗上動手腳更不可能。我們看過有人在門窗上動手腳；另外這一點則是根本不可能的。所有的證據都排除這一點。要記得，受害者在十點四十分到十一點之間換過吸菸夾克。他被近距離槍擊時穿的那一件，上面有火藥燃燒痕跡和血跡的那件，現在在他房裡。他先前跟你們講話時穿的那一件，上面沾了蜂蜜、口袋裡裝著橡膠手套的那件，現在掛在那間衣帽間裡。射了一發子彈的左輪槍現在就在我們面前的桌上。你怎麼說，菲爾博士？你是要咕噥更多德爾菲神諭呢？還是你也同意安德森的想法完全是瘋狂的？」

「不是瘋狂，」菲爾博士說，「只是弄錯了。我同意，事情不是那樣的。潘寧頓·巴克里在將近十一點的時候差點喪命，跟我們所想的一樣。但你有沒有自問過這裡另外還發生了什麼事？」

「這裡另外還發生了什麼事？」

「是的！我被指控——而且我想是不公平的指控——滿口胡說八道和德爾菲神諭。不管看起來可能是什麼樣子，都請相信我是盡力不要讓你感到困惑混淆。因此，艾略特，我要重新引導你注意力的方向。差不多午夜時分，在起居室裡對證人進行詢問的時候，我們晃回這裡來初步察看過了圖書室。嗯，讓我們注意當時我們看到了什麼！」

菲爾博士終於點著了他的雪茄，挺著龐大的身軀走到圖書室和起居室之間的壁龕處。其他人連忙跟在他後面。小衣帽間的門依然大開著，裡面亮著燈光。菲爾博士帶著滿臉激切雄辯的表情轉過來，用手杖指著。

「如你所說的，艾略特！……」

葛瑞先前最後一次看到金屬衣櫃時，它的小門是關上的，現在則是開著。衣櫃裡有兩個空衣架，旁邊的衣架上則整齊地掛著一件紫棕色的吸菸夾克，上面沾了亂糟糟的蜂蜜汙漬。葛瑞的眼神從這裡轉到洗手台，再轉到放著枕頭和毛毯的沙發，然後轉回衣櫃。

「如你所說，艾略特！」菲爾博士重複道。「夾克掛在這裡，上面沾了蜂蜜，他從十點剛過一直到十點四十分跟客人講話時穿的就是這一件。也如你所指出的，那件有火藥痕跡、有彈孔的外套在樓上。很好，目前為止事情都很清楚。但第三件吸菸夾克呢？」

「第三件吸菸夾克？」

「老天，是的！所有證人都說巴克里說他有三件這樣的夾克：一件穿在身上，另外還有兩件。他太太後來也確認了這一點。她說那三件很像，但不是一模一樣；它們是掛在這個衣櫃裡，你也看到這裡有兩個空衣架。除非我們認為巴克里和他太太都說了一個沒有意義的謊，否則我們就得也相信這一點。」

「好吧，我接受。但是那第三件夾克呢？」

「被偷了。」

「被偷了？」

「事實上，我原本就預期到它被偷。拜託，艾略特，」菲爾博士求他，「根據我們目前所有的證據，想想現在是什麼狀況。

「艾斯黛・巴克里、尼克・巴克里、安德魯・多黎許以及佛提斯丘醫生被有點無禮地從這裡趕出去。我們知道這一點是事實。潘寧頓・巴克里把兩扇門都上了栓，換了吸菸夾克。我們知道這一點是事實。但根據證據看來，接下來發生了什麼事？接下來的某個時候，有個殺人未遂的凶手進入圖書館，槍擊被害人，然後只稍做停留拿走衣櫃裡的第三件吸菸夾克，就離開了。」

「而且讓門和窗都像現在這樣鎖著？」

「哦，是的。但我有點小心地用了『根據證據看來』這幾個字。因此，如果證據是這樣告訴我們的，那麼要不是證據本身有問題，就是我們對證據的解讀有問題。」

「拜託，大師，這點用不著你來提醒我！我可以毫不掙扎地接受這一點，就算它會讓我瘋掉。但這下子我們該怎麼辦？現在我們要尋找什麼？」

「找那個鬼，」菲爾博士回答，「或者說那個假扮的鬼。等一下！我指的不是今天晚上的工作，我指的是早先發生的事。請你們跟我來好嗎？」

他像火山之神一樣吐出煙霧和火星，笨重地朝通往通道的門走去，停下來瞄了一下門栓，接著領其他人走出去。然後他們四個人站在那燈光黯淡、西端延伸到那扇大窗戶的通道裡大眼瞪小眼。

「很久很久以前，」菲爾博士繼續說道，「這裡有個心懷怨恨的老法官，我們已經聽說了很多他的事。在這個世紀，在今天晚上以前，據說有三個證人曾目睹那個穿黑袍戴面紗的人影。其中一個證人是老柯羅維斯·巴克里本人。我們沒辦法去問老柯羅維斯；他已經在我們的能力範圍之外了，而且事情是很久以前發生的。但就我的了解，安德魯·多黎許答應要去查他以前的日記，告訴我們這次見鬼是什麼時候的事，是嗎？」

「是的。」尼克似乎情緒愈來愈興奮。「他答應了，他會告訴我們的。但那已經是過往雲煙了。你認爲它在過了這麼久之後還重要嗎？」

「只要事情的浪潮依然威脅著要淹沒我們，」菲爾博士說，「就不會是過眼雲煙。是的，先生，我認爲它非常重要，跟其他一些你自己也提過的日期有關。然而此時此刻讓我們先忘記柯羅維斯。更近得多的事——在四月，那位老先生死後以及第二份遺囑發現之後——是艾斯黛·巴克里和廚子提芬太太都說也曾經看到過那個鬼。可惜我們沒有她們任何一個人的第一手證詞！但，艾略特，也許你認爲這不重要，是往錯誤的方向看得太遠了？」

「不，」艾略特反駁。「我不認爲這不重要，也不認爲這是往錯誤的方向看。我來告訴你為什麼。

「我們需要的是一份實在的、不會破碎解體的證據。關於誰開了那一槍，我們似乎毫無頭緒。佛提斯丘醫生說，明天我們應該就可以向潘寧頓・巴克里問話了。」

「如果他自己也說不上來想殺他的是誰呢？」

「就讓我們希望他說得上來吧。等到眞的碰上這個問題再說。同時……」

「哦，啊？同時？」

「你已經說了。借用你自己說話的調調，菲爾博士，這件案子裡唯一實在的東西似乎是那個鬼。某人——穿黑袍戴面紗什麼的——把這裡的人鬧得不可開交。無論如何，那些道具是眞的，有人把它們穿在身上；它們就在這屋子裡。我眞希望我能把這個地方拆了來找它們。」

「你是說用搜索票？」

「當然，我是可以去申請搜索票。這是老派警察的做法。但這些人很有影響力。如果還沒有必要這麼做，又何苦搞得雞飛狗跳、讓每個人都不高興？我敢跟你賭，明天早上潘寧頓・巴克里就會允許我們進行徹底的搜查。同時，回到你的問題上，我至少已經採取了一步行動。照說提芬太太應該早就上床睡覺了，但是她沒有，我跟她私下談過。好了，我們去看看吧。這次請你們跟我來好嗎？」

通道對面是這一廂南半邊三間房的房門：音樂室、撞球室以及老柯羅維斯・巴克里曾用來當書房的那間房間。

艾略特不管這三間房，帶著另外三人沿著通道朝東走去，走到正方形的中央大廳，這大廳橫跨了整棟房子的縱深。家具是十九世紀初的，鑲著壁板的牆上掛了幾幅黑乎乎的畫像，大廳後半有一道非常寬大的樓梯通往樓上。但艾略特沒有在大廳裡停留。他朝往東廂繼續延伸下去的主要通道做個手勢，領頭帶其他人走了過去。

「看到了嗎？」他繼續說道。「在這裡的前半邊，跟另一廂的起居室和圖書館相應的位置，首先是維多利亞時代人稱晨間起居室的地方，然後是飯廳。在這兩間房間的對面……」

葛瑞・安德森轉過身看。

在通道對面，不像另一廂的南半邊有三間房間，這裡只有兩間房間，中間隔著一條通往屋子後面的寬走廊。艾略特伸手指著。

「左邊這一間，也就是一樓的東南角，以前曾經是僕役長的餐具室。右邊這一間緊鄰著大廳的，以前曾經是管家房。我們聽說這裡已經很多年沒有僕役長或管家了，但管家房仍然有廚子在用，她就像是非正式的管家，管著那兩個女僕。」然後艾略特敲敲管家房的門，提高聲音。「提芬太太？請你出來好嗎？」

門立刻就開了，彷彿有人就在門裡聽著一樣。開門的是個老婦人，個子矮但非常寬胖，帶著一種極為可敬的正當模樣，還有一嘴可以聽見喀啦聲的假牙。她呼出的氣往上吹，吹起了幾絡散亂的灰髮。

「是的，先生？你剛剛說什麼，先生？」

「眞抱歉這麼晚了還不讓你去睡，提芬太太。」

「哦，沒關係的，先生！這你就不用擔心了。但我可是烤了一個好可愛的蛋糕，結果他們連看都沒看它一眼！」

「你是廚子吧？」

「我可不會騙你，先生。我是廚子沒錯，雖然潘先生可能認爲我不該當廚子。」

「你在這家做很久了嗎，提芬太太？」

「快滿十八年了。我是上次大戰結束之後來的。老柯羅維斯先生可眞是個正派的紳士！我也試著減輕一點迪蕊小姐的負擔，就像以前試著減輕艾斯黛小姐的負擔一樣。」

「他們告訴我們說，只有你和巴克里小姐曾經看過這個所謂的鬼魂？」

「關於艾斯黛小姐可能看到了什麼，先生，」——假牙又喀啦作響——「我想我是沒辦法說的。我甚至連自己看到的是什麼都不確定。但如果你去問艾斯黛小姐……」

「我們今晚就不去打擾她了，提芬太太。我也不會再耽誤你太多時間。我只有幾個問題要問你，還有幾件事要對某位年輕女士說。然後——」

尼克．巴克里和葛瑞．安德森都驚跳起來，就連菲爾博士也有點嚇一跳。在寂靜的夜色中，風吹樹木的窸窣聲之外，清楚傳來了某個人穿著平底鞋跑下硬木台階的喀啦聲。葛瑞朝右瞥向中央大廳以及更過去的西側通道。音樂室的門大開著。先前被他稱做甜蜜女巫的斐伊・娃朵此時看來正像個女巫，手握著門把一動也不動地站著。

但發出木頭喀啦聲的並不是斐伊。從樓梯的方向和大廳處匆匆跑進視野的，是艾斯黛・巴克里。她的紅頭髮披瀉著。她身上的衣服沒有換，仍然是家居外套和長褲，不過現在她腳上穿的是沉重的涼鞋，哭腫的眼睛帶著某種神經繃得過緊又頑固執著的神情。

「我聽到你說的話了。」艾斯黛叫道。「我聽到你說的話了，艾略特先生！如果你有什麼問題要問我，最好現在就問。還有，請問，你有重要事情要告訴的那位年輕女士是誰？是迪蕊對不對？我想除了迪蕊之外不會有別人了吧？」

CHAPTER 13

第十三章

「我聽到你說的話了。」艾斯黛又說了一次。她的眼神變得比較像是怒視。「我好幾個小時之前就打算上床睡覺了。我回到我房間去，然後在十一點多的時候，佛提斯丘醫生來敲門，告訴我可憐的潘發生了什麼事。我——我想去看看潘，但他們不肯讓我去。」

「目前暫時誰都不能去看他，巴克里小姐。」艾略特顯露出有點不耐煩的樣子。「如果運氣好的話，明天他就能告訴我們整個來龍去脈了。」

「是這樣的，我不知道該怎麼做。我感覺，因為我通靈——我有沒有告訴你我通靈？——你或許會需要我。但我不知道該怎麼做。所以我遲疑著，一下子待在我房裡、一下子又坐在樓梯上，直到我聽見這五分鐘、十分鐘裡，你對這些先生們（哈囉，尼奇！）所說的話。而且親愛的菲爾博士說你們沒聽到我的說法很可惜。

「如果你想搜索整間屋子，艾略特先生，就請你搜吧。潘可能會允許、也可能不會允許，但我允許你這麼做。我是我父親的女兒啊，不是嗎？你也許會找到一些東西顯示某人在扮鬼，那就太可怕了。然而那一點都不會改變事實，事實就是這裡有個眞正的惡靈，眞正的鬼。我看到的就是那個，我也準備好要告訴你了，但也請你回答我的問題好嗎？如果你有話要對某位年輕女士說，是誰？一定是迪蕊吧？」

「不，女士，不是巴克里太太。你為什麼會認為是巴克里太太？」

「嗯，我來告訴你。」艾斯黛匆匆說下去。「迪蕊是個親切的女孩，沒有人比她更親切，但她實在太不留心了。她從來沒想過她對幾乎每個見到她的男人會產生什麼影響。就連那個最老古板的矮胖子安德魯・多黎許，對她都像母雞帶小雞一樣的保護。我哥哥——親愛的傻潘！——才見過她一次就瘋狂地愛上她。潘上一次這個樣子已經是將近四十年前的事了，當時他認識了一個叫做梅薇斯・葛雷格的小演員，把她養在布萊頓的一棟房子裡。當然，他跟迪蕊又是很不一樣的另一回事了！」

「我相信一定是的，巴克里小姐，我也相信你想幫我們忙。但你到底想要表達什麼？」

「艾略特先生、艾略特先生！就算不提鬧鬼的問題，這裡也發生了好些很糟糕的事。說不定迪蕊——當然是無意的，也是不自覺的——說不定迪蕊就是造成某個人做出這一切的原因呢？你對此有沒有什麼評論，艾略特先生？」

「我只有一句評論，就是我還是不知道你想要說什麼。」

「哦，我怎麼知道我想要說什麼？我感覺到事情；我不是用推理分析去想事情的。」

「既然你並不確定，」艾略特拿出他的筆記本，「我們就改談你說你確定的事情。據說你和提芬太太看過那個鬼。你是什麼時候碰上這段經驗的，巴克里小姐？」

「是的，安妮和我看過它。」艾斯黛同意道，朝著廚子點點頭。「你先說吧，安妮，是你先看到它的。」

「就照你的吩咐，艾斯黛小姐。」

儘管她一呼吸，頭上那幾綹散亂灰髮就亂飄，但提芬太太還是非常有尊嚴的模樣，挺起肩膀抬頭看著艾略特。

「老柯羅維斯先生，」她繼續說道，「是三月十八號死的。他眞是個一流的紳士，就算他脾氣不好！他們說的那份新遺囑是不到一個月後發現的，但我不記得那是幾號了。」

「讓我來幫你回想起來，安妮。」艾斯黛也頗有尊嚴地站著。「那份把一切都無條件留給尼奇的遺囑，是四月十號星期五發現的。」

「啊！」提芬太太吐出一口氣，假牙喀啦作響。「那麼我就可以告訴你，先生，我是什麼時候看見那東西的了。那是剛好一星期之後的晚上，也就是十七號。我非常確定——爲什麼？因爲隔天星期六，有另一場生日會就要舉行，是潘先生的。

「當然，」提芬太太力求準確地補充說，「潘先生的生日是十九號，但切蛋糕啦什麼的向來都是在前一天晚上的十一點舉行。所以星期五晚上我就得想星期六早上該烤個什麼蛋糕。

「我想，『就烤個潘先生喜歡的吧。上面加椰子糖霜的蛋糕怎麼樣？既然他喜歡那種。』但椰子糖霜蛋糕似乎不太適合過生日用，那上面不好插放蠟燭之類的東西，而且也沒辦法在糖霜上寫字。我總是想讓潘先生高興，雖然潘先生認爲我不想。他認爲我倚老賣老，對他說話沒規矩，而且他認爲我不肯做他喜歡吃的菜。但我想要讓他高興，我究竟該怎麼做呢？

「那天晚上我睡不著。我的臥房是在頂樓，在菲莉斯和菲比的隔壁。那天晚上我睡不著，有時候我會失眠。可能差不多在午夜十二點、或者是十二點半的時候，我想下樓來看看廚房——只是看看它——或許也看看飯廳，然後我或許就能決定了。現在，先生！還有你，先生！」

提芬太太先後對艾略特和菲爾博士點點頭，伸手指向那條往南延伸通到房子後部的走廊，左邊是僕役長餐具室、右邊是管家房。那條走廊上唯一的光線是來自他們所站的這條通道。走廊盡頭有一扇窗簾沒拉的窗戶，可以看見一輪模糊半月的邊緣，在這裡走廊分成左右兩條。

「你看到了嗎，先生？」提芬太太堅持道。「走到底左轉，那條通道上有通往樓上的後樓梯和通往廚房的門，還有另一扇可以通往僕役長餐具室的門，除了我們現在可以看到的這扇之外。右轉則是通往中央大廳的後面。嗯，就是這樣！我說了，我下樓來……」

艾略特盯住她的眼睛。「那時候是午夜十二點到十二點半之間？」

「我最多就只記得這樣了，先生，再詳細我就不能發誓了！」

「沒關係，已經夠詳細了。然後發生了什麼事？」

「沒有任何燈光，我也沒有開燈。我對這屋子太熟了，不需要開燈。總之，我拿著一把小手電筒，而且月光很亮。」

「是的，我們了解了。繼續說吧！」

提芬太太甩甩頭。

「嗯！我在廚房停了一會兒，一邊想事情。然後我沿著這條走廊走過來，走到飯廳去，只偶爾開了一兩下手電筒。我在飯廳裡只待了幾分鐘，然後我就決定了：不要椰子糖霜蛋糕，而是普通的蛋糕，上面有白色糖霜和紅色的字寫著『生日快樂』。就這樣了，我想，所以我就走回這條走廊，完全不需要用手電筒。盡頭那扇窗戶有月光照進來，比現在亮得多。我正準備走後樓梯回樓上去，在靠近走廊的盡頭，我看到了……」

「你看到了那個鬼，不是嗎？」艾斯黛質問。「大聲說出來啊，安妮！如果那是個不屬於這個世界的存在——而且是有這種東西的，不管那些不相信的人怎麼嘲笑——別害怕，現在告訴我們。」

「老天在上，艾斯黛小姐，我只能實話實說！」

「哦，安妮！……」

「艾斯黛小姐，」廚子叫道，「那是個男人或某個人，穿著黑色長袍，戴著有眼洞的面罩。它站在快到走廊盡頭的地方，靠近管家房的右牆，月光照在它沒有臉的那一側，它側眼看著我。

「然後它轉身走向管家房的牆壁。那時候我在走廊的前端這裡，離它有段距離。當時我想它就那麼融進牆壁消失了，就像我們預期鬼會做的那樣。我當時是這麼想的……」

「你『想』？」艾斯黛尖叫。「只是想？哦，安妮、安妮！你就不能說得更確定一點嗎？」

「不，艾斯黛小姐，我不能。」提芬太太也叫回去。「爲什麼？因爲那是個男人或者某個人；那是個眞人，是個活人；我看到月光穿過面罩的洞照在它的右眼上。而且它也不是穿牆走掉的。他離後面那條通道很近，只是向右沿著通道走向大廳罷了，看起來像消失在牆裡。我能說的就只有這樣。

「這位先生！」她向艾略特懇切地說。「還有這位先生！」她向菲爾博士說。「你們會問我那東西是什麼樣子。他穿著袍子，看起來又高又瘦，但我個子矮又有一點胖，大部分人在我看來都是又高又瘦。所以事情就是這樣，現在我可以走了嗎？」

「是的，可以了。」艾略特呼出一口氣。「但那是個眞人，對不對？如果有需要的話，你願意發誓？」

「哦——呃！如果有必要的話我會發誓，但我希望不會有這個需要。雖然我說了很多想要辭職的話，但除非潘先生開除我，我是不會走的。不管這陣子發生什麼事，都是人做的、邪惡的。這跟可憐的老安妮沒有關係，我知道。但有這種事發生，而且還要管住兩個滿腦子電影和電視的女孩——我說這樣是不對的！晚安，各位先生。晚安，艾斯黛小姐。晚安。」

她非常有尊嚴地沿著走廊小步快走到底，左轉走向後樓梯的方向。艾斯黛・巴克里全身發抖，陡然轉向其他人。

「這眞是太糟糕了。」她說。「你們全都是自以爲是的俗人，全都是！我本來還希望至少菲爾博士會比較有同理心一點！」

菲爾博士的雪茄抽完了，他茫然地眨著眼想找菸灰缸，最後只好將雪茄的菸蒂放進口袋裡。

「女士，我可能是五大城裡最糟糕的俗人。然而請你相信，我的同理心是爲你效力的。你看到了什麼？」

「我看到有東西進去那間僕役長餐具室。」

「僕役長餐具室裡有鬼？」尼克．巴克里接口道，做了個大手勢。「聽著，艾斯姑姑——」

「哦，是了，當然！你儘管笑笑吧。要笑還不簡單嗎？」

「女士，」菲爾博士說，「我可沒有在笑哦。」

艾斯黛伸出手指，朝他們左邊那間房間關著的房門用力一指。

「一九一八年，我們停止雇用僕役長，因爲老楚布羅去參戰了，我親愛的父親下令把餐具室鎖起來。那房間必須一直鎖著，除非要從裡面拿什麼東西出來，或者每年一度把它打開清掃、油漆。他說要是不鎖起來，就會有人到裡面去，可能會開了燈或水龍頭沒關。父親在大部分事情上都非常慷慨，但在小地方很節省。當然，一開始我記得的不多；當時我才九歲。但事情就是那樣開始的，我親愛的母親也同意他。那房間必須一直鎖著。」

「但並不是永遠鎖著，」菲爾博士思索道，「因爲有需要的時候還是可以進去。這房間是怎麼鎖的？」

「哦，天呀！……」

「請你告訴我們，女士：它是怎麼鎖的？」

「唔！樓下這些房門的鎖全都一樣。現在少了很多把鑰匙，我們也從來沒有重配。但剩下的鑰匙隨便哪一把都可以開任何一扇門。」

在斜斜地卡在鼻子上的眼鏡後面，菲爾博士的眼神似乎是空洞地四處游移。沿著這東廂通道下去一點點，餐廳的門在黑暗中半開著。一把鑰匙插在房門鎖孔裡。菲爾博士咕嚕地哼了一聲抱歉，笨重地走過去抽出鑰匙。然後他拿著鑰匙走向僕役長餐具室的門，努力了一陣之後將鑰匙插進那個鎖孔。門開了，裡面是更多的黑暗。

「就像這樣？」他問道。

艾斯黛往後縮。

「小心！」她請求著，側身往尼克那裡挪。「你們不會聽我的。從來沒有人聽我的。但眞的請你們要小心！我們怎麼知道在夜裡這最邪惡的時刻潛伏著什麼東西？」

「如果有任何東西潛伏著，巴克里小姐，」艾略特以實事求是的聲音插話道，「我們會試著切斷它的退路。請你繼續說你看到什麼、又是什麼時候看到它的，好嗎？」

「事情是」——艾斯黛呼吸急促——「事情是發生在四月底的一個星期四。我幾乎確定那天是二十三號，我知道那天是星期四，因爲三名僕人全都休假去了。安妮留下了冷盤當晚餐，晚上由我負責把它端上桌。但當時還不到晚上，是下午近傍晚，大概六點鐘，正在下著一場暴風雨。

「之前，我到廚房去吃點心，補充維他命B。我沿著那條走廊走回來，剛踏進這條主要通道，就覺得空氣冷得像冰一樣。你們會說是因爲天氣的關係，但我不認爲如此。雨水正沖打著東端盡頭的那扇長窗。我朝西側走，打算到音樂室去，這時突然好大一道閃電在窗外的雨裡閃過。我忍不住回過頭去看。我有種感覺，知道我會看到什麼。

「它就站在那裡，側對著僕役長餐具室的門。面罩和眼睛是朝向我的。就在閃電之後的打雷聲中，它舉起長袍裡的手臂，手指像爪子一樣朝向我——像這樣——然後突然朝我跑過來。

「那時候，我感覺到一股再邪惡不過的氛圍。就算它抓住我，我也動不了。我差點昏倒。但它沒抓住我。它停了下來，轉身朝那扇門走去。那扇門應該也確實是鎖著的，被那人影一碰就開了。然後它走進房裡關上門。」

「等一下，巴克里小姐！」艾略特打岔道。「你怎麼知道那扇門是鎖著的？」

「因爲它一直都是鎖著的！我不是已經告訴過你了嗎？」

「但是……不，算了。然後你做了什麼？」

「過了差不多一分鐘，等我不再覺得有點想吐而且動得了之後，我就趕快跑，從前樓梯跑上樓到我房間裡去。我坐下來，又開始感覺有點想吐。我知道我看到了賀瑞斯・懷德費爵士，就像我父親多年前在黃昏時看到它從花園裡走出來。我不想驚動整棟屋子裡的人

——大家都在這裡，雖然各自都按照習慣待在不同的房間裡。但我也覺得我必須確定僕役長餐具室的門有鎖好。我花了半個小時的時間才鼓起勇氣，但我還是做到了。我悄悄地又下樓來。兩扇門——這裡這扇，還有後面朝廚房的那扇——都一如往常鎖得好好的。」

「女士，」菲爾博士輕聲說，「你確定嗎？」

「我確定嗎？哦，別折磨我了！你是什麼意思？」

「你確定那個幽靈進去的時候，那扇門是鎖著的嗎？那天下午除了僕人之外，家裡的每個成員都在這裡。但他們都在不同的房間裡，我想你是這麼說吧？」

「是的！潘在圖書室裡，迪蕊在洗澡，娃朵小姐在她臥房裡給信件打字，佛提斯丘醫生在音響上放唱片。怎麼樣？」

「有人，我們假設有某個人，知道你到廚房去了。」菲爾博士仍然輕聲說。「有人猜到你會從走廊走回來。有人從另一扇門上拿了鑰匙，就像我剛才一樣，然後打開了我們面前這扇門的鎖。有人，爲了這個嚇壞你的、不太幽默的惡作劇，穿戴上了長袍面紗和其他必須的東西。有人躲在這裡等你，裝神弄鬼一番，然後鎖上門離開。艾略特問的一個問題已經指出這是可能的，我想我們可以說實際的情況就是這樣。除了提芬太太之外，其他人也提到有人爲的邪惡存在。你不相信人爲邪惡的存在嗎，巴克里小姐？」

艾斯黛轉身面對他。

「哦，老天救救我們，我當然相信人爲邪惡的存在。我也能感覺得到它；我總是能感覺得到；我也這麼說過了。而且這裡也有它的存在。好吧，菲爾博士！還有你，艾略特先生！就照我要求你們的去做吧。儘管搜這棟屋子，你們有我完全的允許。我說過，就算你們找到了袍子和面紗，也證明不了我們附近沒有超自然的存在。但那會證明某人的邪惡，甚至還可能指出邪惡的來源。這讓我想起來了。

「我要說什麼來著？啊，對了！有個女人——你非常有禮貌地稱之爲『一位年輕女士』——需要被好好罵一頓。我以爲是可憐的迪蕊，我幾乎完全確定是迪蕊，雖然你告訴我說我一如往常的錯了。哦，天呀！如果不是迪蕊，那就一定是——」

艾斯黛突然住口。葛瑞一轉頭，發現斐伊．娃朵幾乎已經挨到他身邊了。有一段短暫的時間，他竟然沒有注意到斐伊。她一定是在艾斯黛說故事吸引了大家注意力的時候，從撞球室走過來的。斐伊臉色非常蒼白，下巴抬起但嘴在顫抖，現在就站在他伸手可及的地方。艾斯黛瞥了她一眼，然後就沒有再看她了。

「嗯，艾略特先生，現在輪到我說晚安了。你是警察，就做你的工作吧！明天早上你或許還會得知別的事。但別想告訴我這裡有或沒有什麼。我知道什麼就是知道什麼！」

然後艾斯黛就跑走了，像個失去控制的夢遊者。她的涼鞋在大廳的硬木地板上喀啦作響，然後沿著主樓梯上樓去。喀啦聲遠去後，尼克．巴克里也從他自己的出神狀態中回過神來。

「艾斯姑姑，」他宣稱，「或許知道什麼就是知道什麼。至於我，雖然沒人問我，但我說啊，我唯一知道的就是我不知道。哎，副隊長！……」

「什麼事？」

「我們對那鬼的兩次出現已經找到了解釋。潘叔叔說過會有簡單的解釋，確實如此。但那間上鎖的房間又該怎麼解釋？」

「此時此刻，巴克里先生，我完全沒概念。」

「那房間現在還是鎖著的，不是嗎？」

「確實如此。除非菲爾博士可以給我們一點線索，了解他那些神祕難解的咕噥？……」

「艾略特，」菲爾博士隆隆地說，微弱的燈光映照在他的眼鏡上，讓他看來遠沒有那麼善良好脾氣，「我很快就會進一步說明我那些神祕難解的咕噥低語，但是現在還不是時候，如果你不介意的話。有非常強烈的理由最好不要現在說。你了解我的意思嗎？」

「我不了解你的意思，」尼克說，「不過我猜我本來就不是該了解的人。人都散得差不多了；我也快不行了。各位好友，我想去呼吸點新鮮空氣，然後我就要上床睡覺了。回頭見——我希望。」

尼克板著肩膀、縮著頑固的下巴，大步走開，留下剩餘的幾個人站在僕役長餐具室和管家房之間。他穿過中央大廳，沿著西廂通道走去。通道盡頭那扇維多利亞時代的上推式窗戶仍然大開著。尼克掀起窗簾一側，把頭伸出去，然後消失不見。

樓上某處有低沉的鐘聲敲了兩下。斐伊抬起藍色的眼睛。

「艾略特先生，」她說，「人真的都要散了嗎，如果我們要用這麼尋常的詞來說的話？你沒有任何事要對這裡的任何人說了嗎？」

艾略特思索了一會兒。

「娃朵小姐，你沒有跟我們其他人一起到圖書室去。我們在那裡做了一些事，菲爾博士還讓我們注意到了衣帽間。但那並不是大師和我第一次到圖書室去。」

「是嗎？」

「第一次是在午夜左右，我把衣帽間徹底檢查了一番。菲爾博士只是跪下來看看沙發底下而已。底下除了地毯什麼也沒有，如他所堅持的。第二次我們四個人去的時候，他連沙發底下都沒看。但我倒很想知道他以爲底下原本可能會有什麼。」

斐伊做了個大惑不解的手勢。

「那你爲什麼看著我？」她叫道。「我沒有進衣帽間，我甚至連圖書室都沒進去，我只走到門口而已。我對巴克里先生遭到攻擊這件事，就只知道你告訴我的內容而已。既然我沒辦法提供你任何協助，你爲什麼這麼用力地看著我？」

「因爲，」艾略特回答，「有一點小事是我想得到一點說明的。」

「哦？什麼事？」

「我相信，娃朵小姐，你在法律上完全有權利使用你現在這個姓。我也相信你就是在桑姆塞的巴恩斯托當賈斯丁．梅休的祕書的那個斐伊．蘇頓，梅休先生在一九六二年十月因爲服用巴必妥鹽過量而死。你以爲我不知道這件事嗎？」

一陣冰冷的沉默，讓葛瑞．安德森覺得好像耳朵挨了一拳。他一直都在等，也害怕事情走到這一步，但這並沒有讓事情眞的發生時比較容易承受。

「怎麼樣，娃朵小姐？你以爲我不知道這件事嗎？」

「我是怕你會認出我來，沒錯。現在又怎麼樣？這是要把我『罵一頓』嗎？還是更接近所謂的『拷問』？我想你是要把我關在角落，然後逼到我屈服爲止。我是不是開槍射了巴克里先生，就像我理應是下毒害了梅休先生，既然這樣，我何不趕快認罪了事呢？你打算這麼做，不是嗎？」

「唔，不是。」艾略特說。「我並不打算像巴克里小姐認爲的那樣要罵你一頓，也當然不是像你以爲的要拷問你。事實上，我是想讓你安心。」

「讓我安心？」

「聽著，年輕小姐。我們知道你跟賈斯丁．梅休的死無關。哈尼探長（還記得他嗎？）現在得到了女傭的證詞，她看到老梅休從你房裡偷走了那瓶安眠藥。他是自殺的，這點已經證明了。你不能指望桑姆塞的警察會寫一封信給你說：『別再擔心了，我們知道你是無辜的。』但在現在的情況下，我可以這麼說。」

「但是——」

「放輕鬆點，娃朵小姐！你太激動了。這也無可厚非，但別把好消息聽成了最糟糕的消息。由於職責所在，我報過太多不愉快的信息了，原本我還很期待能改報這麼一次好消息呢。」

「我希望你不是在騙我。」斐伊低聲說。「哦，天啊，我希望、希望不是！但如果這是個騙局，如果你只是在玩貓抓老鼠……」

菲爾博士像鬱悶的老寇爾王一樣高高站在旁邊，在斐伊的上方發出要她安心的聲響。

「請接受我的保證，娃朵小姐，這不是騙局或陷阱。艾略特和我已經談過這一點了。你並不是騙男人去死的惡毒投機女人，沒有人這麼認爲。如果你自己停下來好好想一下，你或許會看出你在這個案子裡扮演什麼角色，又爲什麼會被安排在其中。因此，如果艾略特和我可以跟你談一下……」

「你聽到了嗎，葛瑞？你聽到他說的話了嗎？」

「聽到了。」

「還有，雖然沒有相關的資訊」——菲爾博士順著斐伊的眼光看過去——「我有種感覺，我們的朋友安德森也牽扯在這件事裡。」

「我牽扯的程度有多深，」葛瑞一副要長篇大論的樣子開口說，「只有斐伊本人才能告訴你。一年前在巴黎，我對她說——」

「不要，葛瑞，拜託！」斐伊眼裡閃著淚光。「他們說要跟我談一下，指的是私下談，而這樣比較好。我想要跟他們談。我一直都不害怕菲爾博士，現在我也不害怕艾略特先生了，但我跟他們談的時候不想要你在旁邊。你也跟尼克一起出去吧，葛瑞，到屋外的草坪上去，等他們跟我談完，我馬上就去找你。拜託你好嗎，葛瑞？」

「如果你眞的認爲……」

「是的，我眞的這麼認爲！我很傻，我知道，但如果你再不趕快走，我就要連話都說不清楚了！現在情況看起來眞的比較好了，不是嗎？看起來好像……」

「好像沒有什麼事是不可能的？沒錯。我這就到花園去。如果我碰到哪個人扮鬼，我會勒死他、在計分板上多得一分。同時——別氣餒，我親愛的。好日子就要來了，而我們將置身世外桃源。」

他也隨著尼克走過的路，從東廂通道走到西廂通道，到那一端盡頭那扇開著的窗戶旁。他最後回頭看斐伊一眼，瞥見她閃著光的金髮和流下臉龐的眼淚，然後他伸頭探身出了窗戶，走進沒有什麼奇特之處的正深濃的夜色。

葛瑞深呼吸。

月亮開始西沉，但依然帶著詭異的乳白色光芒。風已經停了。從遙遠的下方傳來浪潮拍打圓石沙灘的聲音。葛瑞走過修剪得短短的草坪，走向巍然聳立的十二呎高的紫杉樹籬，走向那座現在已沒有什麼惡意的花園。

他想他能以自己的情緒來衡量斐伊的情緒，而他自己鬆了一大口氣，幾乎要暈陶陶起來。斐伊已經洗脫嫌疑，菲爾博士這麼說了，再也沒有要擔心的事了。

花園裡的小徑雖然像棋盤般相互交錯，但還是有四條主道，各從東西南北指向花園中心。葛瑞進去的入口是正對著圖書室那扇被打破、透出燈光的窗戶，他模糊記得花園中央好像有一片正方形的空地，中間有一座日晷。

腳下的草和兩旁的樹籬都披著露珠，閃閃發亮。葛瑞幾乎沒有注意到這些或其他東西。他加快腳步朝中央走去，像在做夢一樣。

對，現在沒有什麼需要擔心的事了。這件事不再跟他或他的任何朋友有切身的牽連。撒旦之肘的狀況可以視為一個問題——混亂、醜陋、扭曲又充滿情緒——但依然只是個純粹學術性的問題，跟他沒有任何……

葛瑞走到中央，突然停下腳步。

「哦！」一個女人的聲音叫道。

這裡確實有一座日晷，灰色的石材飽經風吹日曬。日晷旁站著兩個人，一男一女。他們那麼激情忘我地緊緊相擁，葛瑞不知道是什麼讓那女人轉過頭來的。但她確實轉過頭來了，在詭異的月光下張著暗色的嘴唇。她發出一聲叫喊，掙脫男人的懷抱，衝進朝南的那條小徑。那個男人是尼克·巴克里，女人是迪蕊。

葛瑞聽見她邊跑邊啜泣。然後他動也不動地站著，看著尼克。

「啊，眞是意外。」他說。

CARR

CHAPTER 14

第十四章

月光下那潮濕的花園看起來又像黑色又像銀色，在任何人開口之前差不多可以數二十下。

「哪！」尼克開口。「聽著，老小子！」

尼克那有力的聲音變得艱困茫然，不太能達到平常的音量。他抬起一隻手梳抓他那頭深色的頭髮，但手肘突然一頓，讓這手勢看來既慌亂又空洞。

「這看起來很好笑，」尼克說，「但其實一點也不好笑。你是不是有想到？……」

「我只是在想，我早就該猜到二加二等於四了。」

「二加二？什麼二加二？」

「別的不說，你還能假裝你今天晚上在布羅根赫斯車站看到她之前從來沒見過她嗎？」

「不！老天爺，我當然不假裝這一點！我原本想要告訴你的就是這件事！」

「你的艾斯姑姑，」葛瑞說，「就算是在嘮叨胡扯，也能冒出一些有用的資訊。我有想到迪蕊夏天的那些出國旅行，六一年在瑞士，然後『再前一年』在北非。人們說北非的時候指的不是埃及，否則就會直接說埃及了。通常他們說北非指的是摩洛哥一帶。六〇年夏天，你可是在摩洛哥待了很久。你是不是就在那裡認識她的？」

「是的。我們兩個都意外住進了坦吉爾的敏澤飯店，我也得知了她是誰。但是——」

尼克大步向前。他們兩側都是高聳的樹籬，與世隔絕，兩人都面對著自己的問題，也面對著彼此。

「尼克，之後你跟她見過幾次面？我這麼問並不只是出於好奇。我這麼問是因爲它可能對綠叢這裡的情勢有很重大的影響。之後你跟迪蕊見過幾次面？」

「每年夏天都見面。六一年在盧森，六二年在威尼斯，去年因爲迪蕊答應要去看一個老同學，所以我們安排在羅馬碰面。」

「你知道，尼克，這實在太誇張了。當時你正在羅馬玩得好不開心，而斐伊卻說服我……」

「你說玩得好不開心是什麼意思？聽著，葛瑞！」尼克眞的很激動。「我不指望你能了解。但這並不是廉價的外遇或者骯髒的私通。這是偉大的愛、心靈的愛，這樣的愛情只能發生一次，有時候根本就不會發生。但如果你不太高興，我也不能怪你。你在想你都跟我坦白說了，我卻瞞著你，而事實上我欠你一個解釋。」

「尼克，你並不欠我解釋或任何東西，從來不欠。但你也不需要那麼努力想誤導我。」

「誤導？」

「是的。在滑鐵盧車站，我們上火車之前，你假裝以爲你叔叔的妻子可能是金髮女子。是的，我知道！後來你掩飾了過去，非常明顯地提到艾斯姑姑寄給你的一張彩色照片。但那還是誤導方向，不管你做得再怎麼好。」

「老天，葛瑞，要不然我還能怎麼做？」

「這很難說，如果你認爲你理由充分的話。在那之前，在西斯皮斯俱樂部，你講到『一些神祕的女人』——是複數的女人——『出現一段時間然後又消失，彷彿從來沒存在過。』我當時對斐伊就是這麼想的，無疑這也是你對迪蕊的想法，但我卻一直沒想到！」

尼克在月光中跳了幾小步舞步。

「我一直告訴你，葛瑞，你完全不了解。迪蕊和我對彼此的感情，這漫長的四年來對彼此的感情……跟一般戀愛是不同的。是不一樣的。去他的，老兄，是神聖的！你別站在那裡像個該死的神諭一樣。你就不能說些什麼嗎？」

「你要神諭開口說話？」

「如果它有什麼有用的東西要說的話。」

「好吧。經過審慎的考慮之後，裁決是，讓你失魂落魄的原因其實很單純，就只是我們大家都知道的性愛而已。」

「性愛？」尼克厭惡地大叫。「你說性愛？你要是再講一句這種話，不管你是不是我朋友，我都會毫不後悔地揍你一拳。迪蕊和我——我們沒有，就這樣！我們想要，但從來沒有。那有什麼不對嗎？」

「聽著，尼克！聽你葛瑞叔叔的話。那沒有什麼不對，一點也沒有。但不要太當眞了，老小子。津津有味地品嘗性愛，好好享受上天提供給你的東西。但是要保持正確的均衡感，別把正常又健康的生理衝動放大成維多利亞時代小說裡的浪漫偉大激情。」

「他媽的，」尼克咆哮，「我真想——」他突然住口。他臉上一陣痙攣，然後又跳了幾步舞。「不過等一下！我們是不是在什麼地方有過這段對話？」

「是的，星期三晚上在西斯皮斯俱樂部。內容差不多，只不過當時訓話的是你，聽話的是我。當我們自己恰好是當事人的時候，感覺就是不一樣，對不對？」

尼克憤慨的態度消失了。他沉思片刻，在花園中央的方形空地走來走去。

「這樣很不好。」他宣稱。「我的均衡感都沒有了。這是真的。不能再這樣下去。隨便你要怎麼說、怎麼想，但迪蕊和我是真心的。你能相信這一點嗎？」

「能，如果你確定的話。」

「哦，我很確定；迪蕊也是。我們都快瘋了，我們兩個都是。現在的問題當然是，該怎麼辦？」

「我在想，你是不是已經做出建議了。」

「已經做出建議了？」

「在西斯皮斯俱樂部，在我們談到任何戀愛的問題之前，你在解釋無論如何不該搶走你潘叔叔應得的遺產。『我不能奪走他心愛的綠叢，儘管——』當時你的意思一定是，『儘管我非常想奪走他的妻子。』」

「唔，還有什麼其他的解決辦法？」

「我不知道。」

「不能這樣繼續下去。」尼克舉起拳頭。「這讓人無法忍受，這是在毫無意義地毀掉人生。我想娶迪蕊，我眞心想娶她，遲早我們都得攤牌的。我們剛到這裡時，潘叔叔無心引用了關於年輕的羅欽瓦的詩句，我還以爲我可以面對。但我發現我沒辦法面對，我簡直差點死掉了。」

「你知道，尼克，」葛瑞若有所思地說，「我想，偉大的愛情可以做爲大部分事情的情有可原的理由。但那種做法是對的嗎？」

「我不懂你的意思。什麼事的做法？」

「宣布消息的做法。你是不是應該把那幾句詩的結尾改一下，讓他知道你的意思？

「『哦，你來是意在和平，還是意在戰爭？

還是要在我們的婚宴上跳舞，年輕的羅欽瓦閣下？』

『我來此是意在和平，但當愛與我同在，

我將與潘叔叔的新娘一同凱旋而歸。』」

「這樣講太難聽了。」尼克凶道。

「抱歉，我無意冒犯。無論如何，你有沒有想過他對這件事會有什麼反應？」

「我還是要說，那樣講太難聽了。至於潘叔叔，除了他之外我根本就沒法想別的事。

迪蕊也是一樣，她的良心實在太不安了，你或許也已經注意到。我一定得告訴他，除此之外我還能怎麼做？他不會有惡劣反應的。就算他會，真相也總有一天要抖出來。你難道對戀愛沒有任何概念嗎？你自己的偉大戀情呢？」

「唔，怎麼樣？」

尼克掏出一包香菸。兩人各拿了一根，像是決鬥的對手各取一把劍。尼克用打火機替兩人點上菸，火光映照著他呆滯的眼神和其下的空洞，然後他又開始狂亂地來回踱步。

「我對著聖經發誓，」他激動地說，「迪蕊和我之間的關係一直是清白的，就像……就像……呃，總之，一直是完全、徹底清白的！但你能這麼說嗎？現在你又跟你的斐伊重逢了，你那個金髮小美女，你能這麼說嗎？你們的戀情真的是像你發誓的那樣無傷大雅又幸福樂觀嗎？」

「讓我來回答。」斐伊的聲音說。

朦朧的光線在她臉上映照出陰影，也強調了她身上藍白相間洋裝的輪廓。除此之外，在潮濕草地上無聲移動的她，就像個幽魂一樣，從樹籬的東側入口逐漸靠近。

尼克陡然轉身，香菸頭亮起又暗下。

「你聽見我說的話了？」

「我不得不每一句都聽見，巴克里先生。你喊的聲音大到足以吵醒整屋子的人。但讓我來回答你最後的問題。答案是不。依照你或迪蕊的標準，我和葛瑞的關係一點也不清白。我希望繼續這樣下去，但在這裡不能。哦，在這裡不能！必須等到這些可怕的事都解決了、我們知道戴著面罩的人是誰之後。也許我這麼說是既無恥又輕佻，但現在我跟他在一起並不會傷害他，所以我不在乎了！」

「聽著，娃朵小姐，我告訴葛瑞的話是要保密的。」

「你認爲我不會保密嗎？我自己有太多心事了，你也可以說是我良心不安。我一直這麼躲躲閃閃的，巴克里先生，是因爲兩年多前我牽扯在一件看似像謀殺案、但實際上並不是的事件裡。現在我的嫌疑洗清了，在今天晚上發生的事情裡的嫌疑也洗清了。我不太可能去講關於迪蕊或你的半個字，我一心只想著『我自由了』這件美好的事實。」

「唔，我不自由。」尼克凶道。「這整件事每一分鐘都變得愈來愈糟糕、愈來愈複雜。我們會彼此保密，對吧？現在我眞的要說晚安了。我建議你和葛瑞也互道晚安。但我懷疑我能睡得著。哦，老天，爲什麼每件事都要這麼複雜？」

他悶悶不樂，深深吸煙吐煙，大步穿過樹籬間的東向小徑離去。葛瑞一直等到他走遠才開口。

「斐伊……」

「你沒聽到尼克說的話嗎，我親愛的？還有我堅持的事情？他說的對，我們眞的必須互道晚安了。我現在情緒眞的很激動，葛瑞。」

「發生了這麼多事，我們全都很情緒激動。不過，你沒有什麼來自碉堡內的新消息要說嗎？菲爾博士和艾略特……」

「他們走了。十分鐘以前走的。」

「是，但你那麼堅持要告訴他們，而且不肯讓我聽的事情是什麼？」

「哦，葛瑞！重點不在於我對他們說了什麼，我告訴他們的事就是我在撞球室裡告訴你的事。重點是菲爾博士對我的故事的評語。」

「他說了什麼？」

「我實在搞不懂他。他大部分時間看起來都心不在焉、甚至呆頭呆腦的，然後會突然冒出一句話來，要不是讓人完全聽不懂，就是一針見血地命中事實。」

「他是有這個習慣，斐伊。例如說？」

「例如說！我告訴他說迪蕊很久以前想知道警方是否還爲了梅休先生的死在追查我，因此想到要去問維克督察長。艾略特先生說，『但就我們所知，她沒有去問維克。』菲爾博士說，『沒有，而且如果我對巴克里太太性格的判斷正確，她是不會去問的。但她會怎麼做呢？』然後他自己回答了自己的問題，聲音聽起來像是高射砲。『就是這樣，我想，』他說，『這就確定了……』確定了什麼？」

「別問我，這聽起來是讓人聽不懂的部分。他有沒有說什麼能給人一點啓示的話？」

「有，如果他的意思跟我以爲的一樣的話！」

「怎麼說？」

「菲爾博士說，『如果你要謀殺別人，艾略特，你會用槍械嗎？按照現在的法律，你知道你不會用它的。用刀刺也好、用毒藥也好、把他掐死也好，儘管用各種方法去殺死被害人，但就是不要用槍械。如果你被逮到，最嚴重的刑罰是無期徒刑，實際上只要坐個十幾年的牢。但要是用槍射死他，你就會被判絞刑。這件案子，老弟，只差一丁點就會變成謀殺案了，老天保佑。』」

斐伊走近，看來比較不像幽魂了，她眼神專注地抬頭看著他。

「『如果要冒這麼大的危險，』菲爾博士說，『你要不就得完美無瑕地證明那人是死於自殺，要不就得提供——提供什麼？』『提供一個替罪羔羊。』艾略特隊長說。『老天在上，這個女孩就是凶手本來盤算的替罪羔羊。』他說的是我，葛瑞，他說的是我。」

「當然是。但現在這麼晚了，如果還要去想那一點意味著什麼……」

「我知道，親愛的。多想也無益，是嗎？現在我要進屋去了。請你，請你不要跟我一起進去。你明白我的意思嗎？」

「是的，我明白。」

「給我五分鐘的時間，然後你再進去。你往屋子那邊看，可以看到我已經把一樓所有的燈都關了。拿著這個」——斐伊把一支手電筒按進他手裡——「自己上樓去。你記得他們安排哪間房間給你嗎？」

「迪蕊說是東南側倒數第二間。」

「你上樓之後就不會需要手電筒了。我回房之前會先把你房裡的燈打開。就這樣了，葛瑞，我們明天早上見。希望我們上樓的時候都不會見到鬼！」

然後，經過一小段混亂之後，她離開了。

花園裡變得冷了起來，飽含雨水的微風開始在逐漸邁向凌晨的夜色中低語。葛瑞已經丟下手裡的香菸，本想再點一根，但還是決定不要。五分鐘後，或者說在他算來的五分鐘後，他回到暗下來的房子裡。

上樓的時候見到鬼？不太可能。然而……

他從長窗跨進通道，把窗戶關上鎖住。在通道前方，往中央大廳和樓梯的路上，他幾乎可以發誓他聽到了一陣鬼鬼祟祟的腳步聲在他前方移動。手電筒的光柱朝前射去，但什麼都沒照到。要不是那聲音出自他自己的幻想，就是某個潛行的人閃避開了。但他腦袋裡、血管裡翻攪著許多醜陋的想法，他的不安還沒有結束。

沿著樓梯走上樓，他右側有一扇半開的門漏出細細一道光線。那一定是他的房間，斐伊照她所承諾的幫他開了燈。房門旁有個穿著袍子的人影朝他移動過來。那只是穿著睡袍的艾德華．佛提斯丘醫生，但一時之間，那景象讓葛瑞的心臟幾乎從喉嚨口跳了出來。

「真對不起，」佛提斯丘醫生帶著抱歉的聲調說，「我下樓來這裡想跟你談談。燈開著，但你不在房間裡。可不可以請你跟我來一下？」

「當然可以。什麼事？」

「是巴克里先生，潘寧頓．巴克里先生。」

「他怎麼樣了？」

「睡得不安穩。他老是掙脫鎮定劑的藥效，睜開眼睛，有時候還堅持要說話。我說，『這是誰幹的？是誰開槍打你的？』他的回答不太能給人什麼啓示：『我不知道。』」

「他當時跟凶手面對面，比我現在跟你靠得還近，但他不知道那人是誰？」

「我只能轉述他告訴我的話，那或許有一半是語無倫次。『手臂橫在臉前面，頭上戴的東西也不一樣』，或者『頭上戴的東西很奇怪』，諸如此類的。而現在他要見你。」

「見我？但這不可能啊！我跟他根本不熟，我──」

「然而他想見你。請你跟我來好嗎？」

「佛提斯丘醫生，這樣做明智嗎？」

「不，大概不明智。你只能待一下子。但如果情況允許，最好還是盡量滿足病人的願望。請往這邊走。」

走道西端一扇窗戶透進快要消逝的月光。在這月光和葛瑞手電筒的光線照路下，佛提斯丘醫生帶他來到了屋子前半部的一組房間。他們走進一間不甚整潔的更衣室，位置在屋子中央、前門上方。佛提斯丘醫生用耳語加手勢說明東側那幾間房是迪蕊．巴克里的，而西側的幾間則是她丈夫的。他們在更衣室左轉進入主人的房間。

角落的一個梳妝台上有一盞光線黯淡的檯燈，四周用好幾層報紙團團圍住。西牆上有一扇門通往暗暗的浴室。一張有雕花床柱撐起頂篷的大床上躺著潘寧頓·巴克里，頭靠在疊得矮矮的枕頭上，鼻子在憔悴的臉上顯得更大了，雙手彎彎曲曲地放在鳧絨被上。他閉著眼睛，葛瑞以爲他睡著了，正準備轉身離開時，一個熟悉的聲音空洞地說起話來。

「準備一齣戲。」那聲音不是在對任何人說話，也是在對所有人說話。「準備一齣戲，準備……啊，你來了！」

他的眼睛睜開了。那雙深棕色的眼睛凹陷、空洞，在床頂篷下的陰影裡轉動著。一名面無表情的警員坐在靠前窗之一的椅子上，頭盔放在膝蓋上，一聽到他說話就直起身子。佛提斯丘醫生搖搖擺擺地繞到床的另一側。

「當然，」醫生建議道，「你最好還是？……」

「我最好還是睡著、不再製造麻煩？無疑有某個人就是這麼想的。耐心點，奈德！耐心點，我親愛的朋友！現在畫面還是很模糊，但已經逐漸成形了。我應該很快就能記起開槍的是誰。如果我現在還是不確定，部分原因可能是因爲眞相看來太難以置信了。同時，奈德，你爲什麼把我所有的刮鬍刀都鎖起來了？」

「我的好友——」佛提斯丘醫生開口道。

「是你鎖的，對不對？」他邊說邊掙動著想坐起來。「現在我父親走了，我一定是地球上最後一個還在用直刃式刮鬍刀的男人。你把它們鎖起來了。我沒有一直在睡。我看到你了。這是因爲你認爲是我自己對自己開的槍，而且可能用割喉的方式把事情做到底嗎？

德森嗎？」

當然，」他補充說，眼神和聲音突然改變，「站在門旁的是葛瑞．安德森吧？是葛瑞．安

「我在這裡，巴克里先生。」葛瑞往前走一步。「你想見我有什麼特別的原因嗎？」

「我的思緒到處亂飄。然而我認爲你是個誠實的人。如果你眞的是個誠實的人，哦，誠實的傳記作家啊，別在這屋子裡的這些人當中待太久。就算是戴奧金尼斯（譯註：西元三世紀左右的希臘作家，著有十卷希臘哲學史。）也會被他們逼瘋的。他們大部分人都對謊言和愚行上了癮。而我，錯在我」──那強有力的聲音提高了音量──「我是當中最糟糕、最愚蠢的一個。然後，還有女巫的問題。」

「什麼的問題？」

「每個有想像力的男人一生中都在尋找那個女巫，那個魔女，那個集所有特質於一身的迷魅女人。我認爲我找到了我的女巫。要是我能確定這一點，也就死而瞑目了。然而──誰知道？誰能眞的確定呢？你有沒有尋找過你的女巫，先生？」

「有。」

「你認爲你找到她了嗎？」

「我知道我找到了。」

「或許是如此，不管她是誰。我能否認另一個人的夢嗎？但現在，我想，我必須讓鎮靜劑發揮效用了。晚安，我的朋友，跟你的女魔法師一起去吧，愉快的夢會與你同在的，

就像我相信它們很有希望與我同在。晚安。」

葛瑞的夢是否愉快，他之後完全說不上來。他完全不記得做了什麼夢。他們安排給他的那間房間，雖然迪蕊稱它做紅房或者法官房，但看來只是艾德華時代傑作中留下來的一個無趣的遺物。他筋疲力盡了，在身體和精神上都是。他立刻就上了床，一直到星期六很晚才醒過來。

事實上，他醒來的時候已經是上午十一點多了。雨水拍打著窗戶。葛瑞在與房間相連的浴室裡很快地洗了澡、刮了鬍子，十一點半的時候他已經下樓。在繁複華麗的餐廳裡，餐具櫃上的銀器被冒著煙的一盤盤熱食取代，尼克．巴克里獨自坐在那裡吃早餐。葛瑞一看到他臉上的神色，所有的擔憂就全都回來了。

「怎麼樣，尼克？你叔叔今天早上還好嗎？」

「佛提斯丘醫生說不太好。他先前爲了什麼事把自己弄得很激動……但我現在想的不是這個。今天完全會是一片大亂。」

「怎麼說？」

「艾略特和菲爾博士來了。艾略特正在到處搜那個鬼的長袍和面紗。菲爾博士跟潘叔叔談了一下，顯然沒有太多成果。」尼克吞下咖啡，結果被嗆到。「吃點早餐吧，試試臘腸和炒蛋。迪蕊把那輛班特利借給我了。一小時之內你和我就要到萊明頓去。菲爾博士也要一起去。」

「到萊明頓去？爲什麼要去萊明頓？」

「聽著，葛瑞！今天早上我打電話給老布萊史——麥考雷爵——我打電話給安德魯·多黎許，告訴他發生了什麼事。他正非常緊張地準備打電話給我。」

「爲什麼？」

「他查過以前的日記了，現在他知道柯羅維斯第一次看到那個鬼是什麼時候的事。但這依然不是重點。現在這裡一片大亂不是因爲這個。你記得他昨天拿去的那堆文件嗎？」

「記得。怎麼樣？」

「是這樣的，」尼克說，「他們又發現了一份遺囑。」

CHAPTER 15

第十五章

風夾雨勢，像霧氣般一陣陣撲打著萊明頓河上方山丘上的這座宜人城鎮。進出城過橋時要付六便士過路費。尼克駕駛著班特利，葛瑞坐在他旁邊，菲爾博士一個人幾乎占滿了整個後座。車子又快又穩地開過橋和平交道，左轉沿河岸區前行，一路爬上坡度很陡的中央街。雖然今天下雨，但街兩旁還是都擺滿了攤子，因爲星期六是市集日，整個城鎮像八月的法定假日一樣擠滿了人。

「我說的那家酒館——」菲爾博士開口說。

「去他的酒館。」尼克說，眼睛看著飛逝的店面。「對不起，大巨人，但別想酒館和啤酒了！那地方到底在哪裡？」

「我有把地址記下來。」葛瑞看著一張紙條。「我們要找的是南安普頓路十八號A和十八號B。你以前有沒有來過這裡？南安普頓路在哪裡？」

「有，我以前常來這裡。我似乎模糊記得，南安普頓路是中央街走到最上面右轉。布雷史東和他兒子的辦公室設在十八號A，住家在十八號B，或是反過來。總之都是同一棟房子。」

「關於他說了什麼，要是你能提供更多資訊就好了！……」

「我沒有辦法提供更多資訊。他沒有提供資訊給我。總之麻煩大了，我只知道這一點。我希望他沒有出門去吃午飯什麼的。老天，你看看現在都幾點了？」

他們出門遲了。菲爾博士似乎是在離撒旦之肘只有兩哩左右的布雷克菲村發現了一家完全稱他心意的酒館，他堅持要花些時間討論這酒館，然後才肯動身。最後尼克終於從綠叢的車庫裡開出這輛班特利——經過一輛據說是艾斯黛的摩禮斯小車——在天雨路滑中朝目的地飛馳前進。

他們好不容易擠過了中央街，這時教堂的鐘指著一點半。萊明頓是遊艇中心，也是退休有錢人的去處，在繁忙之中看來只顯得黯淡無華。南安普頓路雖然車水馬龍，但看來也是黯淡無華，其中有一棟雙併門面的白石房子陰沉沉地面對著街道。菲爾博士下了車，頭上戴著鏟形帽，身上穿著透明防水、大得像頂帳篷的油布雨衣，用他的手杖指著右邊那扇門旁的黃銅門牌。他嘀咕著約翰生式的言詞，帶頭跟其他兩人走到這門口，進入一間裝飾得很嚴肅樸實的等候室。

「這邊請。」安德魯．多黎許那權威的聲音叫道。

等待室有一條短短的、有兩扇朝街窗子的走道，通往一間前辦公室。在走道裡，這邊這扇門的左邊，有一件輕型的藍色長雨衣在衣帽架上滴著水。門右邊沿著走道的牆放了一排矮矮的書架，書架玻璃門上落的塵埃比綠叢圖書室裡的任何一處更多。嘴角朝下撇的多黎許先生就站在辦公室的門口。

「午安，尼可拉斯。謝謝你過來。」

「應該的。抱歉我遲到了。我沒害你錯過午餐吧？」

「在一件這麼嚴重的事情裡，小老弟，我會錯過的東西比午餐多得多。但——我看到你帶了陌生人來。」

「他們不是陌生人，老兄。他們是能夠幫助我的朋友。他們兩個你都見過，而且他們是在我的特別請求之下而來的。這樣沒問題吧？」

「如果你堅持的話，當然沒問題。」律師的聲音充滿了苦惱。「同時，各位先生，我必須請你們一定要對接下來聽到或看到的事情保密。菲爾博士，我的印象是你跟警方沒有正式關連吧？」

「先生，」菲爾博士回答，「你的印象是正確的。」

「請進吧，各位。」

多黎許先生做個手勢把他們請進房，這房間雖然依舊嚴肅，但在簡樸之外倒也不缺舒適甚至財富感。壁爐上方掛著一面高爾夫獎牌，是一面打磨得亮亮的銀板，上面刻著安德魯·多黎許的名字。有著擦得亮亮的玻璃門的書架上也放了其他的獎項。後方一排排架子上排滿了裝著契據證書的盒子。律師的辦公桌側對著一扇面向街道的窗戶，桌上放了一疊紙張，葛瑞猜到是多黎許先生從綠叢拿來的那些文件。

房裡有很多把椅子，但此刻他們都沒坐下。律師挺著肩站在辦公桌後，從那疊文件中拿起一個長信封，封口已經裁開了。尼克欠動身子，隔著辦公桌看著他。

「唔，律師，是怎麼回事？」

「是這麼回事。」多黎許臉色沉重地掂掂他手裡的那個信封。「然而此刻最首要的，是先談你在電話上簡短報告過那個令人震驚的消息。你的潘寧頓叔叔——」

「潘叔叔還活著。」

「你在電話上說『勉強』活著。菲爾博士，我想請問你，是否有任何疑問？……」

「關於這是不是一件殺人未遂案？先生，」菲爾博士邊說邊喘氣，扶著手杖站著，「在我看來，毫無疑問是。其他人就沒有這麼確定了。佛提斯丘還是不肯放棄他內心深處的想法，認爲這可能是自殺未遂。艾略特也覺得有疑問。巴克里本人雖然發誓他是遭到攻擊，但他不能或者不肯說攻擊他的人是誰。他的心臟並不像他所相信的那麼糟，否則他早就死了。但這件事是個很大的震驚。只要在這方面那方面再多一點點證據——」

「是的，非常好，」尼克暴躁地說，「而且沒有人比我更同情潘叔叔了。」他再度轉向律師。「但這堆新麻煩是怎麼回事？好像我們本來的麻煩還不夠多？你不是說到什麼另一份遺囑嗎？」

「不，不是另一份遺囑。」多黎許先生從信封裡拿出一張折疊起來、寫得密密麻麻的大頁紙。「是現有那份遺囑的附加條款。而且我眞的不知如何是好，各位。我承認，這次我完全不知如何是好，但我已經採取了一些防範措施。」

「防範措施？」

「今天早上，」多黎許先生繼續說，做了個手勢指著走道裡那件還在滴水的雨衣，「我去了布羅根赫斯一趟。巴克里家這一百年以來，都把財務交給布羅根赫斯的城省銀行，在我的建議和指導下，現在也依然如此。那家分行的經理埃克斯先生是個相當專精的筆跡學家，在這方面很有權威。因此，爲了解除或者確認我的懷疑……等一下！我們來了位訪客。」

他停了下來，看著窗外。尼克和葛瑞也跟著他的視線往外看。一輛摩禮斯小車以不適合雨天的高速從中央街的方向轉進南安普頓路，東搖西滑地差點撞上停在路旁的那輛班特利，然後滑到它前方二十呎處的人行道旁停下。看來儀容凌亂的艾斯黛·巴克里從摩禮斯小車裡下來，有點困難地撐開傘，穿過人行道朝這棟房子走來。

「我說，」尼克很生氣地說，「這整件事是愈來愈糟糕了。這到底是怎麼回事，布雷史東？艾斯姑姑爲什麼來了？」

「我找她來的。尼可拉斯，你馬上就能了解我的艱難處境了。我一點也不喜歡做這件必須做的事，但我別無選擇。」

他也沒有繼續解釋的機會。外面的門開了又砰然關上。穿戴著時髦帽子和洋裝的艾斯黛邊掙扎著關上傘邊沿著走道衝進辦公室。

「怎麼樣？」新來的人開口說道，一把將傘丟到角落。「我來了，安德魯，活蹦亂跳又頭腦清醒。我沒說錯對不對？你確實是在那堆文件裡找到了重要的東西，對不對？」

多黎許先生看著壁爐上方的那面銀牌，再看看旁邊的書架。然後他推出一張辦公桌旁的椅子。

「看起來，艾斯黛，你的直覺眞是準得不可思議。讓我們來思考一下這件事。請坐。」

艾斯黛以一種有點虛張聲勢的態度往椅子裡一坐，但她的眼睛還是緊盯著他。其他人依然站著。

「在這裡，」多黎許先生繼續說著，打開那張紙，「有一份號稱是你父親遺囑的附加條款。遺囑的內容大部分還是一樣，你姪子仍然是繼承人。但這裡多了一條重要的補充。」

「補充？」

「補充或者修正。附加條款就是這個意思。這個附加條款沒有按照一般格式寫，但如果是眞的話，它無疑是有法律效力的。『給我心愛的女兒，艾斯黛·芬頓·巴克里，我們有時候忽略或者低估了她。我給與、遺贈、留下一萬鎊給她，該筆金額不包括在可能加諸於我產業的任何稅款之內。』」

「想到父親沒有忘記我，眞是太——太好了。但我不了解其他的部分。『號稱是』！『如果是眞的』？」

「是的，親愛的女士。你爲什麼這麼做？」

「我爲什麼怎麼做？」

「你爲什麼要僞造這份文件，並確保我會在其他的文件中發現它？」

「我完全聽不懂你在說什麼！」

「很抱歉，你太聽得懂了。我們都知道你能夠模仿別人的筆跡。要是你對除了我之外的人嘗試這一招，艾斯黛，你就會有很大的麻煩。我知道這份文件是僞造的，銀行的埃克斯先生也是這麼說。我剛剛在跟這幾位先生說……」

艾斯黛從椅子上跳起來。她憤怒的眼神變得幾乎是瘋狂起來。

「哦，你在跟他們說？你說的那些話我一點也不承認，就算那都是眞的，你還眞是我們家的好朋友啊！我以爲你是個正直的人，安德魯．多黎許，但你比他們都好不到哪裡去。你不只是侮辱我，還把我叫到這裡來，在這些外人面前讓我丟臉！」

「讓你丟臉？」多黎許先生咆哮。「我並不想讓你丟臉，女士，我是想保護你。昨晚我保護了你們家的另一個人，當時任何有點頭腦的人都看得出……唔，算了。只要有任何機會，我會繼續保護下去的。讓我毀掉這份可笑的文件；不需要再對任何人說任何事。要是你再跟我爭、跟我吵、繼續咬定這份僞造的文件是眞的，那麼就沒有人能幫得了你了。

「而且還不只這樣，艾斯黛。你或許會覺得搞這麼一招很聰明，但其實蠢得不得了。根據尼可拉斯所做的安排，你每一年都可以領到三千鎊，一直領到你死爲止。你知不知道我們要撥出多大一筆錢才能提供這筆收入？相信我，區區一萬鎊跟那比起來實在是微不足道。要是你姪子改變心意……」

「沒關係的，艾斯姑姑！」尼克揮動雙臂，彷彿要攔下火車。「你姪子不會改變心意的。我們每個人都做過一些怪事，但誰在乎呢？那筆收入還是維持，還是你的，只要你想要，它就是你的。」

艾斯黛掉下眼淚。

「哦，你儘管胡說吧！」她對多黎許先生尖聲說。「既然這個世界上的男人全都聯合起來跟她作對，一個女人總該保護自己的利益不是嗎？我說的不是你，尼奇。那個附加條款是我寫的，好了吧！但我那麼做不是爲了錢，眞的。我只是希望別人認爲父親沒有忘記我。現在我看出這一切是怎麼出問題的了。我被背叛了。」

「沒有人背叛你，艾斯姑姑！是你背叛了你自己。我們剛才說的話你都沒聽見嗎？」

眼淚掉得更多了。

「我的表達能力不好，尼奇，我不像你是個受過專業訓練的記者。我的意思是說，綠叢有個人恨我、刁難我、爲了傷害我不擇手段。現在我確定那個人是誰了。」

「艾斯黛，」多黎許先生尖銳地說，「你頭腦不清了嗎？這事沒有半點證據。」

「哦，是嗎？但是我告訴你，現在我要回家了。就在今天、就在這個時候，我要跟那個人把話講清楚。你們誰也別想攔住我！我眞的太感謝你了，尼奇。你的老姑姑表現得不太讓人愉快。但讓人不愉快總比像另外某人那樣殘酷又狠心好吧？誰也別想攔住我！」

艾斯黛的表情扭曲，時髦帽子下的頭髮似乎散了開來。她衝過去把先前她丟在一角的雨傘抓起來，然後跌跌撞撞地跑出辦公室、跑過走道。外面的門砰然關上。他們透過窗子看見她在人行道上的風雨中掙扎前進。不久後那輛小車沿著南安普頓路呼嘯而去，彷彿是要開向空曠的鄉間。車子慢下來，遲疑一下，突然在某戶人家的車道上倒車，然後一扭頭朝它來時的方向往中央街衝去。

尼克從窗外轉回視線。

「這樣沒問題吧？我是說，讓她跑去跟某個人大吵一頓？這樣沒問題嗎？」

安德魯·多黎許把那張紙揉成一團，扔進一個大玻璃菸灰缸，點根火柴燒了起來。

「我想，」他看著火焰翻騰扭轉，決定道，「我想這件事已經解決了。她並不是故事裡說的那種邪惡姑姑，你知道，現在她不會再出什麼大亂子了。我只擔心可憐的迪蕊小姐，獨自在那房子裡面對——面對那裡有的不知什麼東西。還有，菲爾博士，我納悶你想什麼想得這麼出神？」

「那個鬼！」菲爾博士說，他回過神來眨著眼睛，一副不知自己身在何處的模樣。「雅典諸公啊，是了！我們忙著遺囑和其他或許無關的事，都快把那個鬼給忘記了。先生，麻煩你告訴我一個日期好嗎？」

「當然，如果我能的話。哪個日期？」

「據我了解，多年前據說那個鬼曾經走出花園、出現在柯羅維斯·巴克里面前。而且，據我了解」——菲爾博士朝尼克做了個手勢——「你或許能告訴我們這是什麼時候的事？」

「是的，我可以告訴你們。」多黎許先生看了看辦公桌上的一本拍紙簿。「確切的日期是一九二六年，十月一日。」

CHAPTER 15

「你確定？」

「我的日記寫得非常清楚。」

「一九二六年，十月一日。一九二六年，十月一日。哦，美麗的日子啊，」菲爾博士說著鼓起臉頰，「在這一天太陽的邊緣將燦爛出現！先生，你一定知道這是什麼意思吧？」

「我看得出至少我們想的方向是一致的。」

「關於這個鬼的事，我們想的方向無疑是一致的。在其他的事情上就不這麼確定了。現在，」菲爾博士精力充沛地說，「我們必須告辭了。我堅持要吃喝一番，我的年輕朋友們一定會覺得很煩。他們兩個的早餐都吃得很晚也很飽，而我呢……」

多黎許先生送他們到辦公室門口。

「我的日記就在那裡。」他說著，指向走道裡書架最底下的一排。「如果還有我能幫得上忙的地方，儘管吩咐。你剛剛說什麼？」

「鼻子裡！」菲爾博士說——至少聽起來好像是這幾個字。「我要重複，我個人很想大吃一頓三明治配啤酒。大家同意嗎？」

「我不餓，謝謝，」葛瑞說，「但倒是格外想來杯啤酒。」

「去他的啤酒。」尼克說。「我要的是能救命的蘇格蘭威士忌加冰塊。大師，你說什麼鼻子裡？」

菲爾博士沒有開示他。不過總之就是這樣，他們在兩點剛過的時候坐進了萊明頓中央街上一間旅館貼著紅色壁紙的酒吧裡。雨勢和市集在酒吧外面喧騰；菲爾博士在酒吧裡也製造不少噪音。他坐滿一張大椅子，已經吃下一打火腿三明治，正舉起第五大杯啤酒。

「非常堅定地，」他說，「我克制住了自己沒有長篇大論。我很喜歡長篇大論談鬼這個主題，或者，事實上是任何一個主題。但我非常堅定地克制了自己，我對我的自制力感到非常驚異。」

「爲什麼要克制？」葛瑞問。「那個地方的氣氛到底是怎麼回事？你永遠不會眞的看到什麼，或者至少我是沒有，雖然昨晚很晚的時候我還以爲我要看到什麼了。那時候我從花園裡進來，走在樓下西廂的通道上。」他敘述了那個情況，沒有提到斐伊或尼克或任何其他人。「我幾乎可以發誓我聽到有人在我前面走。但我打開手電筒卻什麼都沒看到。是我想像出來的嗎？還是眞的有人在潛行？還是什麼？」

「唔，到底是哪一個？」尼克質問。「下定決心啊，老小子。老天，要是我們對這個『鬼』的身分有點概念就好了！或者是我們自己太笨，菲爾博士？」

「哦，不。但你們是專注在錯誤的面向上。你們把彼得潘的元素跟虎克船長的元素搞混了。就算現在你知道那個鬼的身分，你確定我們眞的會離問題的解答更近嗎？」

「是啊，當然！」

「不見得。」菲爾博士說。

他有一會兒沒說話，喉嚨裡發出咕嚕咕嚕的聲音。

「我要請你們，」他把酒杯朝桌上一放，繼續說道，「注意一份非常重要的證據。只有三個人看過那個鬼：老柯羅維斯・巴克里、艾斯黛・巴克里，還有安妮・提芬太太。這三個人雖然在幾乎每一方面都天差地別，但卻至少有一個共通點。」

「哦？什麼共通點？」

「想一想。這其中的關連並不難找，一旦你們找出了那一點，就會看出……哦，上帝啊！哦，酒神啊！哦，我的老帽子啊！」

菲爾博士酒杯舉到一半又砰然放回桌上，像通了電一樣突然站起來，喘著、呼著氣。

「我這呆頭呆腦的戰術，先生，讓我沒看見另外很明顯的一點。我們最好開車回綠叢去，最好快一點。」

「那麼，我剛才感到不安是有道理的了？我們不該讓艾斯走掉？」

「也許不會有什麼事，我誠心希望不會有。但當我想到這三個證人之間的關連……」

「哎，我們還在等什麼？快走啊！」

之前他們奇蹟般在旅館附近找到了一個停車位。不到一分鐘，尼克就已經在雨勢和車陣中開著班特利下山。他們開過加斯波街、開過橋，右方的內港滿是一根根遊艇的桅杆。然後尼克一踩油門，車子飛速向前駛去。

田野和森林迅速消逝在車後。尼克輕鬆自如又技術高超地開過轉角和溝柵，經過森林裡的小馬和憂鬱的牛群。後座的菲爾博士雙手緊握著手杖頂端。雨刷穩定地擺動。他們沒說什麼話。事實上，一直等到他們飛速開過美地村和艾斯伯利，開上通往撒旦之肘的長長彎道時，才有連續的句子出現。

「索隆（譯註：雅典政治家、立法者，據信是他創立了雅典的民主政體。），你的這些暗示，」尼克偏過頭朝後面說，「讓我愈來愈頭昏了。難道不能再給我們一些暗示嗎？不管那個鬼該作何解釋，殺人未遂的事又該怎麼解釋呢？」

「事情的根源，」菲爾博士回答，「在於一個詞。性愛。」

「性愛？」尼克高聲說，彷彿不能相信自己的耳朵。「你說性愛？」

「然而，先生，它在我們每個人的生活中都占有相當重要的地位。我先前就不認爲你可以免疫於它的影響。」

「免疫？老天，我從來沒宣稱過自己免疫！但這些跟我有什麼關係？」

「在某一方面來說，一點關係也沒有。」菲爾博士想了一會兒。「或者金錢才是主要的動機？我不知道，我沒辦法說。但是，如果我的推算正確，性愛和對金錢的貪欲都是動機，引發了一樁惡毒、冷血的殺人陰謀。」

「老實說，『陰謀』這個詞聽起來很刺耳。這件事牽涉到的人是不是不只一個？」

「不，不是！」

「這是明白直接的答案？」

「是的。再一次，除非我錯得離譜，只有一個人犯下或者知道這件罪行，儘管某個女人的影響力確實是——」

「某個女人？」尼克大喊。「聽著，亞里斯多德，你這明白直接的答案聽起來跟神祕隱晦的答案一樣瘋癲。此外——」

車子衝上坡道，路面再度變得平坦，海水在望。在那小小的半島上，綠叢的屋頂和煙囪露在樹木頂端。

「我們就快到了」——尼克做了個鬼臉——「我希望這番瘋狂大賽車是沒有必要的。那是什麼鬼聲音？聽起來像是救護車的警笛。」

「確實是救護車的警笛。放慢速度轉彎，慢慢來！他們比我們更趕。」

一陣恐懼襲向葛瑞‧安德森，像索倫海峽吹來的風。白色的救護車後門上畫著紅色十字，從入口石柱間衝了出來。它衝進一處窪地，警笛聲震天價響，然後加速衝上往北的路，朝布雷克菲村的方向前進。尼克幾乎沒有減速，開著班特利向前直衝，猛然停在屋前，然後跳下車來。葛瑞也從另一側下了車。

前門大開著。穿著藍色毛衣和棕色花呢裙的迪蕊‧巴克里冒著風雨站在門口。

「尼克、尼克，我真高興你回來了。事情真是糟糕。是……」

「潘叔叔？還是什麼？」

「不，潘沒事。是艾斯黛。」

「老天，真的嗎？發生了什麼事？」

「她摔下來了。你知道她總是不看路亂跑？」

「是的，但發生了什麼事？」

「我們不太清楚。那是場意外。她回來的時候不知爲了什麼事很激動。但她一個字都沒說。她把車停好，一路衝上樓梯，衝到第一處平台那裡。然後她一定是跑錯了方向，她常常這樣。突然間，發出好可怕的砰一聲。佛提斯丘醫生當時在樓上他房間裡，跑出來診治她。她一定是頭朝下跌倒了。這種傷勢沒辦法在家裡處理，他們說恐怕有腦震盪。我們打電話到布雷克菲的醫院去，佛提斯丘醫生跟她一起上了救護車。」

「她是自己摔下來的嗎？還是有人？……」尼克雙手一推。

「哦，天哪，」迪蕊慌亂地說，「不可能是那樣的。當時她附近沒有人。最靠近她的是可憐的斐伊，那時候她正從她自己的房間走出來，但斐伊離她有好幾碼遠，跑過去的時候甚至沒看到任何人。尼克，再這樣下去我會受不了的。我們該怎麼辦？」

「辦，女士？」基甸·菲爾博士複述道。「辦？」

菲爾博士費了九牛二虎之力，從車子裡喘著氣擠出來。尼克和葛瑞都沒有戴帽子或穿雨衣，雨水嘩啦嘩啦淋在他們身上。穿著雨衣戴著鏟形帽的菲爾博士動也不動地站著，用手杖做了個氣勢萬鈞的手勢。

「至少，」他說，「想到事情接近尾聲了，能帶給我們一點滿足。與此同時，我們只能等待夜晚的到來。」

CARR

CHAPTER 16

第十六章

等待夜晚的到來？

但時間本來就已經愈來愈晚了。

晚餐八點鐘開始，菲爾博士和艾略特副隊長也留下來用餐。迪蕊、斐伊、尼克和葛瑞盡力吃了一些。服侍他們用餐的是菲莉斯和菲比，後者是個漂亮、面無表情的棕髮女孩，跟菲莉斯看起來像是雙胞胎，不過事實上她們是表姊妹。佛提斯丘醫生還待在布雷克菲醫院，從那裡傳來的消息不太令人振奮。艾斯黛左手臂骨折，全身多處瘀傷，還有腦震盪。但據說她的體質算是強健，否則還可能更糟。晚飯後他們各自散開，各做各的事去。

下午葛瑞見到了一個魁梧、看來不簡單的蓄鬍男子，是哈洛·維克督察長。但他只說了五六個字。在晚餐接近尾聲時，維克督察長又露了個臉，然後又消失了。

然後呢？

雨停了，夜空清朗無雲。葛瑞和斐伊到沙灘上去散步，斐伊仍穿著昨天那件藍白相間的洋裝。斐伊的情緒一下子激切強烈，一下子又退去消散。十點多，在逐漸變亮的月光下，他們回到屋裡。當鐘敲十一點的時候，他們正在撞球室裡打彈珠台。是靠西牆的那第二部彈珠台，現在它燈光閃亮，叮叮噹噹地進行著賽車。

「哎呀！」斐伊說著，看看計分板。「葛瑞，這是沒有用的！這是我最後一個球了，我的分數還不到六千分。反正這是個笨遊戲。要是你不肯討論這裡發生的事……」

「我很願意討論任何事。但是——」

「我告訴過你好多次了。我告訴過每一個人，那眞的是意外！艾斯黛跌下去的時候旁邊完全沒有人。你不相信我嗎？」

「我當然相信你。但事情恰好發生在那個時間，看來實在巧合得太奇怪了……」

「親愛的，一點也不奇怪！你也看過艾斯黛的樣子。這種事以前沒發生過，我才覺得意外呢。她很愛管閒事，但她實在太笨手笨腳了，這樣幾乎一定會惹上麻煩的。此外！我眞正要談的不是這個。你現在跟我來好嗎？」

「到哪去？」

「你等下就知道了。」

他無法抗拒斐伊。她招手帶他走出撞球室，沿著通道走了十幾步，碰一碰隔壁房間半開的門內的電燈開關，然後帶著勝利的神態引他走進音樂室。

顯然，十八世紀的時候這間房間頗爲重要。打磨過的黑檀木壁板上有插電的蠟燭，發出黯淡的光。在天藍色灰泥的天花板上，某個喬治時代畫家有些混亂地畫了春情蕩漾的男女神祇，色彩仍然相當鮮豔。朝南那排窗下有一架古董鋼琴。一個角落立著一架蓋著布的豎琴，從來沒人去碰過。但這裡也有維多利亞時代和現代的東西。西牆上有兩扇長窗，跟圖書室裡那兩扇一模一樣，讓人可以隨時走到外面的草坪上。音響放在這兩扇窗子之間，對面是幾張錦緞面的椅子和一張沉重的錦緞沙發。

「你看。」斐伊繼續說著，走過去看著音響。「都準備好了。有人留了一張LP唱片在上面。」

「又是吉伯特與蘇利文？還是艾斯黛的哪張流行樂唱片？」

「都不是。這是另一個世代的流行音樂，是一齣叫做『學生王子』的輕歌劇。我們來聽聽看吧？」

斐伊調整唱針，按了個開關。她站在矮櫃旁，臉上帶著微笑，但眼裡有著恐懼。音樂一開始是輕柔的小提琴，然後奏出整首曲子中的片段，接著愈來愈強，開場的合唱聲震四壁。

來吧，男孩們，讓我們作樂吧，男孩們，
教育只不過是科學的遊戲，男孩們！……

「麻煩把它關掉好嗎？」一個聲音簡短唐突地說。

那是艾略特的聲音。轟隆的音樂聲戛然而止。雖然牆上有插電蠟燭發出黃光，但音樂室裡還是暗濛濛的。迪蕊·巴克里走了進來，帶著決心盡一己之責的表情。艾略特跟在她後面，手裡拿著筆記本。

「我們是不是妨礙到你了？」葛瑞問著，斐伊連忙走到他身旁。「你要用這間房間來問話嗎？」

「不用。大部分該問的話我都問完了。」艾略特一副陰鬱滿足的模樣。「但我需要你確認一件事。」

「我？」

「是的。昨天晚上——或者該說今天凌晨——菲爾博士和我跟娃朵小姐談話時，你到外面的花園去了。你是什麼時候回到屋裡來的？」

「我不記得了，那時候一定快兩點半，你和菲爾博士已經離開了。」

「好吧。我想，你今天下午告訴大師說，你回到屋裡的時候好像聽到有人在黑暗中潛行，但無法確定。對嗎？」

「對。」

「唔，當時是有人在。現在，巴克里太太，請你再說一次你今天下午的發現好嗎？」

迪蕊遲疑著。她身上的花呢裙和毛衣已經換成了一件簡單的深色半正式洋裝，襯托出她健美的體態。她看著斐伊，似乎想尋求支持；她朝天花板上瞥去，連忙轉開眼神。

「眞是的！」迪蕊說。「菲爾博士——」

「菲爾博士還在你丈夫那裡，巴克里太太。」艾略特告訴她。「但我已經派人去找他了，他馬上就會來。同時，可否請你先講個開頭……」

遲疑是不需要的。菲爾博士咚咚地扶著手杖走來，出現在門口並加入他們。

「好了，巴克里太太？」

「那實在不是很愉快的事，你知道！」迪蕊朝菲爾博士懇切地說。「而且我也只是無意間聽到的。是菲莉斯——菲莉斯．拉提瑪——她是兩個女僕之一。」

「是的，巴克里太太？」

「我之前就知道她有個男朋友，叫哈利。但其他部分我連做夢都想不到，直到今天下午菲莉斯和菲比吵了一架。當然，她們兩個一天到晚吵架，但這次她們吵得非常凶。我走進廚房的時候，菲比正在說……」

「說什麼，巴克里太太？」

「我一定要說嗎？」

「我們這是在調查一件殺人未遂案，受害者是你丈夫。請繼續說下去。」

「我走進廚房的時候，」迪蕊叫道，「菲比正在說，『哼，至少我不會半夜三更溜到海灘上去跟男人約會。』然後安妮．提芬插口說了些她那年頭的女孩子做些什麼事，要片面對別人的行爲下判斷並不容易。

「眞是的！」迪蕊說著挺直身子。「我們當然不能像五十年前那樣對待僕人。這點我了解也同意，我也希望我算是夠心胸寬大。但我還是認爲事情總該有限度。我還是認爲——」

「等一下！」艾略特打岔。他看看自己的筆記本，轉向菲爾博士。「現在我們知道，菲莉斯昨天晚上確實有出去跟她男朋友見面。她可以從後門出去，但事實上她是從通道上那扇開著的窗戶出去的。她一直到快兩點半才回來，也就是在那時候她幾乎撞上了安德森，但她在他打開手電筒之前閃進了撞球室。」

「哦，那間撞球室！」斐伊．娃朵爆發出來。「所有邪惡的女人都在那裡晃來晃去，不是嗎？這間房間又有哪些邪惡的人在晃來晃去，迪？」

「拜託，斐伊，你是怎麼回事？沒人說半個字……」

「你有什麼事情，」菲爾博士問艾略特，「要告訴我的嗎？」

「是的。請大家都保持安靜——你聽到我說的話了嗎，娃朵小姐？——我來試著把證據整理清楚。菲莉斯什麼時候回屋裡來，」艾略特說，「完全無關緊要。重要的是她什麼時候離開、離開的時候又看到了什麼。請你告訴我們好嗎，巴克里太太？」

「我看不出有任何理由」——迪蕊努力保持神經穩定——「這番詢問要專注在我身上。你爲什麼不去問菲莉斯本人？」

「我問過她了。碰到了她的感情生活這個話題，她就不是個很有幫助的證人。任哪個女人都是這樣吧？也許我最好自己來說。這件事跟菲莉斯的感情生活沒有關係，但跟我們的調查非常有關係。菲莉斯發誓說，她是在十一點四十五分開始悄悄溜出去。那是在我和菲爾博士第一次去察看圖書室之前十五分鐘。而十一點四十五分當時，巴克里太太，我記得我們好像是在起居室裡向你問話。」

「是的。」迪蕊同意道。

斐伊似乎想開口說話，葛瑞制止了她。

「我可以問個問題嗎，艾略特？你說菲莉斯是在從通道的窗戶離開屋子時看到了東西？」

「確切地說，她是在從那扇窗戶離開屋子之前的二三十秒看到了東西。」

「唔？她看到了什麼？」

「她看到一個穿睡袍的男人從那扇窗戶溜出去，手臂下夾著一個包裹。」

「穿睡袍的男人？」葛瑞瞪著眼睛。「但這太荒謬了！」

「爲什麼荒謬？」

「十一點四十五分？那時候沒有人穿睡袍啊。而且……你相信這個故事嗎？」

「是的！記住，」艾略特反駁道，並打響手指要衆人注意，「那個女孩只能說個大概的印象。那人穿的或許不是睡袍，拿的東西也或許不是包裹。

「同時也要記得，」艾略特凶凶地說，「菲莉斯當時隔的距離很遠。她是從後樓梯下來，經過走廊，走到東廂通道。當時她才剛轉到通道上，看過去的時候是隔著東廂通道、中央大廳還有整條西廂通道。當時開著燈，但燈光非常黯淡。那個人背對著她的方向，她連那人大概多高都說不上來。她只看到……」

「有沒有人提到可能是鬼？」菲爾博士問。

「她當時正要到海灘上去約會，腦袋裡可沒有想到鬼。只要對他們方便，他們都可以忘記鬧鬼的事。她只看到一個男人，身上穿的看起來像是睡袍，手上拿的看起來像是包裹。但那個男人是誰？他要去哪裡？他什麼時候回來的？難道不可能——」

副隊長制止了自己的話，轉向菲爾博士。

「難道不可能，」他又說，「這完全符合那個你我如今共同認爲的理論？」

「確實符合。就算不說超自然的那部分，這也是個很不得了的小插曲。而這需要私下會談一番。」

「我想是需要的。來吧。你從潘寧頓．巴克里那裡問到了什麼？」

「一切我所希望問到的。從沒遇過像他那麼合作的人。艾略特，我們愈來愈近了。」

「可能吧，雖然不見得會有用。各位，我們失陪了。」

他大步走出去，菲爾博士笨重地跟在他身後。房門關上，留下受到震撼的斐伊面對著受到震撼的迪蕊，房裡的情緒溫度一下子增加了好幾度。

「所以呢，」斐伊叫道，「那個差勁的小女僕溜出去約會。眞是令人震驚啊，不是嗎？別人不會做出這種事的，不是嗎？」

「如果她們有任何自制力的話，」迪蕊回道，「我確信她們一定不會的。但我不想爭論這個問題，親愛的斐伊，讓你和葛瑞去討論這一點吧。我失陪了。」

房門再度關上。情緒溫度仍然高漲。

「怎麼？」葛瑞質問。「你們那兩句話是什麼意思？我們現在又要做什麼？」

「我們再放唱片。」斐伊的眼神強烈卻又遙遠。她衝向那台音響。「你聽聽好嗎?」

高昂的音樂聲再度揚起,房裡滿是聲音,像裝滿了水的碗。

「在這裡,你會聽到好幾個主題。」斐伊說。「其中一個是一首叫做『親愛的,在我心深處』的歌的片段。然後是那首有名的飲酒歌。你等著,聽那歌詞。其中一些句子相當具有啓發性。」

音樂的節奏變了。鼓聲敲起。歌詞是一個年輕男子強有力的獨唱,向他的戀人表達愛意,曲調輕快鼓舞人,但又有一點陰險。

喝吧、喝吧,為那如星辰般明亮的眼睛而飲,
那雙眼睛照耀在我身上(我身上),
喝吧、喝吧,為那豔紅甜蜜的嘴唇而飲,
那嘴唇就像樹梢的果實(果實!)
願那雙明亮的眼睛會閃耀著
溫柔、信任的光,早日照進我的眼睛……

「你聽到了嗎?」斐伊叫道,此時對方走向音響。「葛瑞!你在幹什麼?」

「我要把這該死的東西關起來。」他這麼做了。沉默像滅燭帽一樣籠罩下來。「你說

啓發性？這四十年前的輕歌劇有什麼啓發性？迪蕊說的對，斐伊，你是怎麼回事？這些有什麼用處？」

「我在想案情。」

「這件案子？」

「當然。這件差點變成謀殺案的案子。」

斐伊努力地吸氣。她朝上瞥向那些男神女神——戰神馬斯與維納斯，阿波羅與達芙妮——在天花板上永久不變的愛戀姿態。

「『溫柔、信任的光，早日照進我的眼睛』。葛瑞，你告訴我菲爾博士今天說的話的時候，並沒有洩漏什麼祕密。他說動機是結合了性愛和金錢。唔，有罪的是誰？又是哪個女人引發的？」

「等一下，我的女娃。等一下，放輕鬆點！我不要讓你又歇斯底里起來。」

「歇斯底里？又？」

「昨天晚上在火車上你冒出了各式各樣的瘋狂理論。其中一個是說尼克·巴克里說不定是假冒的，根本不是他本人。那是最瘋狂的一個。我們知道他就是尼克·巴克里，他跟這整件事沒有關係。同時……」

「怎麼樣？」斐伊追問，眼神專注。「我們知道他跟這件事沒關係，這點我們都同意。同時……怎麼樣？」

「我一直在擔心。」

「擔心什麼？」

「他們一再重複說——艾略特自己就指出了這一點——尼克沒有理由要殺他叔叔。艾略特不知道你我所知道的事。尼克和迪蕊已經相愛四年了——無助，想反抗這個狀況，他們的精神壓力比你或我更大。這就是動機。」

「那麼你的意思是？……」

「不，斐伊。不是。」葛瑞來回踱步。「就算我懷疑尼克的清白——但我並不懷疑，因爲我了解尼克——但他特別是我們絕不能懷疑的人。某人開那一槍的時候，他正跟艾略特和菲爾博士在一起。他沒有牽連在裡面。警方自己的人就可以證實他的不在場證明。」

「但那一槍是誰開的？那個故意或不經意引發某個人殺人動機的女人又是誰？你知道那個女人應該是誰嗎，葛瑞？」

「誰？」

「應該是我。」

「你瘋了嗎？」

「我希望沒有，但我不知道。請你別這麼生氣，別罵我。」斐伊雙手緊緊握拳。「我是那個可疑的人，我是那個未知數。到最後，就像在許多推理小說裡一樣，我不就應該是一切背後那個貪財又冷血的壞女人嗎？這聽起來怎麼樣？」

「不怎麼有說服力。除非他們想要主張我是凶手，離開撞球室去動手殺人，而你負責提供不在場證明，否則這根本說不通。或者——你還跟其他什麼男人有牽扯？」

「沒有、沒有！我已經告訴過你了，我說的是實話。巴克里先生喜歡我，我想佛提斯丘醫生也是，但不是你說的那個意思。我對天發誓，葛瑞，自從我認識你之後，就再也沒有別人了！」

「所以這都是你想像出來的？我就知道。你又照例半夜三更亂想、折磨你自己了？」

「你不了解，葛瑞。你沒有經歷過那種惡夢，那種被懷疑的惡夢。我經歷過。是的，這或許大部分都是我想像出來的，但其中或許也有你我都猜想不到的東西。

「昨天晚上他們告訴我，說我的嫌疑洗清的時候，我簡直快要飛上天去了。但那感覺並不持久。你或許信任警察，但我不信任。他們說的是實話嗎？菲爾博士本人說的是實話嗎？說不定根本沒有什麼引發別人殺人動機的女人，他們只是要設陷阱抓那個殺人未遂的人呢？任誰都猜得到那個人可能是誰。『算了吧，斐伊・娃朵，或者斐伊・蘇頓，或者不管你改成什麼名字。我們知道你。你就是我們要抓的人。你何不明理一點，自己招了呢？』」

「聽著，」一個雷鳴般的聲音說，「實在不能這樣繼續下去。」

音樂室的門大開著。基甸・菲爾博士像座山似地站在門口，把手杖移到左手。

「抱歉我來打岔。」他用比較溫和的語調繼續說。「但也該有人打岔了。要是你再繼續這樣下去，娃朵小姐，我們就又得送一個人進醫院了。現在該有人扮演伊底帕斯了——不是那個大衆心目中的伊底帕斯，一般人似乎相信他出生在維也納的一家精神病診所裡，而是那個解謎的伊底帕斯。如果你允許，我想回答幾個謎題，揭開幾個面具。可以嗎，娃朵小姐？」

斐伊看來絕望，跑向葛瑞縮在他身旁。

「我當然允許！倒不是說我同不同意有什麼差別，但你當——當然可以！只要……」

「只要我不說謊、不設陷阱？請放心，我的窈窕淑女，不會有謊言或陷阱衝著你來，那些你都已經受夠了。我只是要請你以及對與你有關的事非常關切的安德森，跟我一起到圖書室去，那裡是這所有紛擾的根源。不用害怕，我請求你！請這裡走。」

葛瑞攬著頭靠在他肩膀上的斐伊，盡可能平撫她的顫抖。他跟在菲爾博士後面，帶著她穿過燈光黯淡的通道，走到圖書室門前。在門口他們碰到一臉嚴肅的艾略特從裡面出來。

「看起來，」菲爾博士說，「這屋裡是一片寂靜。大家都到哪去了？」

「畢竟」——艾略特看看錶——「現在已經快午夜了。他們都上床睡覺了，或是說要上床睡覺了。除了佛提斯丘醫生，他還在醫院。但這裡的門都沒鎖。他們從來不鎖門，他隨時都進得來。」

「還沒有跡象？」

「沒有。」艾略特沿著通道走開。

圖書室裡也是一片寂靜，還有若干緊繃的氣氛。只有一盞燈開著，是書桌旁那盞立燈。房裡現在整潔多了。打破的窗戶修好了，桌上的紙張收拾整齊，地毯上的血跡也幾乎都刷洗乾淨了。衣帽間和書櫥的門都緊閉著。菲爾博士環顧四周，看著一牆牆的書架、織錦椅、褪色的地毯與窗簾。

「這裡，」他說著，從口袋裡掏出一個鼓鼓的菸草袋和一支海泡石大菸斗，「很適合進行某些解釋。這裡不只是犯罪現場，從另一個角度來看，這裡也是潘寧頓·巴克里的小窩。

「他是個奇特的人物，潘寧頓·巴克里。你們自己也看過他，你們聽過喜歡他和不喜歡他的人怎麼形容他。巴克里全家人的幼稚特性，從老柯羅維斯對彈珠台的喜愛，到艾斯黛那些不太幽默的惡作劇，在他身上特別顯著。但我們應該譴責這一點嗎，既然我們自己的本性中就有許多幼稚成分？有時候他也許不是很容易相處，但我們也應該譴責這一點嗎？既然我們自己的心裡就有許多魔鬼？

「除了熱愛過去之外，他最突出的性格特質是什麼？敏感又憤世嫉俗，天性善良卻又愛發脾氣，喜歡神祕和祕密的事。從最恐怖的鬼故事——這是他的專長——到最機巧的偵探小說。潘寧頓·巴克里是個變質的浪漫主義者，某種知識分子型的彼得潘。我要重複一次，這裡是他的小窩。他在這裡閱讀，在這裡口述信件，在這裡悶著頭想事情，在這裡……」

「思考他要寫的那個劇本？」斐伊接口。

「娃朵小姐，」菲爾博士尖銳地說，「他告訴過你說他要寫劇本嗎？」

「唔！當然啊！他說……」

一下拿菸斗、一下拿菸草袋的菲爾博士，坐在一張背對通往起居室那扇門的龐大織錦椅上。斐伊坐在他對面一張比較小的椅子上，葛瑞則倚著椅子的扶手。

「他是否真的這麼說過，」菲爾博士堅持，「當別人直接問他的時候？根據昨天晚上眾多在這間房間裡聽到他講話的證人的說法，他說的是，他這段時日以來在『準備一齣戲』。」

「『準備一齣戲，』」葛瑞引述道，「『它將探討人類在壓力之下的行爲』。他似乎很執迷於這齣戲。凌晨兩點半的時候，我到他的房裡去，他在鎮靜劑的藥效之下半昏半醒的時候，一直在說『準備一齣戲』。」

「嗯，有什麼差別？」斐伊問。「這都是同一回事，不是嗎？」

「在這件案子裡，」菲爾博士回答，「是非常不同的兩回事。」

菲爾博士裝好菸斗，拿起一根火柴一擦椅側，點燃了菸斗。

「請記住，」他繼續說，「一直到今天我跟巴克里先生長談好幾次之前，我都沒見過他。就某種程度而言我覺得我認識他。我們通過很多信。」

「而且他把你找來，不是嗎？他寫了封短信給你！」

「不，娃朵小姐，他沒有找我來。」

「但是——」

「對那第二封據說是出自他手筆的手寫短信，當時我雖然不是絕對懷疑，但卻覺得裡面有些句子不太像他的口吻。現在我們可以判定那是艾斯黛．巴克里假造的。我的名聲使她有很多期望，但我與她的指望不合，所以她就很倒胃口地把我丟到一邊去了。那封信確實不是潘寧頓寫的，之後他承認了很多事情。他不希望我在這裡，他根本不會找我來這裡，這點他也承認了。」

「唔，」葛瑞說，「他為什麼不希望你在這裡？」

「因為他怕我。」菲爾博士回答。「別忘了，呆頭呆腦的老傢伙也可以很幼稚。」

「怕你？」

「從一開始，先生，我就意識到這其中有兩種元素，一種是彼得潘元素——幼稚，相當醜陋，不過與犯罪無關——另一種是虎克船長元素——也很幼稚，但比較成人，而且聰明得很惡毒——在相互拉扯。你和艾略特和尼克．巴克里的理論，在我看來犯了個大錯。你們認定扮鬼的跟犯下罪案的是同一個人。」

「不是這樣嗎？」

「不是這樣。幾乎我們所有的混淆困惑都是由此而來。」菲爾博士噴出一大片煙霧。

「今天下午，我對我所相信的事情做了點暗示，我說那個鬼曾三度出現在三個人面前：多年前柯羅維斯・巴克里看到過，還有今年四月同一個星期裡，艾斯黛・巴克里和提芬太太看到過。在動手處理扮鬼的這個問題時，我問你們這三個人有什麼共通點。」

「但我還是看不出來！」葛瑞抗議道。「如果你要回答謎題、除去面具，現在就該這麼做了。這三個人到底有什麼共通點？」

「他們每個人，在不同的時間、出於不同的原因，都跟潘寧頓・巴克里起過衝突。」

斐伊在椅子上縮起身子。葛瑞站了起來。

「菲爾博士，我再告訴你潘叔叔昨晚還說了什麼。他當時正在對抗全世界、或者對抗鎮靜劑、或者兩者皆是。『別在這屋子裡的這些人當中待太久。』他說，『他們大部分人都對謊言和愚行上了癮；而我，錯在我，我是當中最糟糕、最愚蠢的一個。』」

「嗯，沒錯，」菲爾博士同意道。「他大半夜都在講類似這樣的話。他深深陷在悔恨的深淵裡，那段記憶讓他痛苦地叫出聲來。」

「悔恨？」葛瑞重複說。「老天爺，先生，這下子我們又到了哪裡？你是說潘叔叔就是那個罪犯，這一切惡劣的事都是他做的？」

菲爾博士把他手杖包著金屬的底端在地板上敲了敲。

「不，他沒有犯罪。」然後他提高宏亮的聲音。「但扮鬼的那個人就是潘寧頓・巴克里自己，他也是這間屋子裡唯一一個曾經扮過鬼的人。」

CARR

CHAPTER 17

第十七章

「菲爾博士，你瘋了嗎？」

「我誠心希望沒有。」

「那昨天晚上出現的鬼又怎麼說？」

「我親愛的安德森，昨天晚上沒有人看到那個鬼。」

「但是——」

「先生，」菲爾博士不耐煩地說，「你想想證據好嗎？」

他猛然站起來，菸斗裡散落出菸灰。他那斜視的眼睛從對方兩人的頭上方看過去，盯著圖書室那扇左側的窗戶。

「現在我舉證的事實，」他繼續說道，「是來自尼克·巴克里頗費一番口舌告訴我的一段家族歷史。我相信，這跟他星期三在西斯皮斯俱樂部跟你共進晚餐時所說的一樣。就讓我們開始重建事實吧，這是有用處的。

「一九二六年春天，潘寧頓·巴克里才二十二歲，尼克最多不超過兩歲，當時綠叢受到了爆炸性的震撼。年輕的潘·巴克里跟父親大吵一架，也跟艾斯黛起衝突之後，不聲不響地打包離家。接下來聽說他消息的時候，他已經在布萊頓跟一個年輕的女演員同居了，那個女演員的名字——多年後由艾斯黛口中說了出來——是梅薇斯·葛雷格。

「後來葛雷格小姐發生了什麼事我們不知道，也不是很重要。我們知道的是，同年九月（尼克是這麼告訴你的）潘寧頓·巴克里就回到了這裡。他仍然很少說話，聳聳肩面對咆哮，外表看來沒受到什麼影響。他任人指責，並沒有還口或辯解。但在十月一日——注意這個日期——十月一日柯羅維斯就見到了鬼。

「在接近黃昏的時候，他站在那扇窗戶旁邊，看到一個穿著長袍、帶著面紗的人影從花園的東面入口走出來。它的模樣看起來就是這棟房子特有的那個鬼；它在秋天的草坪上移動著；它突然朝他跑過來，彷彿打算把他抓走。而那個鋼鐵性格的柯羅維斯被嚇得暈頭轉向。

「那是誰假扮的？不太可能是柯羅維斯那個實事求是的長子，更不可能是那個把他視爲偶像的女兒。但是潘寧頓呢？你開始明白了嗎？」

「是的，我明白了，」葛瑞說，「而且情況很符合。潘寧頓假裝他父親的怒氣並不太會煩擾到他。但是——」

「但是他難道不生氣嗎？難道不嗎？於是他想出了這個計畫。當時他還是個年輕人，比現在更沒有顧忌。他那些道具——長袍、面罩、其他任何他認爲需要的東西——都很容易買到或製造。柯羅維斯假裝不怕鬼、不相信有鬼，是嗎？好，潘寧頓就要讓他好看！他疑心這個暴君有這麼個弱點，所以他就要攻擊這個弱點，他要把那老暴發戶嚇個魂飛魄散。

「於是他就這麼做了——雖然之後他掩飾起來，甚至愚蠢地發誓說他從沒聽說過這件事。」

菲爾博士的菸斗熄了；他拿根火柴往褲子的臀部一擦，重新點燃菸斗。

「時間一年年過去，時間就是有這種習慣。人可以適應習慣任何東西，甚至是習慣柯羅維斯．巴克里那種人，潘寧頓也設法做到了。他用過了超自然的武器，他勝利了。但以後他使用它一定要非常小心。這張王牌他打過一次了，一定不可以再對同一個人使出這一招，以免別人懷疑鬼是他扮的。有時候生活令人非常不愉快。但他有他的夢想世界。藝術、文學和音樂可以撫慰很多人。

「而且他有別的撫慰。那個年輕人不再年輕了。他年紀漸漸大了，他感覺自己開始走下坡。在年紀相當大的時候，他十分神速地認識、愛上、娶了一位年輕女士，就是我們所知的迪蕊．巴克里。然後呢？」

「然後呢？」斐伊質問。

「情況並沒有變得更糟。如果說有變化，也是變得更好了。老柯羅維斯喜歡潘寧頓的新婚妻子。她很有魅力，這點我們都知道。她看起來健康、坦率、不複雜。潘寧頓有理由相當滿意地展望未來。老爸不可能永遠活下去。等到這個障礙除去了，天空就會一片靜謐，夢想就會載著他飛向幸福。

「事情似乎進行得很順利。柯羅維斯感染肺炎死掉了。但我們知道後來發生了什麼事：靜謐的日子過了不到一個月，那個菸草罐就摔碎了，露出第二份遺囑。狡猾的柯羅維斯進了墳墓還能再打擊他一次。而我必須首度告訴你們，對潘寧頓．巴克里來說，當時還有比這更糟糕的事。」

「更糟糕？」斐伊重複。

「更糟糕得多。他不只是失去了一切，而且還有一個新的繼承人要從美國來。的確，尼克・巴克里說他不打算要這棟屋子。但這話可以相信嗎？要不是我有所提到的環境因素，他或許會相信。潘寧頓身邊總是有某個人在製造疑慮、說著恐懼的耳語、把毒素往他的耳朵裡灌。」

「某個人。」斐伊開始劇烈顫抖，使葛瑞再度坐回椅子扶手上。「你說某個人？」

「正是。想想看。但在那些耳語達成功效之前，想想這之間發生了什麼事。潘寧頓・巴克里的心境已經很苦澀、很悶悶不樂了。而在發現第二份遺囑到能對此做出任何決定之間，那個鬼在一星期內出現了兩次。

「鬼有出現在他認爲支持他、親近他的人面前嗎？鬼有出現在他眞心愛著和珍惜的迪蕊面前嗎？有出現在他誠心喜歡的你面前嗎，娃朵小姐？有出現在他喜歡且以其恩人自居的佛提斯丘醫生面前嗎？沒有。這些人都沒有見到鬼。見到鬼的是提芬太太，還有艾斯黛・巴克里。

「而這兩個人，我認爲，是另一個不太一樣的情況。

「現在我們必然都已經看出，」菲爾博士把煙霧揮開，繼續說，「艾斯黛只要一見到她哥哥就一定會嘮叨或者斥罵個沒完。她可以、也確實發瘋似地說個沒完沒了。他在她面前可以控制住不發脾氣，雖然控制得滿困難的。他可以安排每年給她一筆錢，而且如果這產業繼續歸他所有，他確實會這麼安排。但他眞的喜歡她嗎？你自己回答這個問題吧。

「提芬太太呢？關於廚師的部分，他只有暗示而已。提芬太太自己提供了部分解釋，不過我認爲她的解釋並不正確。這兩個人處不好。根據提芬太太的看法，潘寧頓・巴克里相信她是故意要做些惹他生氣的事；至於他則是認爲——很簡單，可能也很正確——她的手藝很糟。他絕對不會辭掉一個做了十八年的僕人，就像他絕對不會讓艾斯黛窮苦伶仃一樣。他絕對不會擾亂現狀。但他能怎麼做呢？

「我要強調，當時他的情緒已經是很苦澀、很悶悶不樂了。更火上加油的是，他妹妹和廚子還要在家裡跟他起磨擦。她們不喜歡他，嗯？她們合起來對付他，是吧？好啊，他就要讓她們好看。好啊，這一定會嚇到她們！因此鬼就出現了兩次，消失的方式我們則已經猜到了。」

斐伊做了個抗拒的手勢。

「菲爾博士，」她叫道，「如果你這麼說，那我就相信！」

「這麼說的並不只我一個人，娃朵小姐。」

「還有誰？」

「潘寧頓・巴克里自己。」

「當然，如果他承認了，我是一定要相信的。但是，除非他半瘋了……」

「他一點也沒有瘋。」

「哦，你愛怎麼認爲就怎麼認爲吧！但那麼多年以前的事是一回事，今年發生的事又是另一回事。巴克里先生居然會這麼做，像個在廢棄屋子裡惡作劇的男孩？」

「正是。」

「他這個年紀的男人？這眞是怪異又愚蠢！而且，不管你怎麼說，他這麼一個文明的男人？」

「我們的品味也許文明，或至少我們是這麼抬舉自己的。我們的情緒也總是這麼文明嗎？所謂年紀會帶來智慧，這種說法與人類的經驗不合。這是性格脾氣的問題。而且我要問你另一個問題。你認爲你絕對不可能做出像巴克里所做的這麼愚蠢的事，但如果你眞的做了這麼愚蠢的事，你會願意承認嗎？」

「不會！」斐伊頹然收聲。「我了解你的意思了。我錯了，我不該那麼說的。原諒我！沒有什麼怪異或愚蠢的事情是我做不出來的。我有什麼資格評斷別人？」

「你自己就有點浪漫主義者的調調。我要勸你，克服你那種悶著頭亂想的傾向。你有享受生活的天分，但那要你容許自己運用它才行。享受生活吧，娃朵小姐，讓安德森幫你的忙。同時……」

「同時，你剛剛正說到，巴克里先生決定扮鬼。我知道他做了這個決定。我看過他在口述信件或者只是在朗誦時的樣子，他會非常忘我。他把自己想成了那個老法官的鬼魂。

他要扮演那個老法官，把那兩個女人嚇得閉嘴。他沒有成功，但那不是重點。他用了什麼道具？不可能是將近四十年前他用的同一批東西吧？」

「不，不是。」菲爾博士用菸斗指著。「那些東西——長袍、有眼洞的黑絲面罩，甚至一雙尼龍手套——他是在伯茅司弄到的。艾略特搜索屋子的時候沒找到東西並不令人意外。一直到巴克里自己告訴我們之前，我們根本無從得知東西就在他房間裡，藏在他當時躺著的床墊底下。」

「他當時躺著的？」葛瑞質問，一手放在斐伊肩膀上。「他現在不在那裡嗎？」

「此時此刻，套句俗話說，他是全神貫注地坐起來了。但他很衰弱，而且滿心悔恨。」

「又是悔恨？」斐伊相當不屑地說。「但為了什麼？為了嚇到那個潑婦艾斯黛？」

「為了那一點，」菲爾博士回道，「也為了其他的事。容我繼續講故事，請記住他從四月到現在之間那苦澀沮喪的心境。就某種程度而言，他扮鬼是一種反擊。但黑色的沮喪爬在他背上，還有個黑色的偽君子在他耳朵邊傾倒毒素。這個折磨他的人在他耳邊說，那個新繼承人就要來了。潘寧頓·巴克里會變得一無所有，不再是這棟宅邸的主人，會永遠被趕出綠叢。因此他決定……」

「菲爾博士，這個折磨他的人到底是誰？」

「娃朵小姐，一定有證據指出這一點吧？」

「我不知道！」斐伊打著冷顫。「有時候我似乎以為我知道你要講什麼，然後卻又變得一團模糊。但這個折磨他的人也就是我們要找的凶手？」

「是的。」

「那麼請你繼續說下去，告訴我們。我不會再打岔了。巴克里先生決定——決定什麼？」

「他已經到了盡頭。黑色的沮喪和藍色的憂鬱贏了。正如好幾個人所擔心的、某個人所熱切希望的，他決定自殺。」

菲爾博士的菸斗又熄了，這次他沒有再點燃它。他把菸斗放回口袋裡，笨重地走過另兩人身旁，到書桌處，然後轉過身來。斐伊和葛瑞都站起來轉過去面對他。立燈明亮地照在書桌和吸墨紙上，後方沒拉窗簾的窗戶浸在銀色的月光中。

「於是他決定自殺。昨天晚上在這間房間裡，面對一群證人，他幾乎是承認了他企圖這麼做。安德森，我要請你回想昨晚。

「他決定要自殺了，那麼要怎麼做呢？他有一把左輪槍；他有一盒子彈；左輪槍裝滿了子彈。但事情不只是這樣。雖然他絕望不已、非常認真地想這麼做，但還是抗拒不了戲劇化的場景和戲劇化的色彩。

「他妻子到布羅根赫斯車站去接新繼承人了，大約十點會回來。其他人會跟她在一起——包括，至少他是這麼以為的，那個他故意派去辦事的祕書，她跑那一趟其實根本沒必要，那些書大可以寄給他。他們所有人都將聚在一起見識到這史詩般的行動。時間很快就會到了。當他聽到車子開進來的時候，他會站在書桌旁這張織錦椅前面，舉起手槍，朝自己心臟開一槍。」

菲爾博士用力喘著氣，用手杖戳戳那張織錦椅。

「想像一下，安德森，」他繼續說，「假裝時間再度回到你昨晚坐車來這裡的時候。但這次想想他心裡在想什麼。他打了一封要寫給《泰晤士報文學增刊》的信的草稿，度過了在這個世界上的最後一晚，至少他是這麼相信的。他的準備都完成了，黑夜逐漸降臨，他聽見車子的聲音了。他把槍舉在胸前——但並沒有眞的抵著胸口，自殺的人很討厭傷到自己——然後咬牙扣下了扳機。

「一聲槍響，一陣令人呆住的震驚，火藥燒灼他吸菸夾克的胸口，傳來一陣疼痛。然後——什麼事也沒有。他跌坐在椅子上，還是什麼事也沒有，只有令人驚恐的反高潮。他的妻子掉包了槍裡的子彈，他朝自己射了一發空包彈。」

斐伊舉步朝前，但仍然保持沉默。開口的是葛瑞。

「然後呢？」葛瑞問道。「緊接下來？……」

「我要說，」菲爾博士回答，「他一瞬間就想通了這一點。同時他也對自己的行爲感到徹底的嫌惡。他做得太過頭了，幾乎讓自己出了洋相。但現在他不再絕望了，他要轉過身來奮戰。

「他不會承認企圖自殺。他不會承認任何事。他可以迅速編出一個故事來解釋這一切，至少他是這麼以爲的。你自己也說過——事實上，好幾個證人都強調——你、尼克．巴克里和安德魯．多黎許，耽擱了好一會兒才繞過來跑到圖書室的窗前。

「所有證人都提到他臉上有身體疼痛的神色，他稍後也顯示出身體上的不適。這是有原因的。他被空包彈的塡紙擊中了。他身上穿著一件有火藥燒灼痕跡的吸菸夾克，底下的灼傷皮膚在作痛。至於空包彈的塡紙，他眞的把它丟到窗外了嗎？之後下了大雨，使警方無法好好搜索一番。或者，因爲衣帽間裡沒有廁所，他是不是打開水龍頭，把它沖下洗手台的水管去了？我會投後者一票。

「無論如何，在證人從窗子進來之前，眞正發生了什麼事？

「他把左輪丟在靠近左側窗戶的地上，匆匆跑進衣帽間。衣帽間的衣櫃裡有兩件夾克，跟他身上受損的這件很像。他把有火藥燒灼痕跡的夾克掛進衣櫃，匆匆穿上另外兩件中的一件。然後回到椅子上坐好，準備大展身手演戲。等到你們進去的時候，他的故事已經準備好了。

「在那之前，他對那個鬼的態度一直很矛盾。他矢口否認有鬼，希望藉此讓某些其他人——艾斯黛和提芬太太——相信有鬼。畢竟這屋子裡唯一鬧過的鬼就是他自己。而在艾斯黛身上，這招成功了。

「現在，他需要解釋左輪開的那一槍，所以就抓住那個形象，把它變成一個戴著面罩的惡意闖入者，對他射了一發空包彈。他出的紕漏，當然，就是在於他不知道左邊那扇窗子是關上鎖住的。他看到右邊那扇窗戶開著，以爲另一扇拉著窗簾的窗戶一定也開著。他的故事說得很好，他的聲音和神態有種催眠的力量。但臨時起意的說謊者常常就是在這些意想不到的枝節上出了紕漏。」

「這麼說，」葛瑞質問，「他的故事沒有一個字是眞的了？」

「關於那個戴面罩的闖入者？沒有。」

「但佛提斯丘醫生也確認了——」

「現在暫時先別管這一點。專心去想所有證人都進來之後，這裡發生了什麼事。」

那情景在葛瑞的腦海裡非常鮮明。

「菲爾博士，」他回話道，「你說的聽起來很眞實。我現在眼前就看到了又高又瘦弱的潘叔叔，那張憔悴的臉和有催眠力量的眼睛主控著我們，試著說服我們相信他的故事。他在精心安排的場景裡嘗試過自殺，結果失敗了。他描述那個扮鬼的闖入者出現；那也失敗，雖然我被說服了。現在我知道他當時一定有什麼感覺。他已經走過了好幾個不同的地獄……」

「而我們也可以推論，當時另外還有一個地獄正在爲他準備。所以我要你專心想，從十點多到快十一點之間這裡發生了什麼事。另外某個人一直在祈禱盼望他自殺，也看出他的嘗試失敗了，而且知道他爲什麼失敗。某個人猜到了一切。某個人看出這情況正好可以拿來利用進行謀殺，巴克里自己的謊言會提供完美的掩護。我要請你記得那一幕是在你眼前演出的。如果你專心去想，就會看出——」

菲爾博士突兀地停下來。圖書室朝通道的那扇門被艾略特副隊長打開了。他背後的通道是一片漆黑。艾略特手上拿著手電筒，一下開一下關。菲爾博士轉過頭去。

「現在，艾略特？」

「現在。」對方回答。「幾分鐘前。」他補充。「穩住，各位！」

菲爾博士喉間發出咕嚕聲。

「很好。哦，啊！走吧，中央大廳，我馬上就去。」

艾略特朝東走去，手電筒的光柱在前方黑暗的通道裡閃來閃去。菲爾博士朝斐伊和葛瑞眨眨眼。

「你們也聽到了，口令是：『穩住，各位！』」菲爾博士自己看來並不怎麼穩。「然而，你們兩個沒有理由不該待在一起。如果你們想看到這場戲的結局……」

「怎麼樣？」斐伊低聲說。

「安靜跟我來。」

菲爾博士把手杖夾在左手臂下，拿出一盒火柴。他伸出手關上桌旁的立燈。除了朝西的窗戶上銀色的月光，濃重的黑暗籠罩住這間見識過許多情緒的房間。然後火柴嚓的一聲，小小的火焰映照著斐伊的眼睛和嘴巴。

菲爾博士高舉火柴，以他那種笨拙的步態帶頭走向門口。葛瑞跟在後面，一手攬著斐伊的肩引導她。艾略特走的時候讓那扇門大開著，菲爾博士也將它保持如此。他帶著另兩人斜越過通道，朝右走向音樂室的門，那門也一如他們先前離開時那樣大開著。他把他們安置在音樂室一進門的地方。火柴熄了，菲爾博士詛咒一聲，點起另一根，以悶悶的聲音低語。

「可能會有事情發生，」他以他那種笨拙的方式說，「或者可能不會。如果有，就會在接下來的十五分鐘之內發生。你們待在這裡不要亂跑，不要離開門邊，不要坐下。前一兩分鐘你們可以講話，但之後就不要再講了，而且無論如何都只能小聲說悄悄話。如果你們看到任何人走進圖書室……嗯！不管你們看到或聽到什麼，都不要說話、不要動、不要插手干預。如果在我說的這段時間裡沒有發生事情，我們就必須用不同的方式結束這齣戲。如果發生了──穩住，各位，老天保佑我們！現在我失陪了。」

微小的火焰搖晃著，沿通道朝中央大廳前進，然後閃爍消失了。菲爾博士沒有再點一根，但就算在地毯上，他們還是可以聽見他那沉重的腳步聲。

月光從西側窗戶照進通道，在地毯上延伸了十二或十五呎。這棟老屋似乎是絕對的沉寂，連木頭的吱嘎聲都沒有。但是有某種聲響。葛瑞緊緊抱住斐伊好讓她不發抖，急切的耳語在黑暗中交錯。

「葛瑞？」

「噓！放輕鬆點！」

「我又沒有大聲說話，不是嗎？」

「沒有，但……什麼事？」

「如果我們看到任何人走進去，但為什麼會有任何人要到圖書室裡去？」

「我也許猜得不對，但我想不是圖書室。」葛瑞的想像力已經一發不可收拾。「我想是衣帽間。我想是潘叔叔。」

「巴——巴克里先生？他怎麼了？」

「他根本不在他房間裡。菲爾博士不肯回答這個問題。我敢說他一定是堅持要待在他的小窩裡，他們就在衣帽間的沙發上幫他鋪了床。」

「但是，葛瑞，為什麼要——」

「噓！拜託，噓！」

「菲爾博士說我們可以講一兩分鐘話的。巴克里先生為什麼要在那裡面？」

「如果凶手要再試一次，他們設下陷阱……」

「再試一次？明明每個人都知道有警察守著他？」

「眞的是每個人都知道嗎？至於說到菲爾博士的建議……」

「怎麼樣？」

「『待在一起，』他說，『你們兩個沒有理由不該待在一起。』也沒有理由不該待在一起更久吧？娃朵小姐，你願意下嫁給我嗎？」

「哦，葛瑞，這樣行得通嗎？有可能行得通嗎？」

「爲什麼行不通？看在老天的份上。因爲你或許認爲迪蕊和尼克不是認眞的，是這樣嗎？」

「不，不是！我認爲——」

「會行得通的，我的甜蜜女巫。一定要行得通！」

「葛瑞、葛瑞，現在是誰說話大聲了？」

「我愛說多大聲就說多大聲。過來這裡。」

「親愛的，我就在這裡啊。我要怎麼更靠近？」

「嗯……」

但他沒說話，不管是大聲還是小聲；不需要說話了。他們吻了好一會兒，想像力往另一個方向一發不可收拾。他不知道他們吻了多久。遠處有低沉宏亮的鐘聲，敲了午夜過後一刻鐘，他聽出是起居室裡那座長鐘。過了一陣子，斐伊勾住他脖子的右手臂突然伸出去，好像要指什麼。葛瑞——神經緊張，眼前的幻夢全消——嚇得不知如何是好，直起身子來。

有人在黑暗的通道上，從中央大廳的方向拖著腳步走過來。

他也沒辦法確定眞的聽到了。抓住他注意力的與其說是一種可以辨識的聲音，不如說是一種有某處在動的印象，一種空氣的擾動，一種有人在不懷好意地接近的感覺。這個在走的人慢慢接近，摸索著路。他眞正聽到的第一個聲音並不是腳步聲，而是一種微弱、輕聲的刮擦，彷彿有金屬慢慢地拉過一個硬的表面，然後再拉。

在葛瑞和斐伊等著的音樂室門口，進行了一場沉默的掙扎。在微弱的光線中，他勉強能看見她的臉，她的眼睛睜得好大。她沒有說話，但她的眼睛傳達出來的訊息清晰得幾乎可以聽見。

「你該不是要過去那裡吧？」那雙眼睛懇求著他。「他叫我們待在這裡。你不會是要過去那裡吧？」

「我必須過去！」他自己的眼神回答。「有人在朝圖書室走去，就快走到了，而且……」

然後他明白了。

從西側窗戶照進來的月光已經又前移了幾吋，照到圖書室門口的西側邊緣。那個在黑暗裡潛行的人不再完全置身黑暗中，而是短暫地被月光的邊緣觸及，他遲疑了一下，走進那扇開著的門。月光照在他手裡拿的某樣東西上反射出光亮，葛瑞認出了那鬼鬼祟祟的聲響。潛行者懷著某種意圖進入圖書館，正在將一把直刃式刮鬍刀在另一手拿著的磨石上磨快。

這可不行。葛瑞掙脫試著抓住他的斐伊，大步走過通道。但他沒有發出聲音。他停在圖書室門口，眼睛在月光斑駁的房間裡搜尋走在他前面的那個潛行者。神祕和謎題終於要結束了！未知者的臉終於要看見了！爲了這受到熱切期盼的精彩結局，就算潛行者轉過身來攻擊他，也是値得冒這個險的。

但潛行者沒有攻擊他。潛行者沒有轉身。潛行者沒注意到他。他手上那塊上了油、包在破布之類的東西裡的磨石，一定是收進了他的口袋。從他左手裡射出一道小手電筒的窄窄光柱。他朝壁龕裡的衣帽間走去。葛瑞跟在他身後四步。他伸手去握門把，打開了門，細細的光柱探進去。他右手的刮鬍刀已經備妥，試驗性地在空中從右到左揮了一下。他朝衣帽間踏進一步……

「哎呀呀！」一個熟悉的聲音說。

尖銳的喀噠一聲。燈光大亮，葛瑞一時間什麼都看不見。然而就算在那時候，直到他幾秒鐘後恢復視力，他腦海裡都清楚留下了潘寧頓．巴克里的影像，他在沙發床上靠坐著，背後枕著靠著牆的枕頭。潘寧頓．巴克里也是一時間看不見東西，他手上握著一條長長的電線，連接到懸垂在上方的電燈泡。但即使他什麼都看不見，也無礙於他對站在沙發尾端處的潛行者發話。

「進來吧，我親愛的朋友。」那個渾厚的聲音說。「你又試了一次，嗯？但當然，這一次是要他們認爲我割了自己的喉嚨吧？好了，督察長，現在你最好把他帶走吧。」

潛行者陡然轉身，低著頭似乎要衝向前攻擊。葛瑞的視力逐漸恢復了，他身後發出轟隆一聲，是書櫥那間的門砰然打開。一嘴張牙舞爪鬍子的哈洛・維克督察長以不祥的姿態大步從壁龕裡走出來。

「請讓開，先生！」他對葛瑞說。「我們這裡不想有人插手。」他對潛行者說，「安德魯・多黎許，我以謀殺潘寧頓・巴克里未遂的罪名逮捕你。我必須警告你，你說的一切都會被寫下來，可能會在你受審時當作證據。」

CARR

CHAPTER 18

第十八章

那間非常吸引菲爾博士的酒館，是布萊克菲的「漢普郡侍從」。六月十四號星期天，在布萊克菲更過去一點的佛利，煉油廠火光將夜空映成橘紅。牆上罩著紅色燈罩的燈將「侍從」的雅座酒吧照得舒適宜人，有一場算是小型派對的活動正在這裡進行。

基甸．菲爾博士盤據一角，面前的桌上放著一大杯麥酒。斐伊坐在他對面，正在啜飲她的第三杯香檳雞尾酒，一側的尼克．巴克里喝著蘇格蘭威士忌加蘇打，另一側的葛瑞．安德森則喝琴酒調製的雞尾酒。煙霧幸福地籠罩著他們。

「所以是老寇克加利托頓幹的囉？」尼克大聲地說。「好吧。但是他爲什麼這麼做？你是說他幹下這麼多壞事，是指望得到迪蕊？」

「是的，」葛瑞回嘴道，「只要你閉嘴五分鐘，讓菲爾博士好告訴我們。」

「我閉嘴，」尼克宣布，「我乖乖閉嘴。從現在開始，跟我這永恆不變的沉默比起來，獅身人面像根本就是個吵鬧的話匣子，而教友派的聚會也像是八卦菜市場。好啦，索隆，告訴我們內幕吧？」

菲爾博士放下他的海泡石菸斗。

「請容我從最開始講起，」他說，「而不是像我剛才那樣似乎從一半開始說。我們不妨從安德魯．多黎許這個人想起。

「我第一次見到這位先生是星期五晚上，當時他出來招呼艾略特和我，講了很多話卻沒有提供什麼資訊。之後他穿上了他兒子留給他的那件雨衣，拿起一個裝得滿滿的公事包，然後（或者看起來是）開著他的車走了。

「記住那件雨衣——一件輕型的藍色長雨衣，之後我們有看過，掛在他辦公室外面的走道上。也記住那個公事包。我們稍後還會回來講這兩樣東西。

「我想，把他呈現在世人面前的假面跟他私下的眞面目做一番比較，是頗有意思的。那假面是一個堅定的、實事求是的、相當沒有想像力的家族老友。眞面目他雖然努力隱藏，但還是不時會顯露出來，那是一張很不同的臉。他很聰明，反應靈敏；他說的每一個字背後都帶著一種嘲笑意味。他並非沒有想像力，正好相反。當他忘記假裝的時候，即使只有一刻，他的舉止就變得跟潘寧頓．巴克里一樣戲劇化。他最突出的性格特質就是虛榮。這個人充滿了虛榮。他有擺姿態、顧盼自得的傾向，這一點要不注意到也難。我相信潘寧頓．巴克里就有對這項特質發表過評論吧？」

尼克一拳敲在桌上。

「潘叔叔發表過評論？可不是嗎！『你去吧，安德魯。』」尼克引述道。「『拜託你，別站在那裡一副顧盼自得的樣子！你的頭腦很不錯。』還有，『但別站在那裡顧盼自得，好像麥考雷在做評斷一樣。』這是眞的，不是嗎？」

「是眞的，」菲爾博士同意道，「這個傾向非常明顯，就像安德魯．多黎許熱愛照鏡子這一點一樣明顯。」

「鏡子！」尼克又敲了一下桌子。「我的天，當然了！圖書室裡的壁爐上方有一幅威尼斯式的大鏡子。他站在那裡、站在迪蕊旁邊的時候，一直朝鏡子瞄他自己。對，我注意到了！但我怎麼也想不到……」

「或者，甚至在沒有鏡子可照的時候，」菲爾博士說，「還是有擦亮的銀獎牌和擦亮的書櫃玻璃門等等可以照。這些在他的辦公室裡都有，我們星期六就去過那裡拜訪他。

「不過眞抱歉，各位女士各位先生！我又跑到故事前面去了，現在我要回到這個故事。

「星期五晚上快十一點的某個時候，潘寧頓．巴克里胸口被開了一槍。這不是他企圖自殺、卻因爲空包彈而失敗的那一次，那我已經跟你們描述過了。這次是眞正的攻擊，眞正想置他於死地。

「我們已經聽過了很多證詞。我們聽過了四個人——巴克里太太、尼克、葛瑞．安德森和安德魯．多黎許——從布羅根赫斯開車到撒旦之肘時一路上說了什麼。我們聽過了七個人——前面的這四個，加上潘寧頓、艾斯黛和佛提斯丘醫生——在圖書室裡說過的一些重要對話，在潘寧頓十點四十把大家趕出來之前。在這些事情中，這位可敬的律師開始顯得非常奇特。」

「怎麼說？」尼克問。

「你們三個在滑鐵盧搭火車的時候，他已經在堅持潘寧頓有自殺的可能。他沒有強調得太過火；他覺得自己講過頭了，於是加以收斂；但他還是一直在這麼建議。他訴苦說他非常擔憂潘寧頓會自殺，要是有辦法預防這一點就好了！

「然而在開車到綠叢的路上，你們又得知了什麼？潘寧頓．巴克里有一把點二二左輪槍。『那把左輪槍是個錯誤，』安德魯．多黎許說，『我實在不應該允許他買的，更不應該教他怎麼用。』我想多黎許確實有這麼說吧？」

「一字不差。」葛瑞同意。

「哦，去他的吧！」菲爾博士做了個苦惱的表情。「要記得，多黎許不只是家庭律師，他也處理刑事犯罪案件。他認識警方，警方也認識他。如果他真的想要阻止巴克里買槍械，私下跟警方打個招呼應該就行了。這樣巴克里永遠不會知道是怎麼回事，但是他會拿不到執照，也就買不了左輪槍。要這麼做容易得很，我可以引述一些這麼做的實例。但多黎許什麼也沒做。他說的這些假惺惺的話指出了兩件事：他可能對槍械的使用很精通，這點我們現在已經知道是事實；還有就是，在他扮演巴克里好友的面具底下，潛伏著醜陋的一團混亂。他對巴克里太太那種誇大、表面上看來是父親式的感情……」

「一點也不是父親式的？」斐伊問。「星期五晚上很晚的時候，我聽到艾斯黛又做了另一個似乎命中事實的離譜猜測。她說他對迪的興趣超過應當有的程度。這是真的，不是嗎？」

「是的，娃朵小姐。艾斯黛的猜測對了不止一次。多黎許有點太愛繞著巴克里太太轉了。他太常在她身旁或者碰觸她，就算沒有需要，他講話的時候還是會扯到她的名字。像他那樣極端虛榮的男人一點也不會懷疑，一旦她丈夫死了，他就能說服迪蕊・巴克里投入他的懷中。」

「那迪蕊？……」

「我想，」菲爾博士回答，「她連做夢都沒想到這一點。巴克里太太個性熱情、衝動，也許有點太容易信任別人。她絕對信任安德魯・多黎許。」

「別人也是，這樣講起來的話。」尼克凶凶地說。

「是的，你叔叔也信任他。」

「我的意思是——」

「我們知道你的意思。但是，先生，在不止單一方面，多黎許都相信他碰上了一樁好事。潘寧頓・巴克里是個有錢人；要是他死了，他妻子會繼承他的財產。多黎許的動機有多少是由於那位女士本身、又有多少是由於她會有多少錢，這點我們只能猜測。但他的眼睛看到了光明的未來。他在巴克里耳邊嘀咕的話已經讓他快自殺了。如果他成功地散播了疑慮，如果巴克里自殺了，那就太好了。如果他沒有自殺……」

「布萊史東就得安排他被殺？」

「他就得安排他被殺。我們知道，巴克里差一點點就真的自殺身亡了。多黎許來到現場，在暮色中聽到那聲槍響，卻發現他自殺沒有成功。他必須改變他全盤計畫。

「接下來所有事件的答案，都在你們於潘寧頓・巴克里嘗試過要自殺之後面對他時，多黎許的言語和行動中。多黎許知道發生了什麼事，他問的問題就顯示出，他猜到了巴克里之前的每一舉每一動。當然，」菲爾博士辯論似地說，「在那個時候，在星期五晚上檢視證詞的時候，我不能發誓說我對多黎許逐漸起疑心是有道理的。我們還需要更多資訊；我們需要有東西確認我的疑心，而後來果然得到了確認。」

「喂，索隆，」尼克叫道，站起身來吸引注意。「現在都過了這麼久，你不需要這麼謹慎得要命了。我們知道潘叔叔自己拿槍射自己。自殺沒成功，潘叔叔只是受了好一番震驚，還有一件吸菸夾克被燒壞了。他把那件燒壞的夾克掛在衣櫃裡，穿上另外一件。布萊史東和葛瑞和我衝了進去。潘叔叔跟我們，還有稍後進來的其他人，說了那個有人闖入的鬼故事。你說的一點也沒錯，老多黎許猜到潘叔叔做了什麼。他們兩個就像是在決鬥，他半吼著要潘叔叔承認他有嘗試自殺，而潘叔叔毫不認帳。『今天晚上，』多黎許說，『你原本是那麼沮喪、那麼消沉，幾乎——』潘叔叔頂回去說，『幾乎什麼？』然後多黎許問他說有沒有別的話要告訴我們。

「完全同意，」尼克繼續說著，彎身俯過桌面，「但這我們都知道了。我們已經相信了這一點。當時圖書室裡似乎發生了一些意義非常重大的事。是什麼事？別管小心謹慎了，索隆。發生了什麼事？」

「嗯！」菲爾博士說。「你應該記得，其中一件重要的事，就發生在多黎許說那些話挑戰他之前不久。你自己也挑戰了你叔叔的故事，因為你發現左側的窗戶是從裡面關上鎖住的。這你還記得清楚嗎？」

「當然清楚！又怎麼樣？」

「你叔叔難過又煩亂，這並不令人意外。受到懷疑令他感到憤怒或屈辱，他跑到左側窗戶旁去把它打開了。容我提醒你，在這之前他戴上了一雙橡膠手套。

「他買那雙手套是爲了進行採指紋的實驗，至少他是這樣告訴你們的。他確實採過一些指紋，雖然他沒有這麼做的需要。他說他是想要查出那個『鬼』的身分。當然，現在你們也可以明顯看出，他的指紋測試只是個煙幕。既然扮鬼的就是他自己，他測試指紋只是爲了讓別人不會懷疑到他身上。

「但他確實是有指紋卡，」菲爾博士繼續說，「也有橡膠手套，他在你們面前把它戴起來了。之後有一番爭論，關於他跑過去開左窗的時候到底有沒有戴手套。」

「怎麼樣？」尼克質問。

「你叔叔，」菲爾博士說，「是真的不記得了。如果你們願意，我可以提供答案。跟你的印象相反，先生，他開窗的時候還戴著手套。」

「他……什麼？」

「當時他還戴著手套，而且我可以證明這一點。等一下！」

菲爾博士極爲專注地摸索著外套內側的胸袋，最後終於找到了一張寫著要點的紙。他把紙攤在桌上，朝尼克眨眨眼。

「這裡，先生，是你自己的陳述。你對其他證人這麼說；你對艾略特和我也這麼說；艾略特把內容逐字記錄下來，而我也費了點事抄了一份。

「關於手套的事，你是這麼回答艾略特的。『我的印象是他先把它脫下來、握在左手裡，然後才衝過去開那扇窗子。但這只是個印象而已，我沒辦法發誓保證。』你說你就是這麼回答你叔叔的。安德森和多黎許只回答說他們完全不記得。安德森這麼說是因為誠實，多黎許這麼說是因為他看不出任何答案會對他有所幫助。但你是這麼說的沒錯吧？」

「是的，我是這麼說的。」尼克回道。「又怎麼樣呢？」

菲爾博士把那張紙收回胸袋裡。

「凌晨一點多，」他繼續說，「當我和艾略特在圖書室裡討論這一項證據時，你也在場。一組潘寧頓．巴克里的完整指紋——雙手都有，拇指朝下、其他手指朝上——清清楚楚地印在中間窗扇的塵埃上，就在勾扣的兩邊。然後你重複了你的證詞，說那些指紋一定是你叔叔開窗的時候留下的。但是這樣不行，你知道！一點也不可能！」

「什麼不行？什麼一點也不可能？」

「試試這個實驗，」菲爾博士堅持，「左手掌握著一雙橡膠手套去把這樣的一扇窗子往上推開。這樣你或許會留下清楚的指紋，就像那些一樣。我說或許會。但請容我告訴你另一點。要這麼做，你手上所握的捲起來的手套，一定會在塵埃上留下很寬的汙痕。

「在那扇窗台的灰塵上——艾略特自己說到了這一點——沒有這樣的汙痕。窗子上完全沒有汙痕，除了在離指紋遠遠的兩側有一些痕跡，是戴著手套的手碰到窗台所留下來的。艾略特說出了這一點，我自己也確認過了。這其中的意味變得很明顯。你叔叔開窗時，用拳頭側邊敲轉勾扣、把窗扇往上推的時候，手上還戴著手套。這就是它箇中的意味，唯一的意味。」

「喂，索隆！」尼克幾乎是在哀嚎。「窗子上確實有潘叔叔的指紋。你的意思是說，那些可能是舊的指紋？」

「可能，」菲爾博士銳利地說，「但並不是。」

「那它們是怎麼印上去的？」

「你馬上就會知道了。」

星期天晚上，在安靜的雅座酒吧那安靜的一角，其他的顧客並不多，因此他們必須壓低聲音，也因此他們感到某種壓迫感。這對尼克和菲爾博士特別是種壓迫，甚至連斐伊．娃朵都受到了壓力。

「拜託！」她插口道，把杯子在桌上移來移去。「你們在爭論指紋的時候我不在場。你們爭論大部分事情的時候我都不在場。但那並不太重要，不是嗎？重要的是那個意圖謀害別人的人，還有他的陰謀。安德魯．多黎許——迪蕊還以爲他絕對可靠呢！在這整個過程中，他腦袋裡在想什麼？」

「啊，是的。」菲爾博士做了個誇大的手勢坐起身子。「我明白你的意思。他在想什麼？他在做什麼？他的腦袋一定翻攪不已，內在的眼睛轉了又轉，想找出方法把好運搶回來！難道他的一番深謀遠慮全都要白費，讓潘寧頓．巴克里繼續頑固地活下去嗎？

「當然不可以！他自己也認為他是絕對可靠的。老天也很快就給了他機會。

「因為接下來發生了什麼事？艾斯黛．巴克里從衣帽間衝進圖書室，激動地說她在她父親的書房裡找到了一大堆文件，說她跑出來的時候把文件留在衣帽間裡。

「那些文件確實是她在她父親書桌的一個暗格裡發現的，除了其中的一份之外。既然我們都會保密，我就提一下那份不是她發現的文件。那是老人那份遺囑的附加條款，偽造的，內容是贈與她一萬鎊。那是她自己偽造出來放進去的。被揭穿之後，她發誓她這麼做不是為了錢，這點我相信；她這麼做是為了證明父親沒有忘記她。

「她把偽造的附加條款放進那堆沒有價值的文件當中之後，就採取了她一貫的戰術。她對哥哥嘮叨不停，對忠心的律師嘮叨不停。她相信多黎許是正人君子，催他趕快把這些文件拿去檢視。他會發現那份附加條款，它會證明艾斯黛．巴克里對父親的忠誠沒有白費，一切都會水到渠成。

「我說，這是她的計畫。安德魯．多黎許另有盤算。他一直在想辦法完成他自己的計畫。他或許會說好運是屬於大膽行事之人的。他要大膽地、更不用說是厚顏無恥地行事，老天畢竟不會棄他於不顧的。因為這下子他似乎有了絕佳的機會。」

「等一下，亞里斯多德！」尼克說。「你這推得太快了，我聽不懂。做什麼的絕佳機會？」

「你看不出來嗎？」菲爾博士問。「他同意把衣帽間裡的文件拿出來。但他要的不是那些文件，他那時候還不要拿那些文件。他走進衣帽間，把門關起來不讓艾斯黛進去。衣帽間裡另外有一樣他要的東西，一樣他可以裝在公事包裡拿走的東西，一樣或許可以打開成功之門的東西。怎麼樣？是什麼？」

「我想我看出來了。」葛瑞說著，雖然沒有全懂但很努力地在摸索。「他要的是衣櫃裡那兩件吸菸夾克之一。」

「答對了！」菲爾博士說。「正中紅心！由於他對受害者所有習慣的細節都很熟悉，這一點他也知道。衣櫃裡掛著兩件吸菸夾克，跟巴克里身上穿的那件很類似。巴克里試圖自殺的時候打了一發空包彈。那兩件夾克之一現在必然有嚴重的燒灼痕跡，另一件則完好如初。他必須拿走那件完好如初的夾克。

「多黎許走進衣帽間，那堆文件他這時候還不要拿，因此把它塞到沙發下面免得礙事。所以後來我才會去看沙發底下，但到了午夜它已經被拿走了。這不重要，我們現在說的是多黎許在企圖謀殺之前的行動。他把文件放到沙發底下之後，就把那件完好如初的吸菸夾克塞進了公事包。

「就這樣，各位朋友，這位厚臉皮的大師就邊扣著公事包邊從房裡走出來。你們眞的有看到他收起那些文件嗎？沒有。他爲了聲東擊西、爲了誤導你們，讓你們信服，因此拿出了一張紙——一張收據帳單——塞在公事包的蓋子底下，讓它明顯地露在外面。艾斯黛把這張紙奪了過去，他叫她把紙還給他。你們幾乎願意發誓說你們看到了所有的文件。這下子他就可以帶走他眞正要的東西：衣櫃裡那件完好如初的夾克。」

「但是，」尼克爆發出來，「偷走一件完好如初的夾克對他到底有什麼用啊？」

「因爲這樣就只剩下燒壞的那件。假如預定的受害人可以被騙、被哄，或者被迫換下他當時身上穿的那件夾克呢？巴克里相信衣櫃裡掛著兩件夾克。現在不是這樣了。如果由於某種不可抗拒的因素，他不得不——違背他的意願——再次穿上那件他之前穿的、有火藥燒灼痕跡的夾克，要謀殺他就變得容易了。書桌上放著一把裝滿子彈的左輪，在那麼一團混亂之下，這個大膽、虛張聲勢的律師隨時可以把它偷走。他可以開一槍，如果需要的話，從遠處開。只要潘寧頓．巴克里一彈穿心，夾克上已經有的火藥痕跡會讓這看起來像是自殺的近距離傷口。

「但是，你們會問，多黎許要怎麼讓他穿上那件燒壞的夾克？當時（在此我縱容自己想像）他還不確定。他應該已經離開那屋子了。事實上，艾斯黛試著趕他快走。他還不肯走。多黎許——上天挑選、衆神偏愛的人——那不屈不撓的腦袋還在想方法。就在他還在想的時候，又出現了另外一樁讓我們混淆不已的插曲。艾德華．佛提斯丘醫生出現了，確認了巴克里所說的有人戴面罩闖入的故事。

「『別在這屋子裡的這些人當中待太久。』有人在另一個時候聽到他說，『他們大部分人都對謊言和愚行上了癮。』他說的是眞的。每個人，不管是無辜還是有罪的，都有某個小祕密要隱藏。但每個人的言行全都受到他或她自己的性格影響。我請求你們，記住這一點；不要太苛責艾德華・佛提斯丘。」

「佛提斯丘說的是謊話？」尼克問。

「他當然是說謊。但請記住我的警告。佛提斯丘醫生不是個壞人，他甚至並沒有特別不誠實。你們見過他、聽過他說話。你們可以判斷他的個性。就算在我們這個福利國家──我對這種制度沒什麼好感──也沒有法律規定醫生一定要加入全民健保。佛提斯丘喜歡輕鬆的生活，這點他也會告訴你們。他是個沒有野心的醫生，在這裡也沒有太多的工作負擔，這職位可以說是難得的好差事。

「但他的良心一直不安。他認爲自己是個靠富有慷慨贊助人吃飯的食客。但這個食客的職位還是很不錯的。他必須盡到職責，至少他是這麼認爲。他必須讓自己值得被養。因此，當他聽到養他的人說出一堆他知道或者感覺到是漫天大謊的話時，他就全力支持對方。如此而已。」

「請容我插一句，」斐伊抗議道，「這點根本不重要啊。這完全跟主要的故事無關，故事是──」

「你要說的是，」菲爾博士同意道，「故事是關於一個殘忍而相當聰明的謀殺陰謀。好！我們就回到安德魯・多黎許身上，當時他站在圖書室裡的衆人之間，拚命想辦法想得滿身大汗。

「他到底要怎麼樣迫使受害人穿上那件燒壞的夾克？我想他當時已經沒有必要讓你們注意到書桌抽屜裡的一管黏膠。他是不是想——我再度縱容自己想像——他是不是想把黏膠灑在巴克里身上，讓他必須換夾克？不，不可能！除了不太可能有人只因爲袖子抹到黏膠就要換衣服，更何況巴克里不會願意穿上那件明顯有他嘗試自殺的痕跡的夾克。一切看來似乎都沒希望了。

「但並非如此，衆神可沒有拋棄祂們偏愛的人！你們知道接下來發生了什麼事。艾斯黛照例跟她哥哥大吵起來，手上那罐蜂蜜揮得太激動了。我要堅持，我們不應懷疑艾斯黛跟多黎許有任何共謀的嫌疑。以密謀共犯的角度來考慮，艾斯黛會是全世界最糟糕的密謀共犯。她只是像如今人家所說『容易發生意外』；她張大著眼睛也會出意外；這是她性格的一部分。她手上那個罐子已經揮舞了好一會兒，她的動作變得太誇張，罐子撞到了壁爐台，蜂蜜灑滿了她哥哥的外套。

「怎麼樣，各位朋友？

「這對凶手來說正是求之不得。這下子巴克里一定會換夾克了。這可不只是袖子上抹到黏膠而已。就算他發現那件完好如初的夾克不見了、只剩下上面有火藥痕跡的那件，但把火藥痕跡跟身上那件沾著的黏兮兮、亂七八糟的汙漬比起來，一個挑剔的人還是會寧可選擇前者。巴克里不可以離開圖書室，他不可以去參加生日會。但他何必離開圖書室？也沒有人能進去把他拉出來。他把兩扇門都上了栓。當然啦，多黎許則另有不同的特別命運。巴克里就要死了。

「至於多黎許離開綠叢、據說要回家的時候做了什麼事——」

「是啊，他做了什麼？」斐伊質問著，雙手一開一合。「圖書室還沒有整個鎖起來，對不對？左側的窗戶還是大開著？」

「左側的窗戶，」菲爾博士同意道，「還是大開著。」

「然後他做了什麼？你不打算告訴我們嗎？」

「我會告訴你們的，娃朵小姐，但我要先提另一件無辜的插曲。」

「無辜的插曲？爲什麼一定要提呢？」

「因爲這讓我確定安德魯・多黎許一定是有罪的，」菲爾博士回答，「也因爲這跟你有關。」

「跟我有關？」

「是的，娃朵小姐。」菲爾博士拿起菸斗，和藹地看著葛瑞和尼克。「這位年輕女士，」他繼續說，「不到兩年前才在西部牽扯進一件毒殺案，她是無辜的，但受到了很大的驚嚇。艾略特和我知道這一點。艾略特認出了她，也知道她是無辜的。星期五晚上很晚的時候——或者該說星期六凌晨很早的時候——他拿這件無辜的事跟她對質。在那之前這位女士不肯合作。現在她的情緒潰堤了，把整個故事都說了出來。

「一直到那時候爲止，在我散漫的思考中，我都相信多黎許大概是有罪的。但那只是我的揣測，我也可能大錯特錯。如果他做了我認爲他做的事，那麼他就是想把這次的槍擊弄得好像自殺一樣。但他還有另一道防線：這些聰明的傢伙總是如此。如果其他一切都沒成功，如果警方拒絕相信這是自殺，那麼一個曾經涉嫌謀殺的女孩就是最適合不過的第二個受害者了。簡言之，她是替罪羔羊。

「然而多黎許怎麼會知道她的事？根據娃朵小姐自己的說法，只有巴克里太太知道她過去的事。巴克里太太很擔心，曾想過要去向維克督察長問問警方是否還在追查她朋友。娃朵小姐要她答應她不會這麼做，巴克里太太答應了，也沒有食言。但身爲好朋友的巴克里太太，還是很急著知道娃朵小姐如今在法律上的處境如何。她會怎麼做？她會去問誰呢？

「答案很響亮、很清楚地從我的佛洛伊德式下意識裡傳了回來。爲了完全保密，她會去問安德魯．多黎許：他是律師，他的職業就是要保密，而且她完全信任他。後來我們詢問巴克里太太，證實了她確實有這麼做。要不是運氣好，娃朵小姐差一點就輕易落進他的手裡了。

「但說起來，這依然只是猜測。但我感覺到已經確定了。我感覺我簡直可以高唱讚美主，寫下Q. E. D.「證明完畢」。我那散漫的嘮叨是正確的：多黎許有罪。這下子我們可以相當有把握地說出他必然做了什麼事。

「在他自己也發表過意見的那一團混亂的掩護下，多黎許在大家於十點四十分被趕出圖書室之前，偷了桌上的左輪槍。他在起居室裡跟我說話的時候，槍就在他口袋裡。他穿上藍色長雨衣——穿得太早了，因爲雨一直到凌晨滿晚的時候才開始下，但他是個謹愼的人。他戴上了他的圓形禮帽，拿起裡面只裝了一件偷來的吸菸夾克的公事包，走出屋外走向他的車。

「但他沒有開多遠。他只開到屋子四周空地的範圍之外，把車停在那裡，然後走回來。他從不靠近屋子的入口溜進花園，走到花園的東側入口旁，面對著那扇仍然開著、燈火通明的窗戶，這時他的計謀完全水到渠成了。

「當時就快十一點，潘寧頓．巴克里在圖書室裡，如多黎許預料的穿著有火藥燒灼痕跡的夾克。不遠處的音樂室傳來很響亮的吉伯特與蘇利文集錦樂曲，可以蓋過別的聲音。

「得意洋洋的多黎許離那扇窗戶六十呎遠，這是打靶練習的標準距離。他只消隨便喚一聲，就可以把巴克里叫到開著的窗邊。你們也看到了，任何站在那扇窗前的人都會被左右的燈光照得清清楚楚。而且多黎許有個靶子：那件紫褐色夾克左胸前的火藥痕跡。

「多黎許舉起左輪，開槍。

「但他做的不只是這樣。武器必須放回圖書室裡，這樣別人才不會知道它曾被拿走過。既然是自殺，它必須在那人的屍體附近被發現。於是這殺人未遂的凶手又冒了一個險。他跑過草坪、跑向窗戶，好把左輪槍丟進房裡。這風險並不太大。月光黯淡，他低著頭跑，舉起左手臂擋住他的臉。

「但是巴克里呢？他死裡逃生只因為子彈射得稍微低了一點點，在那瀕死的可怕的最後一刻，他在想什麼？

「他被叫到窗戶旁。黑暗中一道閃光。有某個不是空包彈塡紙的東西擊中了他胸前同一個地方。先前他講了一大堆鬼的事，至少是說有一個穿黑袍的人闖進來。花園裡有一個人影朝他跑來，那件深藍色的長雨衣看起來可能就像長袍或者任何其他東西。他沒有認出攻擊他的人是誰，所以星期六下午我們耐心地詢問了他好一陣子，才讓他確定他看到了什麼。在那模糊的光線下，就連那頂圓形禮帽他都認不出來。他只覺得帽子錯了，或者頭上戴的東西不一樣了。

「嗯，你們開始明白了嗎？

「巴克里感到非常震驚和怖懼，那彷彿是他自己的想像力反過來攻擊他了。他的反應完全出於直覺。他必須保護自己，擋住這個靠近的人影，他必須用什麼東西隔開他，他必須關上窗戶。他站不穩了，但他還是伸手去抓窗子。

「當然，多黎許不管是在那個時候還是任何時候，都沒有扮鬼的打算，他是個想要殺人的實際的人。然而在那千鈞一髮的時刻，他的神經差點斷掉。他一心只想擺脫那把武器，把它弄進圖書室裡。但他的受害人居然要關窗子！他顧不了指紋，而事實上他也沒有留下指紋，因為他只握著槍柄。總之，多黎許把武器扔過受害者身旁、扔進房裡，槍飛掠過地毯，落在那張織錦椅附近。

「草坪、人影、月光，在潘寧頓．巴克里的眼睛裡全都扭成一團。是有某個東西逮住他了，他可能大限已到。他赤手抓住窗扇，把窗子拉下關上，留下我們後來發現的指紋。他手的側邊奮力推向勾扣，把窗子鎖上。他試著直起身子，從窗邊退開。他轉過身，搖搖晃晃地朝房裡走了幾步，終於站不穩，倒在被丟進來的左輪槍旁。

「好啦！」菲爾博士長長喝了一大口麥酒，砰然放下大杯子。「密室就此完成，簡單又完整。我跟艾略特說過，這密室是因爲我們誤讀了證據。然而這畢竟還是個有模有樣的密室，這齣戲裡每個人的舉動都完全符合他的性格。到頭來是潘寧頓．巴克里差點騙過了我們，雖然這一次他完全無意騙人。」

「但是多黎許呢？」尼克質問。「在所有奸詐狡猾的王八蛋當中……」

「他的行爲，」菲爾博士同意，「確實不能說是模範。然而他還做了其他什麼，很快就能明白。他還不能回家。他必須拿走那疊文件。他表面上已經取走了它，事實上卻是塞在衣帽間的沙發底下。

「因此他等著。在十一點半到十一點四十五分之間，我們都在做其他事情的時候，他從西廂通道那扇開著的窗子溜進屋裡。十一點四十五分，在艾略特和我第一次去察看圖書室的十五分鐘之前，他手臂底下夾著那疊文件溜出來，而且我猜想他另一隻手底下夾著他的帽子。菲莉斯從遠處看到他，把雨衣看成睡袍、那疊文件看成包裹，讓整件事又增加了不可思議的成分。

「那時候他有沒有得知巴克里沒死？或許有，但我不這麼認為。看起來比較可能的是，他是一直到尼克第二天在電話上告訴他時才知道的。

「同時，他檢視了那些文件，之前他已經對艾斯黛的堅持表示了疑心，現在他發現了那份偽造的附加條款，於是也加以利用。為了更加鞏固他的地位，他會先譴責艾斯黛，再表示要保護她。

「我們必須承認，他為我們在他辦公室裡可是演出了一場好戲！但還是不夠好，而且這不只是因為懷疑，更有實證。他先前告訴你們說，他不記得老柯羅維斯·巴克里第一次看到那個『鬼』是什麼時候的事。他說他那天早上才查過日期。但那排他說他用來放日記的書櫃（記得嗎？）玻璃門上的灰塵之厚，顯然已經好一陣子沒擦過了。他記得那個日期，他一直都記得，但就像許多罪犯一樣，他想把他的故事編得完美。

「他一次殺人沒殺成，會不會再試第二次？看來相當有可能——如果他認為他可以逍遙法外的話。我很謹慎地告訴他說，艾略特傾向於懷疑巴克里是企圖自殺。事實上，一直到星期五晚上很晚的時候之前，艾略特確實有這麼納悶過。是的，我很徹底地扮演了誘惑者的角色。只有多黎許一個人不知道，有個警察守著那個差點死在他手下的人。在那位先生許許多多的運動獎項當中，我看到有一座獎盃是他在畢斯里的全國左輪射擊競賽當中得了亞軍。我有點不小心地嘀咕了一聲『畢斯里！』，不過你們兩個聽成了『鼻子裡』，在那個情況下我就沒有多做解釋。

「當天下午和晚上，我與艾略特和維克督察長分別談過，顯示出艾略特和維克所做出的結論都跟我有幸瞎猜到的結論一樣——多黎許與多黎許事務所財務狀況不佳似乎已經有一陣子了。悔恨不已的潘寧頓·巴克里說出了他嘗試自殺的細節，讓我們所知的內容更加完整。

「還有一件事情需要澄清。艾斯黛離開律師的辦公室時，再度深信她哥哥又在跟她作對，衝回家去打算大罵他一頓。總是慌慌張張的她終於出了意外。她衝上樓梯，搞錯了方向，從樓梯間平台上摔了下來。沒有造成什麼永久的傷害，這位女士會康復的。但我看這個六月十三日大概不能算是個很快樂的生日。

「最後！

「多黎許可能會、也可能不會再試一次殺死他的受害者。巴克里堅持要當陷阱的誘餌，他那種態度你們想必都很熟悉。我有技巧、深表同情地打了通電話給多黎許，以他做為家庭老友的身分，告訴他巴克里這下子又發了什麼神經：要人把他搬到樓下，靠近他心愛的圖書室。

「如果多黎許眞的再試一次，他會用什麼武器？有可能用另一把左輪，但原來的那一把在警方手上，而且這次一定不能讓人懷疑不是自殺。巴克里刮鬍子是用直刃式的刮鬍刀，雖然佛提斯丘把他所有的刮鬍刀都鎖起來了，但刮鬍刀是沒什麼個別特徵的。刮鬍刀的主人可以是任何人。

「警方派人監視多黎許。另一方面，就算這位多才多藝的先生半夜三更開著車出門，也不能確定他是要攻擊巴克里。必須有人跟蹤他，也確實有人跟蹤他。一直到他經過了離這裡不到十五分鐘車程的美地村，艾略特才接到一通電話說，這位先生可能會來造訪一番。陷阱設好了，太過自信的罪犯從前門進屋，走進了陷阱。除了其他餘波盪漾的情緒部分，我眞的認爲這個故事講完了。」

菲爾博士喝乾杯中的酒，放下酒杯。

「是的，」斐伊同意，「這解釋了所有的事實。但這下子我們呢？我們現在要怎麼辦？」

「現在我們要辦的，」尼克幾乎是在低吼，「就是再喝一杯。每個人的杯子都空了。要喝什麼？都一樣嗎？」

「喝一樣的，」葛瑞說，「但這次我請客，我去叫。你坐下好不好？要我講幾次啊……」

尼克站了起來，一手插在口袋裡。他還來不及爭，葛瑞就拿起衆人的杯子，放在原本端來時用的托盤上，然後把托盤端到另一頭的吧台去。吧台裡的女侍重新斟滿每一杯，然後走開。但葛瑞背後有某種壓抑的緊繃感。他準備端起托盤時往旁邊瞥了一眼。尼克站在他的一邊，斐伊站在另一邊。

「聽著，老小子！」尼克壓低聲音，來者不善地說，「關於索隆提到的那些餘波盪漾的情緒……」

「怎麼樣？」斐伊說。

「怎麼樣？」葛瑞說。

「老索隆沒有看到那些吧？其他一切他都看到了，但那些他沒看到，因爲那些跟罪案無關。」

「你確定他沒有嗎？就拿斐伊和我來說……」

「如果我這麼說不冒失的話，葛瑞，你跟斐伊怎麼樣啊？」

「如果我這麼說不冒失的話，你跟迪蕊又怎麼樣啊？」

「聽著，老小子！我說的那些我對迪蕊的看法和感覺，我一個字也不會收回。但是……」

「但是什麼？」

「那是一場美麗的夢，老弟。它現在是、過去是、未來也只能是一場夢。除非警方有什麼事立刻要找我，我再過幾天就要到紐約去了。而且我是一個人走。如果迪蕊跟我走，她會永遠良心不安的。我有點認爲，在她內心深處，她眞正在乎的只有潘叔叔一個人。而我的感覺又是什麼呢？誠實坦白地說，這些偉大的戀曲，老天，它們是全世界最大的騙局和幻象！所以我想問你一件事。這二十四小時以來，我聽說你們兩個要結婚？」

「是嗎？」葛瑞問道。「但讓我們來確認一下事實。我向她求婚，但她差不多等於說是叫我去見鬼。」

「哦，你到底在說什麼呀？」斐伊一手打翻了吧台上的一個玻璃杯。那是別人的空杯，無關緊要。「我從來沒說過那種話。我說……」

「好吧，你說了什麼？不管這裡是不是酒館，你願不願意嫁給我？」

「聽著！」尼克堅持著，那有力的陰鬱眼神盯著斐伊。「回答之前要好好想清楚。我喜歡你們兩個，我希望看見你們快樂。像你們這樣的兩個人可以處得非常好，只要不把它稱爲愛。如果你們認爲自己戀愛了，結了婚，那你們就完蛋了。我知道的，我結過婚。在這個年頭、這個時代，你們有多大的機會能成功？一點也沒有！聽聽尼克叔叔的話，聽聽過來人的經驗談。別這麼做，別發瘋！不管你們多努力嘗試，前人累積的智慧都說不，你們能有什麼希望？」

斐伊抬起藍色眼睛望向葛瑞。

「嗯，總之，」她快樂地說，「我們要試試看。」